姜白石詩集箋注

〔宋〕姜夔 撰
陳書良 箋釋

長江出版傳媒 | 崇文書局

圖書在版編目（CIP）數據

姜白石詩集箋注 /（宋）姜夔，陳書良箋釋. -- 武漢：崇文書局，2024.3
ISBN 978-7-5403-7526-3

Ⅰ. ① 姜… Ⅱ. ① 姜… ②陳… Ⅲ. ①宋詩－注釋
Ⅳ. ① I222.744.1

中國國家版本館 CIP 數據核字（2024）第 006066 號

策　　劃　鄭小華　陶永躍
責任編輯　葉　芳　陶永躍
封面設計　甘淑媛
責任印製　李佳超
責任校對　董　穎

姜白石詩集箋注
JIANGBAISHI SHIJI JIANZHU

出版發行　長江出版傳媒　崇文書局
地　　址　武漢市雄楚大街 268 號出版城 C 座 11 層
電　　話　(027)87677133　　郵　編　430070
印　　刷　湖北新華印務有限公司
開　　本　880×1230mm　1/32
印　　張　11.125
字　　數　245 千
版　　次　2024 年 3 月第 1 版
印　　次　2024 年 3 月第 1 次印刷
定　　價　88.00 元

目録

七言古詩

五言絶句

姜白石詩集集外詩

集外詩補遺

附録

前言

一

在南宋中期的文壇，姜夔是能在藝術上獨樹一幟而受到人們推重的一位詩人和詞人。姜夔（1155？—1221？），字堯章，别號白石道人。饒州鄱陽（今江西鄱陽人）。姜夔父名噩，當然不是噩夢或噩耗之「噩」，而應是取自揚雄《法言·問神》「虞夏之書渾渾爾，商書灝灝爾，周書噩噩爾」之「噩噩」，即「嚴正」之意。姜噩命子之名爲「夔」，當然不是指爲黄帝所誅殺的單足神獸，而應是指虞舜的樂官夔。《尚書》記載，夔曾「擊石拊石，百獸率舞」，故姜夔字堯章。因其卜居湖州弁山的白石洞下，人稱白石道人，其詞集亦名《白石道人歌曲》，所以歷來大家習慣稱呼他爲姜白石。

白石的身世是頗爲清貧的。因爲其父姜噩在紹興三十年（1160）舉進士之後，曾任湖北漢陽縣知縣，所以白石幼年隨宦，往來漢陽二十餘年。父親病逝後，不得已寄居在已經出嫁漢川的姐姐家。二十多歲時，爲謀生計，出遊揚州、合肥，旅食於江淮一帶。他在以後寫的《除夜自石湖歸苕溪》中曾追憶：「少小知名翰墨場，十年心事只凄凉。」可見他少時才華出衆，頗有文名（這也是他能立足「江湖」的原因），只是這段經歷蒙染上「凄凉」的基調而已。

淳熙十三年（1186），白石約三十二歲時，在長沙結識了福建老詩人蕭德藻，蕭時任湖北參議，人稱千巖老人。這無疑是白石人生中一個至關重要的轉折。從事業方面而言，在此以前，白石交遊的多是鄭仁舉、辛泌、楊大昌等漢陽地方文士。而蕭德藻是當時的著名詩人，所謂「尤蕭范陸四詩翁」（楊萬里《進退格寄張功甫姜堯章》），來往的多是當時的海内一流文士；酬酢之間，當然也惠及白石。以後白石經蕭德藻介紹，又袖詩往謁楊萬里，萬里許其文無不工，甚似陸龜蒙，並以其詩送呈曾任副宰相的詩壇名家范成大。可以想見，與楊萬里、范成大這樣的大詩人交遊，對白石的影響是何等巨大。從家庭方面而言，蕭德藻深賞白石才華，將侄女許配給他，還帶他寓居浙江湖州。於是自白石少年失父、漂泊江湖以來，白石終於有了自己的家室。儘管以後還是奔走江湖，但畢竟心底存在着温馨的歸宿。家庭在白石心中的分量，我們可以從他以後的詩詞如「千門列炬散林鴉，兒女相思未到家」（《除夜自石湖歸苕溪》）、「嬌兒學作人間字，鬱壘神荼寫未真」（《浣溪沙·柏綠椒紅事事新》）、「白頭居士無呵殿，只有乘肩小女隨」（《鷓鴣天·巷陌風光縱賞時》）等充滿温柔親情的筆觸中體味得到。

在湖州定居期間，白石輾轉到蘇州石湖謁見了從知州職務告病退居的范成大。范成大早就通過蕭德藻讀過白石的詩文，一見之下，惺惺相惜，結爲忘年之交。後蕭德藻因病隨子離開湖州，白石則遷居杭州，靠好友張鎡、張鑑接濟爲生。張鎡、張鑑是南宋大將張俊諸孫，頗富有，在杭州、無錫等地都有田宅。張鑑憐惜白石「困躓場屋，至欲輸資以拜爵」，「又欲割錫山之膏腴以養其山林無用之身」，白石都辭謝不受。《齊東野語》載《姜堯章自叙》應該是關於白石生平的可靠的第一手資料，白石在文中談到自己的生活經歷，歷數幫助過自己的人有「内翰梁公」、知樞密院事鄭僑、參政范成大、待制楊萬里、蕭德藻、待制朱熹、左丞相京鏜、丞相謝深甫、知州辛棄疾、侍郎孫逢吉，侍郎胡紘、楊冠卿、「南州張公」、太學博士吴勝柔、知府吴獵、員外郎項安世、徐似道、知府曾豐、郎中商飛卿、知州王炎、尚書易祓、參知政事樓鑰、待制葉適之衆，在文章末尾，白石滿懷感激地説：

嗟乎！四海之内，知己者不爲少矣，而未有能振之於窶困無聊之地者。舊所依倚，惟有張兄平甫（張鑑）。其人甚賢。十年相處，情甚骨肉。而某亦竭誠盡力，憂樂關念。平甫念其困躓場屋，至欲輸資以拜爵，某辭謝不願，又欲割錫山之膏腴以養其山林無用之身。惜乎平甫下世，今惘惘然若有所失。人生百年有幾，賓主如某與平甫者復有幾？撫事感慨，不能爲懷。

旁證材料則可舉白石友人陳造的《次姜堯章餞徐南卿韻二首》，其一云：「姜郎未仕不求田，倚賴生涯九萬箋。稛載珠璣肯分我，北關當有合肥船。」無疑，這是一種江湖清客的生涯。

「姜夔劉過竟何爲？空向江湖老布衣。」（樂雷發《題許介之譽文堂》）自陳起將白石詩歌刊入《江湖小集》以來，白石就名列江湖；而對於江湖詩派，歷來衆口一詞曰：「詩格卑靡。」尤其宋末元初的方回，直斥爲：「刊梓流行，醜狀莫掩。嗚呼，江湖之弊，一至於此！」（《送胡植芸北行序》）

其實，綿延於南宋中後期的江湖詩派，是一個以劉克莊爲領袖，以杭州書商陳起爲聲氣聯絡，以當時的江湖遊士爲主體的龐大的詩人群體。據考證，隸屬江湖詩派的詩人有一百三十八人之多，是有宋一代參與人數最多的一個詩歌流派。江湖詩人情況複雜而各異，其中既有用詩歌干謁乞取金錢，如「書生不願懸金印，祇覓揚州騎鶴錢」（劉過《上袁文昌知平記》）、「更得趙侯錢買屋，便哦詩句謝山神」（危稹《上隆興趙帥》）、「此行一句值萬錢，十句唾手腰可纏」（盛烈《送黃吟隱遊吴門》），也有如白石，縱然清貧苦澀，而一貫保持高雅志趣。關於江湖詩人的複雜情況，我曾在《江湖》（中國國際廣播出版社 2013 年版）一書中詳叙，有興趣者可參看。

宋慶元三年（1197），白石四十三歲時，向朝廷上《大樂議》《琴瑟考古圖》，建議整理國樂，希望能藉此獲得識拔，但未能引起重視。兩年後，再上《聖宋鐃歌鼓吹十二章》，衹被獲許破格參加進士考試，但偏偏又未考中。經此挫折，白石更加絶意仕進了。

白石長期仰仗張鑑等人資助，張鑑亡故以後，其生計日絀，但仍清貧自守，不肯屈節以求官禄。晚年又遭遇臨安大火，住所被焚燬，不免顛沛流離，多旅食於杭、湖之間。後病卒於臨安水磨方氏館旅邸，幸得友人捐助，就近葬於馬塍。馬塍有白石生前最喜愛的梅屏，曾作詞嘆咏，身後能够一家相對，應該得其所哉了。

二

白石是位中國文化史上不多見的多面性的天才。其藝術成就最高的當然是其詞作。清人馮煦《蒿庵論詞》云：「白石爲南渡一人，千秋論定，無俟揚榷。」用語雖值得商酌，但白石是南宋一代詞作大家，則是無疑的。白石詞現存八十四首，其總體風格自南宋後即衆説紛紜，有不同的解讀。南宋亡後四十年，張炎《詞源》出，對白石詞推崇備至，云：

姜白石詞如野雲孤飛，去留無迹……不惟清空，又且騷雅，讀之使人神觀飛越。

何謂「清空」？竊以爲，借用張炎的話，「野雲孤飛」當指「清」。孤飛的野雲，脱離塵俗而孤高不群。「去留無迹」當指「空」。雲卷雲舒當然空靈一氣。「清」指意象之清雅，而清雅的意象又與人的胸襟氣度有關。「空」指境界之空靈，而空靈的境界又與意象的組合方式有關。何謂「騷雅」？竊以爲「騷雅」乃《離騷》與《小雅》之結合，即志潔行芳之詞品、比興寄託之手法與温柔敦厚之情感的結合。説白石詞風是「清空」「騷雅」，是就其基調、主調而言，至於導致此一主調的詞藝技巧具體如何體現，實在是一個極爲複雜的問題，也是與其詩歌追求息息相通的問題。

此外，姜白石還是宋代的大音樂家，無論理論抑或演奏，在有宋一代都臻一流，白石的名字在《宋史》未列《文苑》却載《樂志》，即可説明。他曾在寧宗慶元三年進（1197）《大樂議》和《琴瑟考古圖》各一卷，評議宋代雅樂，對其弊端提出整改意見；他還是一位演奏家，精通音律，雅擅簫笛，尤精古琴。晚年曾參考浙江民間民俗歌曲，創作「越九歌」，又按七弦琴演奏伴唱的風格，寫下騷體《古怨》琴歌，抒發自己對山河殘破、世路坎坷的憤怨；他能配合詞作自創曲譜，《白石道人歌曲》所載十七首工尺譜，是至今傳世的惟一詞調曲譜，既是白石一生文藝創作的精髓，也爲後人留下了可資研考演唱的豐厚遺産。

白石書法造詣亦高，法宗二王，力追魏晉，陶宗儀《書史會要》卷六贊爲「迴脱脂粉，一洗塵俗」；其《續書譜》是南宋書論史承上啓下的系統的理論著作。另外，白石還是位文論家，《白石道人詩説》雖文字不長，却以「論詩及辭」爲主，在宋代詩論發展史上具有重要的作用和地位，爲後世所推重。

以上泛叙姜白石多方面成就的目的，一則是本着知人論世的原則，在這本小册子前面介紹其人，二則遵循作家個性對其藝術創作的影響（亦即《文心雕龍》所説「體性」），找到深入理解白石詩歌的切入點。

三

姜白石的詩歌成就是杰出的，他存詩一百八十餘首，有《白石詩集》傳世。楊萬里《進退格寄張功甫姜堯章》云：「尤蕭范陸四詩翁，此後誰當第一功？新拜南湖爲上將，更差白石作先鋒。」可見當時已將其與詩壇四大家相提並論，以爲是卓出的先鋒人物。

剖析白石詩歌創作特别是其詩藝追求，我以爲個中關捩，其犖犖大者有以下三端。

其一，前已叙及，白石屬於江湖詩派，江湖詩派總體上出入於江西詩法，更何况白石與江西宗主黄山谷同籍江西，當然對其更加頂禮膜拜。白石四十多歲時，過無錫詣尤袤，袤問他詩自誰氏？他答道：「三薰三沐師黄太史氏。」這是一方面。另一方面，當時天下競習江西詩法的風氣已流弊重重，有識之士都在不同程度上、從不同途徑去設法掙脱江西詩風的籠罩，革除其流弊。於是，他們的時尚和定格就歸結到「近體學唐」「古體學《選》」——所謂「選」，指的是《文選》的駢體詩，如高似孫就將《昭明文選》中的駢語儷對編成《選詩句圖》，作爲江湖詩友寫作古體的津梁；所謂「唐」指的是晚唐體，幾乎包含現在所説的中晚唐所有的大小詩人。

白石後來亦對江西詩派的看法有了變化，「始大悟學即病，顧不若無所學之爲得，雖黄詩亦偃然高閣矣。」（《詩集自叙》）他特别傾慕晚唐詩人陸龜蒙。因爲陸龜蒙其人其詩、其身世遭際，甚至包括所居之地，都與自己相類，所以白石一則云「三生定是陸天隨，又向吴江作客歸」；再則云「沉思只羨天隨子，蓑笠寒江過一生」，以異代知己自許，一寄千秋渴慕。白石這種有意識地在詩藝上向陸龜蒙學習表現於創作實踐上，就是舍棄粗放而講究精緻，同時也在崇尚高雅格調的文化趣味中别含清淡乃至荒寒意趣。竊以爲，這是白石異於一般江湖詩人之處，亦是理解白石「清空」「騷雅」藝術追求的關捩之處。

其二，江湖詩派整體特點是「塵俗」，其中當然受了楊萬里「死蛇弄活」和「生擒活捉」的影響。「誠齋體」的流利淺易、不乏機趣，極大地迎合了江湖詩人求變的心理，因而得到了他們的竭誠歡迎。但是，很多江湖詩人由於自身學問的陋劣，造成了對「誠齋體」的片面理解；由於自身品格的卑下，造成了其詩歌「塵俗」消極面的突出。白石則與此迥然異趣，他雖然也佩服楊萬里，但他向往的是「箭在的中非爾力，風行水上自成文」（《送〈朝天續集〉歸誠齋，時在金陵》），向往的是誠齋那種自然、輕靈、活潑的藝術風格。他看到蘇軾、黃庭堅遭遇到很多俗人俗事，如黃庭堅的《陳留市隱》寫一位陳留刀鑷工，他有一個「乘肩嬌小女」；但黃庭堅與蘇軾一樣，對此並不懼怕，並不迴避；相反，他們提出「以俗爲雅」，雖然直接寫俗人俗語，但經過提煉，仍然以「雅」出之。白石於此深以爲然，在面對俗世百態、街談巷語之時，往往憑藉自己高雅的情懷、高深的學養，在筆下將它們提煉爲盎然的詩意，變爲雅馴可賞的詩句。我們讀到「溪上佳人看客舟，舟中行客思悠悠」（《過德清二首》），「自作新詞韻最嬌，小紅低唱我吹簫」（《過垂虹》），「已拚新年舟上過，倩人和雪洗征衣」（《除夜自石湖歸苕溪十首》）諸句，感受到的便是一些既高雅透骨又妙趣橫生的俗人俗事。這是白石的淵源有自處，也是白石的妙參造化處！

其三，「四靈」（南宋永嘉詩人徐照、徐璣、翁卷、趙師秀）靠反對江西詩派起家，不講究用典，所謂「得意不戀事」，而江湖詩派則反其道而行之。白石是講究用事的，《白石道人詩説》第十則云：

學有餘而約以用之，善用事者也；意有餘而約以盡之，善措辭者也；乍叙事而間以理言，得活法者也。

按詩歌用事是達意抒情最經濟而巧妙之方法。由於複雜曲折之情事，絶非三五字可盡，作文固可不憚煩言，而在詩歌中却不太適宜。假如能於古事中尋覓得與要歌咏的情況有某種相同者，則只用數字而義藴全呈。這樣運用古事既能借用古人陳詞抒自己懷抱，較爲精煉；又可以使讀者多一層聯想，含藴豐富。白石作詩，深諳其妙。如五律《答沈器之二首》，不僅用語皆有所本，如：「不繫舟」出《莊子·列禦寇》，「野鹿」一句出《詩經·小雅·鹿鳴》，「饑鷹故上韝」見《三國志·魏書·張邈傳》中曹操喻呂布之語。且孫玄常《箋注》認爲：「按此詩用『大堤曲』『白銅鞮』『槎頭』等語，皆襄陽故實。」又如五律《悼石湖三首》：第一首的「九轉」出《抱樸子·金丹》，「巾墊角」出《後漢書·郭泰傳》，「胡虜知音」指范成大使金時，金迎使者慕其名，至求巾幘效之；第二首的「大蛇夢」見《後漢書·鄭玄傳》及注，「露電身」

出《金剛經偈》，「千首」出杜詩「敏捷詩千首」（《夢李白》）；第三首的「情鍾痛」出《世説新語·傷逝》，指幼女之逝，其他如「伏枕」「空堂」皆有所本。理解了白石關於用典用事的詩藝主張及創作實踐，再試讀他的詩作，便有興寄遥深之感。這當然是與杜甫、黄庭堅一脉相承的。觸類旁通、耽於用典的白石將之實踐於詞，亦大獲成功。如《滿江紅》（僊姥來時）用《三國志·吴書·吴主傳》孫權致書曹操故事，《漢宫春》（一顧傾吴）用《吴越春秋》勾踐滅吴故事，讀來覺得順手拈來，恰到好處。再如《月下笛》（與客攜壺）下片句云：「但繫馬垂楊，認郎鸚鵡。揚州夢覺，彩雲飛過何許。多情須倩梁間燕，問吟袖，弓腰在否？」連用劉禹錫《咏鸚鵡》、杜牧《遣懷》、李白《宫中行樂詞》及段成式《酉陽雜俎》故事，而聲氣流轉，一氣呵成。我認爲，這就是前人所艷稱的白石詞的「騷雅」。而這種騷雅，應得益於他的詩藝詩法，也應是其詩與詞共同之藝術特色。

四

據夏承燾先生考證，白石詞的版本之繁，在宋人詞集中可稱首屈一指。白石詩的版本，仅夏師經見者有十五六種之多，亦爲郁郁之盛。根據史籍記載，《白石道人詩集》最早的本子應是陳起編《江湖小集》或《南宋六十家小集》。現存各種版本可分爲編年、分體兩個系統，兩個系統的版本之間可以互相參考。據孫玄常《姜白石詩集箋注》前言所云，夏承燾先生得見宋本，孫是長者，所云當有所本。我以為，夏先生所见既广，兼之學識高拔，又不吝功力，其校輯之《白石詩詞集》（人民文學出版社 1959 年 1 月版）中「詩集」以陸鍾輝刊本爲底本，校以影鈔《南宋六十家小集》、讀畫齋刊南宋《群賢小集》及《中興群公吟稿》諸本，最稱完善。於是，我們這本《姜白石詩集箋注》就用夏師校輯本作爲底本。

因庋藏貧瘠，我用以校對的版本有二。

一是《四庫全書》集部四《白石道人詩集》上下二卷。此本是清初鈔本，應是陸本演衍。

二是《四庫全書》卷二百七十《白石道人詩》一卷，此亦即《兩宋名賢小集》本。

此外，筆者尚見到孫玄常《姜白石詩集箋注》（山西人民出版社 1986 年版）、黄兆顯《姜白石七絶詩九十一首小箋》（臺灣河洛圖書出版社 1978 年版），這些版本各具特色，給筆者的整理工作以很大的幫助。

此書原文謹依夏師校輯本分二卷收録。卷上收五古、七古，卷下收五律、七律、五絶、六絶、七絶，另集外詩十三首。校記則以夏師校輯本爲底本，依前述《四庫全書》中《白石道人詩集》二卷及《兩宋名賢小集》本一卷出校。所得校記亦不少，益信前人「校書如掃落葉，旋掃旋生」之語不謬也。箋注、評析諸項則參照前修研究，融會個人心得編撰而成。附録收有《姜堯章自叙》、夏師《白石輯傳》以及拙編《姜白石年譜簡編》，供讀者欣賞、學習、研究白石詩歌之需。

崇文書局不棄瓦釜，慨然約稿，對本書的整理工作給予了具體詳細的指導。這是特別讓我銘感在心的。

最後，由於筆者學識陋劣，錯漏難免，衷心地歡迎廣大讀者批評指正。

陳書良於長沙聽濤館書寓

二〇二一年七月

白石道人詩集自叙

詩本無體，三百篇皆天籟自鳴。下逮黄初，迄於今，人異韞，故所出亦異。或者弗省，遂艶其各有體也。近過梁谿，見尤延之先生，問余詩自誰氏。余對以異時泛閲衆作，已而病其駁如也，三薰三沐師黄太史氏。居數年，一語噤不敢吐。始大悟學即病，顧不若無所學之爲得，雖黄詩亦偃然高閣矣。先生因爲余言：「近世人士喜宗江西，温潤有如范致能者乎？痛快有如楊廷秀者乎？高古如蕭東夫，俊逸如陸務觀，是皆自出機軸，亶有可觀者，又奚以江西爲？」余曰：「誠齋之説政爾。昔聞其歷數作者，亦無出諸公右，特不肯自屈一指耳。雖然，諸公之作，殆方圓曲直之不相似，則其所許可亦可知矣。余識千巖於瀟湘之上，東來識誠齋、石湖，嘗試論兹事，而諸公咸謂其與我合也。豈見其合者而遺其不合者耶，抑不合乃所以爲合耶？抑亦欲俎豆余於作者之間而姑謂其合耶？不然，何其合者衆也。」余又自唶曰：「余之詩，余之詩耳。窮居而野處，用是陶寫寂寞則可，必欲其步武作者，以釣能詩聲，不惟不可，亦不敢。」

自叙二

作詩求與古人合，不若求與古人異。求與古人異，不若不求與古人合而不能不合，不求與古人異而不能不異。彼惟有見乎詩也，故向也求與古人合，今也求與古人異。及其無見乎詩已，故不求與古人合而不能不合，不求與古人異而不能不異。其來如風，其止如雨，如印印泥，如水在器。其蘇子所謂「不能不爲」者乎？余之詩，蓋未能進乎此也。未進乎此，則不當自附於作者之列。悉取舊作，秉畀炎火，俟其庶幾於「不能不爲」而後録之。或曰：「不可。物以蜕而化，不以蜕而累。以其有蜕，是以有化。君於詩將化矣，其可以舊作自爲累乎？」姑存之，以俟他日。

姜白石詩集箋注卷上

五言古詩

以「長歌意無極，好爲老夫聽」爲韻，奉别沔鄂親友①

滔滔沔鄂留，有靦〔一〕三宿桑②。持鉢〔二〕了白日③，事賤丸蛣蜣④。念〔三〕當去石友⑤，煙席凌江湘。爲君試歌商⑥，歌短意則長。

【校　記】

〔一〕靦，孫玄常《姜白石詩集箋注》云，洪本（乾隆辛卯洪正治刻本）作「忝」。

〔二〕鉢，洪本作「盋」。

〔三〕念，孫玄常《箋注》云，許本（榆園叢書本）作「舍」。

【箋注】

①沔鄂：湖北漢陽一帶。沔，沔水，据《水经注》北源出自今陕西留坝县，为沔水；西浮出自今宁强县，为汉水。两水合流后通称沔水或汉水。沔鄂留，指漢陽親友之款留。按，白石詞《探春慢》序云：「予自孩幼從先人宦于古沔，女須因嫁焉。中去復來幾二十年，豈惟姊弟之愛，沔之父老兒女子亦莫不予愛也。丙午冬，千巖老人約予過苕霅，歲晚乘濤載雪而下，顧念依依，殆不能去。」又，此組詩之韻脚出自杜甫《行次鹽亭縣，聊題四韻，奉簡嚴遂州、蓬州兩使君諮議諸昆季》：「馬首見鹽亭，高山擁縣青。雲溪花淡淡，春郭水泠泠。全蜀多名士，嚴家聚德星。長歌意無極，好爲老夫聽。」白石取後兩句爲韻。按孫注指出，宋人寫組詩，往往好以前人詩句爲韻，如黄庭堅《和文潛贈無咎，篇末多見及，以「既見君子，云胡不喜」爲韻》，「既見君子」二句，見《詩經·鄭風·風雨》。

②三宿桑：指久居漢陽之依戀。《後漢書·襄楷傳》：「延熹九年，楷自家詣闕上疏曰：『……或言老子入夷狄爲浮屠。浮屠不三宿桑下，不欲久生恩愛，精之至也。』」

③「持鉢」句：言自己蕭條若僧。程大昌《演繁露》卷二：「《東方朔傳》『置守宮盂下』。注：『盂，食器也，若盋而大。今之所謂盋盂也……』。今僧家名其食鉢爲鉢，則中國古有此名，而佛徒用之。」

④蛣蜣：即蜣螂。《莊子·齊物論》：「庸詎知吾所謂知之非不知邪？」晉郭象注：「夫蛣蜣之知，在於轉丸，而笑蛣蜣者，乃以蘇合爲貴。」晉崔豹《古今注·魚蟲》：「蜣蜋能以土苞糞，推轉成丸，圓正無斜角。」宋黄庭堅《演雅》：「蛣蜣轉丸賤蘇合，飛蛾赴燭甘死禍。」白石此句言己之智不過如蛣蜣，但能轉丸，遇事拙而不免於貧賤。或以爲白石長期困躓場屋，故有此語。

⑤石友，情誼堅如金石之朋友。晉潘岳《金谷集作》：「投分寄石友，白首同所歸。」唐杜牧《奉和門下相公送西川相公兼領相印出鎮全蜀詩十八韻》：「同心真石友，寫恨蔑河梁。」宋黄庭堅《次韻奉酬劉景文河上見寄》：「珍重多情惟石友，琢磨佳句問潛郎。」

⑥歌商，歌唱充滿温情之商調。《禮記·樂記》：「肆直而慈愛，商之遺聲也。商人識之，故謂之商。」《莊子·讓王》：「（曾子）曳縰而歌《商頌》，聲滿天地，若出金石。」

【評析】

這一組五言古詩共十首，主題是「奉别沔鄂親友」。這是第一首，交代事情原委，定下「歌短意則長」的基調。白石的父親曾任湖北漢陽縣知縣，因此白石幼年隨宦，往來漢陽二十餘年。父親病逝後，不得已寄居在已經出嫁漢川的姐姐家。淳熙十三年（1186），白石約三十二歲時，認識時任湖北參議的老詩人蕭德藻（千巖）。蕭深賞白石才華，將侄女許配給他，還帶他寓居浙江湖州。夏承燾《姜白石繫年》據此繫此詩於是年。可參閱白石詞《探春慢》。

佳人魯山下，①日弄清漢波。促絃調寶瑟，哀思感人多。咬哇秦缶擊，②冷落郢客歌。③知音良不易，如此粲者何？④

【箋注】

①佳人：原注：「謂楊大昌正之。」楊氏其人未詳，當係白石「沔鄂親友」。《水經注·江水》：「江水又東逕魯山南，古翼際山也。《地説》曰：漢與江，合於衡北翼際山旁者也。」故知魯山應即漢陽之龜山。

②咬哇：形容淫謟之聲。《文選·傅武仲〈舞賦〉》：「吐哇咬則發皓齒。」李善注引《説文》曰：「哇，謟聲也，於佳切。咬，淫聲也，烏交切。」秦缶，秦人之打擊樂。《説文》：「缶，瓦器，所以盛酒漿，秦人鼓之以節歌。」

③郢客歌：用宋玉《對楚王問》「客有歌於郢中者」一段，謂《陽春》《白雪》，曲高和寡也。

④粲者：美人。《詩經·唐風·綢繆》：「今夕何夕，見此粲者。子兮子兮，如此粲者何？」孔疏：「粲者，衆女之美稱也。」

【評　析】

這首詩懷念漢陽朋友楊大昌。所謂「佳人」「郢客」「知音」「粲者」，都是指楊氏。楊氏雖然事迹未詳，但其人志趣高雅，應該是白石的知音。此詩運用了香草美人的手法寫楚地的知音，使人感覺非常貼切。

英英白龍孫①，眉目古人氣。拮据營數椽②，下簾草生砌。③文章作逕庭，功用見造次④。無庸垂罄嗟⑤，遺安鹿門意。⑥

【箋　注】

①「英英」句，原注：「鄭仁舉次皋。」鄭仁舉，亦當爲漢陽親友，但其人不詳。按，《楚辭·天問》王逸注引《傳》曰：「河伯化爲白龍，遊於水旁，羿見而射之，眇其左目。」據此可知鄭仁舉或爲貴胄而淪爲庶民者，且可能一目不良。

②拮据：勞累。《詩經·豳風·鴟鴞》：「予手拮据。」鄭箋：「此言作之至苦。」

③「下簾」句：言鄭氏清静自持。《漢書·王貢兩龔鮑傳》：「君平卜筮於成都市……裁日閲數人，得百錢，足自養，則閉肆下簾而授《老子》。」草生砌，與唐劉禹錫《陋室銘》「苔痕上階

緑，草色入簾青」同義，言賓客稀少。

④「文章」兩句，言鄭氏文章驚人，而學道之功用（修養與言行）則隨處可見。逕庭，門外小路和庭院。《莊子·逍遥遊》：「大而無當，往而不返。吾驚怖其言，猶何漢而之無極也，大有逕庭，不近人情焉。」《論語·里仁》：「君子無終食之間違仁，造次必於是，顛沛必於是。」《釋文》：「造次……馬云：急遽也。鄭云：倉卒也。」

⑤垂罄，同懸罄，意爲空洞無物。罄，亦作磬。《左傳·僖公二十六年》：「室如縣罄，野無青草。」楊伯峻注：「磬之懸掛，中高而兩旁下，其間空洞無物。百姓貧乏，室無所有，雖房舍高起，兩檐下垂，如古磬之懸掛者然也。」唐柳宗元《同劉二十八哭吕衡州兼寄江陵李、元二侍郎》詩：「三畝空留懸罄室，九原猶寄若堂封。」

⑥「遺安」句：言鄭氏有漢上先賢遺風。鹿門，鹿門山，在湖北襄陽。用後漢龐德公携妻子入鹿門山采藥不返事，見《後漢書·逸民傳》。安，習也。唐杜甫《冬日有懷李白》：「未因乘興去，空有鹿門期。」

【評　析】

這首詩是懷念鄭仁舉次皋。從詩句看，鄭氏是「英英白龍孫」，出身貴胄，而且他滿腹經綸，文章和功用都在細微處體現，然而他遺忘世事，是一位真正的隱士。夏師《姜白石詞編年箋校》附《行實考》引《漢陽縣志・隱逸傳》云：「（鄭）隱居郎官湖上，不求聞達，善言名理。」白石認爲他繼承了龐德公的鹿門遺風。應該説，這是一個很高的評價。

詩人辛國士①，句法似阿駒②。别墅滄浪曲③，緑陰禽鳥呼。頗參金粟眼④，漸造文字無⑤。兒輩例學語，屋壁祝蒲盧⑥。

【箋　注】

① 辛國士：原注：「辛泌克清。」夏師《行實考》云：「《漢陽縣志》入文學傳。」按，《左傳・成公十六年》：「皆曰：國士在，且厚，不可當也。」國士，指一國中才能最優秀的人物。白石以國士稱呼辛克清，辛的學行應該是超邁時流的。

② 阿駒：疑指洪駒父。厲鶚《宋詩紀事》：「洪芻字駒父，紹聖元年進士，崇寧中入黨籍，靖康中爲諫議大夫。」洪駒父係黄庭堅之甥，黄庭堅《和王觀復、洪駒父謁陳無己長句》詩：「王侯文采似於菟，洪甥人間汗血駒。」良亦疑指韓駒。韓駒（1080—1135），字子蒼，四川僊井監人，有《陵陽先生詩》。他詩學蘇黄，是江西詩派干將。

③「別墅」句：言辛築别墅於漢水彎曲處。滄浪即漢水。《文選・張平子〈南都賦〉》「流滄浪而爲隍」注：「《尚書》曰：『漢水又東，爲滄浪之水。』」

④金粟：金粟如來，亦即維摩詰。維摩詰是大乘佛經中之人物，其人爲居士，深通義理，六朝以來爲士大夫所推重。

⑤「漸造」句：是説辛參透《維摩詰經》，漸漸達到不立文字的言外之傳。漸造，漸漸達到。《五燈會元》卷一：「世尊在靈山會上，拈花示衆。是时衆皆默然，唯迦葉尊者破顔微笑。世尊曰：『吾有正法眼藏，涅槃妙心，實相無相，微妙法門，不立文字，教外别傳，付囑大迦葉。』」按，禪宗之學，以心傳心，不立文字，始於迦葉。唐宋文人每喜以詩比禪，對於這種不立文字的言外之傳應是别有會心的。

⑥「兒輩」兩句：是説希望辛國士的兒輩有出息，像辛國士一樣。按，《詩經・小雅・小宛》：「螟蛉有子，蜾蠃負之。」毛傳：「螟蛉，桑蟲也；蜾蠃，蒲盧也。」蒲盧，即細腰蜂，見《釋文》。鄭箋：「蒲盧取桑蟲之子，負持而去，煦嫗養之，以成其子。」揚雄《法言・學行》：「螟蠕之子殪而逢蜾蠃，祝之曰『類我類我』，久則肖之矣。」按，此乃古人察物未精之謬見，白石作爲典故引用，只重在「類我」之詞語方面。

【評　析】

這首詩懷念辛克清。陳氏《年譜》云：「辛似女須之族，鄭、楊、單、蔡則友也。所以奉別曰親曰友。」將辛氏歸於「女須之族」，嫌言之無據。按，白石有《探春慢》詞，其序曰：「作此曲別鄭次皐、辛克清、姚剛中諸君。」明確説明辛克清諸人是白石旅居漢陽時常相過從的詩文朋友。此詩主要寫辛的詩歌造詣，末尾兩句大概有感於辛氏兒女的聰慧，因而發出了「屋壁祝蒲盧」的祝願。

山陰千載人①，揮灑照八極②。只今定武刻③，猶帶龍虎筆④。單侯出機杼⑤，豈是劍舞得⑥？餘波入竹石⑦，絶歎咄咄逼⑧。

【箋　注】

① 山陰：今浙江紹興。此句謂書聖、東晉書法家王羲之。羲之晚年居山陰。

② 揮灑，謂筆墨揮灑。唐杜甫《寄薛三郎中璩》詩：「賦詩賓客間，揮灑動八垠。」宋蘇軾《書若逵所書經後》：「如空中雨，是誰揮灑，自然蕭散，無有疎密。」八極，猶言宇宙。《淮南子·墜形》：「九州之外，乃有八殥。八殥之外，而有八紘。八紘之外，乃有八極。」

③ 定武刻，指《定武蘭亭》。按，王羲之《蘭亭序》是書中神品。《定武蘭亭序》因北宋時發現於

定武（今河北定州），故世稱「定武蘭亭」。此刻渾朴、敦厚，傳唐歐陽詢據右軍真迹臨摹上石，爲諸刻之冠。

④龍虎筆：指筆墨生動雄强。《閣帖·梁武帝評書》：「右軍字勢雄强，如龍跳天門，虎卧鳳闕。」唐李白《醉後贈王厲陽》詩：「筆踪起龍虎，舞袖拂雲霄。」

⑤單侯，指單煒。原注：「單煒炳文。」夏師《白石道人行實考》：「《齊東野語》（十二）：『單煒字炳文，沅陵人。博學能文，得二王筆法。字畫遒勁，合古法度。於考訂法書尤精。武舉得官，仕至路分。著聲江湖間，名士大夫多與之交。自號定齋居士。與堯章投分最稔，亦碩士也。』」董史《皇宋書録》（下）：「單煒字炳文，（曹）谷中云：西班人。善書，有所刻《定武蘭亭》傳於世。」白石《保母帖跋》：「學書三十年，晚得筆法於單丙文。」是白石不僅與單煒友好，而且也是以書學相契者。

⑥唐杜甫《觀公孫大娘弟子舞劍器行·序》：「昔者吴人張旭善草書書帖，數嘗於鄴縣見公孫大娘舞西河劍器，自此草書長進，豪蕩感激，即公孫可知矣。」

⑦餘波，餘力。此句謂單煒在書法之餘還能繪畫竹石。

⑧此言單煒書法精妙，逼近王羲之。《法書要録·採古來能書人名》：「（王修）善隸行，與羲之善，故殆窮其妙……子敬每省修書，云『咄咄逼人』。」

【評　析】

這首詩懷念單煒。單煒是當時頗有名氣的書法家。他不僅與白石是朋友，而且是書學的同道。此詩中間兩聯寫單煒的書法淵源及業績，跳動淋漓，十分精彩。尾聯宕開寫其竹石繪畫，使人感到餘韻悠悠。

異時之罘君①，在涅守白顥②。黃鐘欠牛鐸③，淋漓弔遺稿④。有子殊可人〔一〕⑤，特未見此老。客來請論文，但道曲肱好⑥。

【校　記】

〔一〕原注：「蔡迨肩吾，子武子字武伯。」夏校記：「原無『武子』二字，今依影鈔、小集、吟稿本補。」孫玄常《箋注》云：「陸本、許本并有『武子』。」四庫本無「武子」。

【箋　注】

①之罘君：當指蔡肩吾。然此稱號未詳。山東煙臺有之罘山，或蔡氏祖居之罘也。

②此句言在黑守其白。《論語・陽貨》：「不曰白乎，涅而不緇。」《釋文》：「涅，及結反，

《說文》云：謂黑土在木（按，《說文》作『水』）中者也。」白顥，白也。顥同皓。

③此句慨嘆蔡肩吾詩雖高妙，却無知音唱和，如有黄鐘而缺牛鐸。《晉書·荀勖傳》：「初，勖於路逢趙賈人牛鐸，識其聲。及掌樂，音韻未調，乃曰：『得趙之牛鐸則諧矣。』遂下郡國，悉送牛鐸，果得諧者。」黄鐘，古代一種聲音洪亮的樂器。牛鐸，懸掛在牛脖子上的鈴鐺。宋黄庭堅《再答元與》詩：「偶然樽酒相勞苦，牛鐸調與黄鐘同。」

④淋漓，詩文之墨迹。

⑤可人，稱心如意、有才德的人。《禮記·雜記》：「其所與遊辟也，可人也。」孔疏：「可人也者，謂其人性行是堪可之人也，可任用之。」宋蘇軾《廣陵後園題申公扇子》詩：「閑吟繞屋扶疏句，須信淵明是可人。」白石此句當指蔡肩吾之子武子。按，夏師《白石道人行實考》：「韓淲《澗泉日記》（中）：『蔡迨字肩吾，許昌人。蔡文忠公齊之孫，流落川蜀……爲桂陽令以殁。其子武子，亦俊爽好文，今流落在荆湘間。』」

⑥「客來」兩句，言蔡氏如顔回曲肱自樂，不求聞達。《論語·述而》：「飯疏食，飲水，曲肱而枕之，樂亦在其中矣。」

【評　析】

這首詩懷念友人蔡肩吾。作者用白描手法勾畫了一位濁世君子，他特立獨行，在黑守白，雖缺乏知音，但有子可人，過着安貧樂道的生活。這首詩造語用典較冷僻，富書卷氣，表現了白石向江西詩派學習的迹象。

中郎逝〔一〕千霜，曲高復誰爲①。龐翁趣無絃②，鄭伯功斲鼻③。春風桃花溪，寒淥繞蒼翠。何當從兩君④，放浪討〔二〕幽事。

【校　記】

〔一〕逝，四庫本作「遊」。

〔二〕討，四庫本作「計」。

【箋　注】

①「中郎」二句，意爲中郎久逝，無復知音。中郎，蔡中郎，指東漢蔡邕。傳邕聞炊桐火烈之聲，知其良材，將未燼木裁爲琴，即焦尾琴也。千霜，千年。梁沈約《高松賦》：「經千霜而得拱，

仰百仞而方枝。」此處當指蔡肩吾。

②無絃，蕭統《陶淵明傳》：「淵明不解音律，而蓄無絃琴一張，每酒適，輒撫弄以寄其意。」龐翁，應指龐參軍，陶淵明友人。陶淵明《答龐參軍》詩：「相知何必舊，傾蓋定前言。有客賞我趣，每每顧林園。談諧無俗調，所説聖人篇。或有數斗酒，閑飲自歡然。」可知陶引龐爲知音。

③鄭伯，疑指鄭次臯。斲鼻，《莊子·徐無鬼》用匠石斲郢人鼻端之堊故事，喻莊子與惠子相契之深，此處用以喻己與鄭次臯相知甚深。

④兩君，疑指蔡肩吾與鄭次臯。討幽，猶探幽也。

【評析】

這首詩抒發了蔡肩吾與鄭次臯的朋友相得之情。孫玄常《箋注》曰：「兩君，疑指蔡武伯與鄭次臯。」誤。按韓淲《澗泉日記》云：「蔡迨字肩吾，許昌人。蔡文忠公齊之孫，流落川蜀……爲桂陽令以殁。其子武子，亦俊爽好文，今流落在荆湘間。」是蔡肩吾與蔡武伯是父子關係。此詩第一句「中郎逝千霜」，就明白地説明了「兩君」之一的「中郎」已逝。換言之，在漢陽與白石、鄭次臯等詩酒酬酢的是蔡肩吾，而不是蔡武伯。

此詩前四句連用三個典故，贊嘆知音難得，雖造語稍嫌艱澀但很貼切。後半部分四句文風陡變，平易近人。「春風桃花溪，寒淥繞蒼翠」，當是朋友們詩酒流連之地，景物描寫中自然逗出末兩句：什麽時候還能跟隨蔡、鄭兩君，放浪山水，探究人生之幽微呢？「計幽事」，夏校本從影鈔作「討幽事」，義長。

宦達羞故妻，貧賤厭丘嫂〔一〕①。上書雲雨迴②，還舍筍蕨老。江皋鉏帶經③，決計恨不早。士無五羖皮④，没世抱枯槁⑤。

【校記】

〔一〕丘嫂，《箋注》據夏校本作「邱嫂」。按，丘嫂，長嫂也，非爲姓。四庫本正作「丘嫂」。「邱」當是避孔子諱而改。

【箋注】

① 「宦達」兩句，是説世態炎凉。《後漢書·宋弘傳》：「帝姊湖陽公主新寡，帝與共論朝臣，微觀其意。主曰：『宋公威容德器，群臣莫及。』帝曰：『方且圖之。』後弘被引見，帝令主坐屏風後，因謂弘曰：『諺言貴易交，富易妻，人情乎？』弘曰：『臣聞貧賤之知不可忘，糟糠之妻

不下堂。』」又《漢書・楚元王傳》：「高祖微時，常避事，時時與賓客過其丘嫂食。嫂厭叔與客來，陽爲羹盡轑釜，客以故去。已而視釜中有羹，繇是怨嫂。」注引張晏曰：「丘，大也，長嫂稱也。」

②此句言意欲上書而無從上達天聽。宋黄庭堅《詠李伯時摹韓幹三馬次子由韻簡伯時兼寄李德》詩：「太史瑣窗雲雨垂。」任注：「言其在天上也。」迥，遠也。

③此句言己之耕讀生活。《漢書・兒寬傳》：「時行賃作，帶經而鉏，休息輒讀誦。」鉏，同鋤。

④此句慨嘆自己時運未濟。《史記・秦本紀》載秦穆公以五張黑色公羊皮從楚國將被俘的百里奚贖回，委以重用。後以此典形容君王禮賢下士，或比喻未得到機遇之賢士。羖，黑色的公羊。唐李商隱《自桂林奉使江陵途中感懷寄獻尚書》詩：「長懷五羖贖，終著九州箴。」

⑤此句言悲觀處世。《莊子・刻意》：「刻意尚行，離世異俗，高論怨誹，爲亢而已矣。此山谷之士，非世之人，枯槁赴淵者之所好也。」成疏：「枯槁則鮑焦、介推之流；赴淵則申狄、卞隨之類。」

【評析】

這首詩描寫文士們的耕讀生活，這也是白石和朋友們在漢陽的主要生活方式。首聯寫世態炎涼，中間兩聯寫耕讀文士懷抱理想，不廢讀書，尾聯慨嘆時運不濟。

需要注意者，夏師《白石輯傳》云：「夔於寧宗慶元三年進《大樂議》及《琴瑟考古圖》於朝……書奏，詔付太常。」「五年，又上《聖宋鐃歌》十二章。詔免解與試禮部，不第，遂以布衣終。」所云進《大樂議》等是白石四十三四歲所爲。而此詩作於淳熙十三年（1186），白石約三十二歲時，其中竟有「上書雲雨迴，還舍筍蕨老」之句。我以爲，儘管「上書」内容模糊，但意願是迫切而强烈的，這也可視爲以後慶元上書的感情基礎。

伐木響虚牝①，吾願友褐夫②。九關呀虎豹③，何時内高袪④？黄鵠眇雲樹，鸊鵜澹烟蕪⑤。
倚杖得清賞⑥，洗心觀本初⑦。

【箋注】

① 《詩經·小雅·伐木》：「伐木丁丁，鳥鳴嚶嚶。出自幽谷，遷于喬木。嚶其鳴矣，求其友聲。」虚牝，幽谷。《大戴禮記·易本命》：「丘陵爲牡，谿谷爲牝。」《文選·殷仲文〈南州桓公九井作〉》：「爽籟警幽律，哀壑叩虚牝。」唐韓愈《贈崔立之評事》詩：「可憐無益費精

神，有似黄金擲虚牝。」

②褐，賤者之服。《孟子·公孫丑上》：「視刺萬乘之君，若刺褐夫。」

③此句言前途險阻。《楚辭·招魂》：「虎豹九關，啄害下人些。」王逸注：「言天門凡有九重，使神虎豹執其關閉，主啄齧天下欲上之人，而殺之也。」呀，張口貌。

④此句言何時能容納其高舉。内，同納，容納也。《文選·班孟堅〈西都賦〉》：「祛黼帷，鏡清流。」李善注引《淮南子》注：「祛，舉也。」

⑤「黄鵠」兩句，摹寫漢陽風光。黄鵠，黄鶴樓，鵠、鶴同。鸚鵡，鸚鵡洲，洲在漢陽西南大江中。按宋陸游《入蜀記》：「黄鶴樓舊傳費禕飛升於此，後忽乘黄鶴來歸，故以名樓，號爲天下絶景。」又：「離鄂州，便風掛帆，沿鸚鵡洲南行，洲上有茂林、神祠，遠望如小山。洲蓋禰正平被殺處，故太白詩云：『至今芳洲上，蘭蕙不敢生。』」

⑥倚杖：拄着手杖。唐杜甫《春歸》詩：「倚杖看孤石，傾壺就淺沙。」宋蘇軾《臨江僊·夜歸臨皋》：「敲門都不應，倚杖聽江聲。」

⑦此句説修煉精神，以追求本初之性。《易經·繫辭上》：「聖人以此洗心，退藏於密。」唐徐浩《寶林寺作》詩：「洗心聽經論，禮足蠲凶災。」本初，始也。《莊子·繕性》：「繕性於俗學，以求復其初。」成疏：「求歸復本初之性。」宋司馬光《稷下賦》：「誠能撥去浮末，敦明

本初，修先王之典禮，踐大聖之規模，德彼品物，威加海隅。」

【評析】

這首詩由懷念漢陽親友，引發自己抒發懷抱，跌宕騰挪，寫得十分精彩。

首聯懷友，由《詩經・小雅》的「伐木丁丁」，聯想到自己空谷而不聞足音，輕輕逗出「褐夫」。（漢陽親友大多平民）頷聯由「褐夫」生發，寫空懷報國之志，而無由上達。頸聯不糾纏於情緒，宕開一筆，寫漢陽風光，清麗瀟灑。尾聯稍弱，不如東坡「倚杖聽江聲」那樣形象豐滿，而有「掉書袋」之嫌。

孤鴻度關山，風霜摧翅翎。〔一〕影低白雲暮，哀嗷那忍聽①。士生有如此，儲粟不滿瓶②。著書窮愁濱，可續《離騷》經③。

【校記】

〔一〕摧，四庫本作「催」。《箋注》從夏師輯校本作「摧」。《兩宋名賢小集》本正作「摧」。按，「摧」字義長。

【箋　注】

①噭，《説文》：「噭，呼也。」

②此句言家資貧乏。晉陶淵明《歸去來兮辭》序：「幼稚盈室，缾無儲粟，生生所資，未見其術。」

③窮愁濱，殊不可解，意者或爲充滿了窮愁的江濱。按夏師《白石集版本小記》附《白石晚年自定集辨僞》：「今所傳《白石晚年自定集》寫本，出於姜忠肅祠堂……删改甚多……多不可通……如『著書窮愁濱，可續《離騷經》』，改『濱』爲『中』，不知其用韓愈文『寂寞之濱』。」良以爲引韓愈文不能説明任何問題，倒是寫本改「濱」爲「中」頗爲可採，惜未得見，謹附注於此，讀者參考之。

【評　析】

這首詩作爲組詩的最後一首，帶有總結的意味。主題是自言懷抱，簡言之，一是孤獨，這也回應了對漢陽親友的懷念。二是窮愁。三是自己仍是讀寫生涯。二、三兩點，亦可視爲對親友的談心。這首詩與上面九首詩一樣，基調是淒婉的，帶有一絲淡淡的哀愁。

赤松圖①

山東隆準公②，未語心已解。按劍堂下人②，成事汝應退。非無帶礪約③，政爾有恩害④。平生三寸舌⑤，松間漱寒瀨。

【箋注】

① 此爲題畫詩，畫面應是西漢張良的故事。按，《楚辭·遠游》：「聞赤松之清塵兮，願承風乎遺則。」洪興祖《補注》引《列仙傳》，謂赤松子乃神農時雨師，張良欲從赤松子遊，即此也。

② 山東隆準公，謂劉邦。《史記·高祖本紀》：「高祖爲人，隆準而龍顔。」李白《梁父吟》：「長揖山東隆準公。」隆準，謂高鼻梁也。

② 按劍，承上文，指劉邦。《文選·鮑明遠〈出自薊北門行〉》：「天子按劍怒。」

③ 帶礪約，謂莊重的誓言或承諾。《史記·高祖功臣侯者年表序》：「封爵之誓曰：使河如帶，泰山若厲，國以永寧，爰及苗裔。」厲，同礪。礪，磨刀石。

④政爾，即正爾，正因如此。言有恩澤而禍害亦隨之。宋黃庭堅《戲答俞清老道人寒夜》：「平明視清鏡，政爾良獨難。」

⑤三寸舌，言能言善道，擅長辭令。《史記·留侯世家》：「留侯乃稱曰：『……今以三寸舌爲帝者師，封萬户，位列侯，此布衣之極，於良足矣。』」

【評析】

這是一首題畫詩，畫面的内容大概是張良隱逸之類。在寫作方法上，詩句鋒芒所及，恰恰是畫面以外的人物「山東隆準公」。作者揭示了劉邦不能容人的陰暗心理：「成事汝應退。」末兩句對張良的隱退表示了惋惜和同情。「松間漱寒瀨」亦可能歸結到畫面景物。

虞美人草①

夜闌浩歌起②，玉帳生悲風③。江東可千里④，棄妾蓬蒿中。化石那解語⑤，作草猶可舞。陌上望騅來，翻愁不相顧。

【箋注】

①清吴騫《拜經樓詩話》：「虞姬墓在靈璧縣。有草紅色，見人輒舞，俗名虞美人草。」陳思《年譜》録《全芳備祖》載有蕭德藻、辛棄疾咏虞美人草之作，謂白石此作爲與蕭、辛分咏者，繫此作於淳熙八年（1181）。謹附録於次。蕭德藻《咏虞美人草》云：「魯公死後一抔土，誰與竿頭薦一觴。妾願得生墳土上，日翻舞袖向君王。」又，辛棄疾《浪淘沙·賦虞美人草》云：「不肯過江東，玉帳匆匆。只今草木憶英雄。唱著虞兮當日曲，便舞春風。兒女此情同，往事朦朧。湘娥竹上泪痕濃。舜蓋重瞳堪痛恨，羽又重瞳。」

②《史記·項羽本紀》：「項王則夜起，飲帳中。有美人名虞，常幸從；駿馬名騅，常騎之。於是項王乃悲歌忼慨，自爲詩曰：『力拔山兮氣蓋世，時不利兮騅不逝。騅不逝兮可奈何，虞兮虞兮奈若何！』歌數闋，美人和之。項王泣數行下，左右皆泣，莫能仰視。」

③玉帳：主將之營帳。《説郛》（三十）載張淏《雲谷雜記》：「蓋玉帳乃兵家厭勝之方位。謂主將於其方置軍帳，則堅不可犯，猶玉帳然。」唐杜甫《奉和嚴鄭公軍城早秋》：「玉帳分弓射虜營。」

④《史記·項羽本紀》：「烏江亭長檥船待，謂項王曰：『江東雖小，地方千里，衆數十萬人，亦足王也。願大王急渡。今獨臣有船，漢軍至，無以渡。』」

⑤ 此句借望夫石傳説，表現虞美人草之貞潔情懷。《幽明録》：「武昌北山有望夫石，狀若人立。古傳云：昔有貞婦，其夫從役，遠赴國難，携弱子餞送北山，立望夫而化爲立石。」

【評析】

這首詩表面上是咏物，然而所謂虞美人草乃傳説中之物，故此詩應是懷古詩，再現了當年霸王别姬的悲壯場景，對貞烈的虞姬寄予了深切的同情。

又，陳思《年譜》以爲此詩與蕭德藻、辛棄疾之詩詞是同題分咏，愚意以爲不太可能。一者「同題分咏」之舉，在三人的詩詞題目中都没有體現，一般宋人對這樣的風雅之事是會津津樂道的。二者所謂「同題分咏」之作，姜是五古，蕭是七絶，辛是《浪淘沙》詞，「同題」而體裁不同，也比較罕見。

華藏寺雲海亭望具區①寺爲張循王功德院

茫茫復茫茫，中有山蒼蒼②。大哉夫差國，坐占天一方③。夫差醉蓮宫④，巨浪摇不醒。越師從何來，奪我玉萬頃⑤。年年亭上秋，一笛千古愁。誰能知許事，飛下雙白鷗。

【箋注】

①華藏寺，在浙江烏鎮。陳思《年譜》引《湖州府志》：「利濟寺一作北利濟院，在烏鎮利濟橋之南。唐末爲董昌桃花寨。宋南渡，張循王俊置莊於此，乃移寨皂林。後俊故，改莊爲香火院，始名華嚴精舍，宋末改爲利濟寺。」此謂「華嚴」，應爲「華藏」之誤。《年譜》認爲「寺爲循王香火，必平甫（張）同行。」並繫此詩於慶元三年（1197）。夏師《繫年》謂慶元二年白石與張同遊武康、無錫等地，而未列此詩。具區，太湖之古稱。《爾雅·釋地》：「吴越之間有具區。」郭注：「今吴縣南太湖，即震澤是也。」

②此句謂太湖多山。據説太湖有七十二峰。

③夫差國，春秋時期的吴國，吴王夫差曾破越敗齊，稱霸一方。吴國位於今江蘇省南部蘇州、無錫、常州一帶。

④蓮宮，寺廟，此處指華藏寺。唐皇甫冉《望南山雪懷山寺普上人》：「夜夜夢蓮宮，無由見遠公。」唐李咸用《遊寺》：「無家身自在，時得到蓮宮。」

⑤「越師」兩句，寫越王勾踐滅吴。《左傳·哀公二十二年》：「冬十一月丁卯，越滅吴。請使吴王居甬東，辭曰：『孤老矣，焉能事君？』乃縊，越人以歸。」

【評　析】

這首詩「咏懷古迹」，感嘆夫差荒淫亡國。「茫茫」四句寫景，由景色遥想吳國當年的盛況。「夫差」四句寫亡國。「年年」四句發感慨。「年年亭上秋，一笛千古愁」極富歷史張力，而又有點「清空」的意味。結尾兩句筆觸轉向「雙白鷗」，設想其知道千古興亡，情調依舊「清空」。

夏日寄朴翁①，朴時在靈隱②

風吹松樹枝，懷我松間友。雲從北山來③，令我屢回首。山雲夜夜起，山雨侵人衣。遥知竹窗裏，自吟新雨詩④。

【箋　注】

①朴翁：葛天民，曾名義銛，字朴翁，居西湖，姜夔之友。見於白石《慶宮春》詞序。考白石與朴翁交遊，始見於《同朴翁登卧龍山》《次朴翁遊蘭亭韻》，二詩依夏師《繫年》、陳思《年譜》乃紹熙四年（1193）所作，此詩當作於是年後。

②靈隱：在杭州西湖旁邊。《讀史方輿紀要》卷九十：「靈隱山，（在杭州）府西十二里。本名武

林山，相傳漢時錢唐縣蓋治於山麓。晉咸和中改今名……亦名靈苑，又名仙居。有靈隱寺。」

③北山，謂靈隱北高峰。《讀史方輿紀要》卷九十：「（靈隱）山之西北，一峰直上，曰北高峰。爲靈隱最高處。」

④新雨：初春之雨。按，唐韓愈《山石》有「昇堂坐階新雨足，芭蕉葉大梔子肥」之名句，且韓詩亦爲遊寺（惠林寺）所作。

【評析】

此詩懷念遠在杭州的好友朴翁，結構上有意取法杜甫的《月夜》，顯得古趣盎然。起首兩句以松起興，不過第一句之「松樹枝」是作者身旁之松，第二句「松間」則是杭州西湖之松。兩句領起後，以下就全部是揣想朴翁居所的情景了。作者揣想在山雲涌起、山雨侵人之夜，志趣高雅的朴翁一定在吟哦新雨的詩句。其實，這首詩本身就是一首新雨詩。杜甫《月夜》用月色串聯起長安和鄜州的相思，而此詩則以新雨勾起對西湖故交的遥念。

春日書懷四首①

九真何蒼蒼②，乃在清漢〔一〕尾。衡茅依草木③，念遠獨伯姊④。春來衆芳滋，春去衆芳委〔二〕。兄弟各天涯，啼鴂見料理⑤。漢江出巨魚，風雷入驅使。安得挾我翰，西征二千里⑥。

【校　記】

〔一〕清漢，《名賢小集》本作「情淡」。

〔二〕委，四庫本作「萎」。

【箋　注】

① 此組詩追懷沔鄂親友，按白石在淳熙十三年（1186）離漢陽，賦詩揮别沔鄂親友，此詩必作於是年之後。然陳思《年譜》將此詩繫於淳熙十四年（1187），則亦嫌無據也。書懷，猶言咏懷，杜甫詩有《旅夜書懷》。

② 九真，漢陽西南之山。陳《譜》引《輿地紀勝》：「縣有五藏山，在縣西南。唐咸通八年，改名仙潛山，俗呼爲九真山。相傳有九仙女煉丹於此。」真，即仙也。

③衡茅：衡宇，房舍也。

④伯姊：姊也。《詩經・邶風・泉水》：「問我諸姑，遂及伯姊。」按，白石有姊嫁於漢川，見《奉别沔鄂親友》詩題注。在父親逝去後，白石曾依姊家生活。

⑤啼鴂，即杜鵑。《楚辭・離騷》：「恐鵜鴂之先鳴兮，使夫百草爲之不芳。」洪興祖《補注》引顔師古云：「鷤鴂，一名買鵵，一名子規，一名杜鵑，常以立夏鳴，鳴則衆芳皆歇。」料理，誘引挑動。蔣禮鴻《義府續貂》：「撩亦誘惑挑動也。唐五代間書作『料』，或云『料理』。《雲謡集雜曲・鳳歸雲》詞：『東鄰有女，相料實難過。』韓愈《飲城南道邊古墓上逢中丞過贈禮部衛員外少室張道士》詩：『爲逢桃樹相料理，不覺中丞喝道來。』相料、相料理義同，料音平聲，皆誘引挑逗之意。」見，被也。言己爲啼鵑之聲「不如歸去」而引動歸漢上之思。

⑥「安得」二句，是説怎樣才能有巨魚供我驅使，使其挾住車輈飛馳。《左傳・隱公十一年》：「公孫閼與潁考叔争車，潁考叔挾輈以走。」杜注：「輈，車轅。」西征二千里，此詩當作於吴越，緬懷漢陽之伯姊，而吴越距漢陽甚遠也。

【評　析】

這組詩名曰《春日書懷》，乃是春天的抒情，第一首是懷念遠在漢陽的姐姐。白石有姐姐出嫁漢川，父母故去後，姐姐就是他唯一的至親，因此第一首「書懷」是懷念伯姊。起首四句寫伯姊所居環境。要知道，草本掩映下的「衡茅」亦曾是少年白石的舊巢。春天已快過去，杜鵑啼叫着「不如歸去」，引起了白石對舊巢的思念。他幻想漢江有巨魚能供驅使，使其挾車轅而馳歸，可見相思之迫切。

春雲驛路暗，遊子眇歸程①。永懷故山下，風雨悲柏庭〔一〕②。翁仲不解語，幽鳥時時鳴③。
人家插垂柳④，客裏又清明。

【校記】

〔一〕柏庭，《名賢小集》本作「松庭」。

【箋注】

①眇，眯着眼看。《漢書·叙傳上》：「離婁眇目於豪分。」顏師古注：「眇，細視也。」

②「永懷」二句，是説永遠思念父母在漢陽的陵寢。故山，這裏指九真山。按，白石父親姜噩知漢陽縣，卒於官，其墓當在九真山下。故第一首第一句就説「九真何蒼蒼」。柏庭，當指先人廬墓。古人每植松柏於墓前，故云柏庭或松庭。

③「翁仲」二句，揣想廬墓景象。翁仲，指墓前石人。宋黄庭堅《次韻吴宣義三經懷友》：「往者不可言，古柏守翁仲。」按，據《水經注·河水》，秦始皇二十六年，鑄金人十二坐之宫門前。漢自阿房宫徙之未央宫前，俗謂之翁仲。

④清康熙五十一年《金鄉縣誌》卷二《風俗》：「清明，男女插柳枝祭先壠，名曰踏青。」

【評析】

這是《春日書懷》組詩的第二首，內容是思念先人陵寢。據夏師《白石輯傳》：「父噩，紹興三十年進士，以新喻丞知漢陽縣。卒於官。」又《姜堯章自叙》云：「某早孤不振。」知在白石少年時，其父就卒於漢陽住所。本詩以凄凉的詩句抒寫了「早孤」的青年對先人廬墓的繫念。末兩句是倒叙，因時當清明，人家插柳，故勾起了白石對父母的悼念。

垂楊大别寺①，春草郎官湖②。家巷有石友③，合併不待呼④。瘦藤倚花樹，花片藉玉壺。老鄭談絶妙，辛楊句敷腴。平生子姚子，貌古心甚儒⑤。時邀野僧語，間與琴工俱。酒闌興未了，左轉城南隅⑥。大江圍楚碧，煙水入玄虚〔一〕⑦。留落不自恨〔二〕⑧，惟嗟故人疎。一月三見夢，夢中相與娱⑨。日日潮風起，悵望武昌魚⑩。

【校記】

〔一〕玄虛，四庫本作「元虛」，名賢小集本作「玄虛」。夏師本依影鈔本、吟稿本作「玄虛」。

〔二〕留落，四庫本作「流落」。孫玄常箋注云：「諸本並作『留』，吟稿本作『流』。」

【箋注】

①大別寺，在漢陽龜山。夏師《白石詞箋》：「《入蜀記》：『漢陽負山帶江，其南小山有僧寺者，大別山也，又有小別，謂之二別云。』《清一統志》『太平興國寺在漢陽縣北大別山，唐建，舊名大別寺。』大別山即今龜山。」

②郎官湖，在漢陽東南。唐李白《泛沔州城南郎官湖》詩序：「乾元歲秋八月，白遷於夜郎，遇故人尚書郎張謂出使夏口。沔州牧杜公、漢陽宰王公，觴於江城之南湖，樂天下之再平也。方夜水月如練，清光可掇，張公殊有勝概，四望超然，乃顧白曰：『此湖古來賢豪遊者非一，而枉踐佳景，寂寥無聞。夫子可爲我標之嘉名，以傳不朽。』白因舉酒酹水，號之曰郎官湖，亦由鄭圃之有僕射陂也。」

③此句言里巷之中有誼同金石之朋友。家巷，里巷。《離騷》：「五子用失乎家巷。」王逸注：「兄弟五人，家居閭巷，失尊位也。」石友，見前《奉別沔鄂親友》第一首注⑤。

④合併，會合、相聚也。唐韓愈《與孟東野書》：「以吾心之思足下，知足下懸懸於吾也。各以事牽，不可合併。」

⑤「老鄭」四句，歷數漢陽「家巷石友」。「老鄭」當指鄭次皋，「辛楊」當指辛克清與楊正之，以上三人均見前《奉别沔鄂親友》有關注釋。「子姚子」當指姚剛中，白石詞《探春慢》序云「作此曲别鄭次皋、辛克清、姚剛中諸君」亦提及，但其人不詳。敷腴，形容很愉悦。唐杜甫《遣懷》：「憶與高李輩，論交入酒壚。兩君壯藻思，得我色敷腴。」平生，少年時。《論語·憲問》：「久要不忘平生之言，亦可以爲成人矣。」何晏《集解》引孔安國曰：「平生，猶少時。」「平生子姚子」亦即姚剛中爲少時舊交。

⑥左轉，本意爲左遷，降官職也。此處借用其詞，或當年衆友在漢陽城内會合後，經常左轉街巷覓勝。

⑦玄虛：虛無縹緲。晉左思《詠史》：「所講在玄虛。」

⑧留落：遲留墮落。《漢書·霍去病傳》：「然而諸宿將，常留落不耦。」顔注：「留謂遲留，落謂墮落，故不偕耦而無功也。」

⑨「一月」二句，謂思念情切，舊友常入夢。按，唐杜甫《夢李白》「三夜頻夢君，情親見君意」，白石用其意。

⑩武昌魚，武昌産魚，古時即負盛名。按，《三國志・吴書・陸凱傳》：「寧飲建業水，不食武昌魚。」唐岑參《送費子歸武昌》：「秋來倍憶武昌魚，夢著只在巴陵道。」

【評　析】

這首詩憶念鄭次皋、辛克清、楊正之、姚剛中等漢陽舊友，作者在《奉别沔鄂親友》以及詞《探春慢》中亦叙述了與這些「石友」的交往，可見憶念之深，「一月三見夢」殆非虚語。另外，從本詩看來，無論是「談絶妙」「句敷腴」，還是「野僧」「琴工」，都與詩詞有關。姜白石生活的南宋中後期，民間詩社發展蓬勃，異常活躍，拙著《江湖》（中國國際廣播出版社 2013 年版）已有論述，這首詩也從側面反映了這一歷史狀況。

武昌十萬家，落日紫煙低。亭亭頭陀塔[1]，高處白鳥棲。白鳥忽飛去，春山空四圍。南樓有佳人[2]，再召且再辭。閉門課文事，攖物深天機[3]。斯人不可致，白鳥會來歸[4]。

【箋　注】

①頭陀塔：漢口西北有頭陀寺。按夏師《白石詞箋》：「頭陀，寺名，在漢口西北。陸游《入蜀

記》：『寺在州城之東隅石城山……李太白《江夏贈韋南陵》詩云「頭陀雲外多僧氣」，正謂此寺也。』」寺中應有寶塔。

②南樓、佳人均用古詩成詞以代沔鄂友人某。按，南朝宋謝靈運《南樓中望所遲客》：「圓景早已滿，佳人猶未適。」

③「攖物」句是説佳人接觸物理則深得天機。攖，接觸。《莊子·大宗師》：「攖寧也者，攖而後成者也。」天機，自然。《莊子·大宗師》：「其耆欲深者，其天機淺。」《文選·陸士衡〈文賦〉》：「方天機之駿利。」李注引司馬彪曰：「天機，自然也。」

④「斯人」兩句，是説斯人不應徵召，順乎自然，故白鳥歸來，與之共遊。

【評析】

這首詩的題旨撲朔迷離，我以爲，或與白石漢陽情事有關。白石幼年即隨父居住漢陽，父歿後又寄居在姊姊家，直至淳熙十三年（1186）隨蕭德藻前往湖州，才離開漢陽。這年白石三十二歲。因此青年白石曾在漢陽有過情事，應該是非常自然的。結合此詩，我有以下一孔之見。

其一，此詩屬《春日書懷》其四，這組詩分别懷念了漢陽的伯姊、先人墓寢及「石友」，此詩所懷，當然是漢陽故舊，而且是伯姊、「石友」以外之人。

其二，「南樓」四句，雖然南樓、佳人都是謝靈運詩的成詞，但細玩「再召且再辭」「閉門課文事」二句，描寫女性似乎更貼切一些。

其三，短短十二句詩，而「白鳥」三見。一則言「白鳥棲」，曾棲息於此；二則言「白鳥忽飛去」；三則言「白鳥會來歸」；與白石之行止經歷吻合。按，白石無故實可徵，杜甫《旅夜書懷》以「飄飄何所似，天地一沙鷗」自況，白鳥之喻應與工部同一機杼。

其四，所謂「白鳥會來歸」，應視爲未來時，亦即白鳥將會來漢陽會見佳人。這種重歸漢陽的迫切心情，與本組詩第一首結尾所云「安得挾我輈，西征二千里」是一致的。

箜篌引①

箜篌且勿彈，老夫不可聽〔一〕②。河邊風浪起，亦作箜篌聲。古人抱恨死，今人抱恨生③。南鄰賣妻者，秋夜難爲情④。長安買歌舞，半是良家婦⑤。主人雖愛憐，賤妾那久住？緣貧來賣身，不緣觸夫怒⑥。日日登高樓，悵望宮南樹⑦。

【校 記】

〔一〕老夫，《名賢小集》本作「老大」，義長。唐白居易《琵琶行》：「老大嫁作商人婦。」

【箋 注】

①《箜篌引》，古樂府名，一曰《公無渡河》。《中華古今注》：「《箜篌引》者，朝鮮津卒霍里子高妻麗玉所作也。子高晨起刺船，有一白首狂夫，披髮提壺，亂流而渡，其妻隨而止之，不及，遂墮河而死。於是援箜篌而歌曰：『公無渡河，公竟渡河。墮河而死，當奈公何？』聲甚淒愴，曲終，亦投河而死。子高還，以語麗玉。麗玉傷之，乃引箜篌而寫其聲，名曰《箜篌引》。」

②「箜篌」二句，爲樂府開首慣用句法。按，《玉臺新咏·古詩》：「四座且莫喧，願聽歌一言。」《文選·陸士衡〈吴趨行〉》：「楚妃且勿嘆，齊娥且莫謳。四座並清聽，聽我歌《吴趨》。」均同此開篇。

③「河邊」四句，演繹《中華古今注》白首狂夫事，見注①。

④難爲情，猶言可羞耻，引以爲耻。《文選·石季倫〈王明君辭〉》：「傳語後世人，遠嫁難爲情。」

⑤「長安」二句，是説現今在都城賣藝者，一半是良家婦女。長安，西漢、唐代等朝都城，這裏指代南宋都城臨安（今浙江杭州）。

⑥「主人」四句，是説雖然得到了豪門的愛憐，這些賣身的婦女還是希望能够盡早回家。因爲賣身只是因爲家貧，並不是觸夫之怒而離家。那久住，是説希望速歸。主人，指買婦者，亦即長安豪門。

⑦「日日」二句，是説這些良家婦女天天登高悵望宫闕，盼世道承平，以免遭受賣身之苦。南宋宫闕在杭城之南，故言「宫南樹」。

【評析】

本詩有意識地向杜甫「三吏」「三别」等一些詩歌學習，哀嘆民生多艱，揭露社會矛盾。南宋偏安江南後，統治集團加速腐敗，這是一方面。另一方面，江南經濟面臨崩潰，人民更加困苦。於是，一些良家婦女，走進城市，賣身爲奴僕、歌姬，以致骨肉分離的慘劇多有發生。本詩就描寫了當時黑暗的社會現實。

寫法上以河邊風浪之聲似箜篌悲鳴起興，演繹古代故事，而「古人抱恨死，今人抱恨生」兩句一轉，過渡到「今人」，亦即南宋的社會現實，詩風顯得渾厚高古。

待千巖①

褰裳望洞庭②，眼過天一角。初别未甚愁，别久今始覺。作箋非無筆，寒雁不肯落。蘆花待挐音〔一〕③，怪底北風惡。④

【校　記】

〔一〕音，《名賢小集》本作「舟」。

【箋　注】

①千巖：南宋詩人蕭德藻，字東夫，閩清（今屬福建）人，晚年居住湖州（今屬浙江），因喜愛當地弁山千巖競秀，自號千巖老人。著書名《千巖擇稿》。（見《烏程縣誌》卷二十三）愛白石才華，將侄女許配給他。夏師《姜白石繫年》：「淳熙十三年丙午（1186），三十二歲……七月既望，與楊聲伯，趙景魯、景望，蕭和父、裕父、時父、恭父，大舟浮湘，作《湘月》。五古《待千巖》、七絶《過湘陰寄千巖》，皆秋景，當此時作。」

②褰裳：提起衣裙。《詩經·鄭風·褰裳》：「子惠思我，褰裳涉溱。」洞庭：洞庭湖在湖南省北

部，《水經注·湘水》：「（洞庭）湖水廣圓五百餘里，日月若出没於其中。」

③ 挐音：槳聲。《莊子·漁父》：「顔淵還車，子路授綏，孔子不顧。待水波定，不聞挐音，而後敢乘。」宋蘇軾《湖上尋周李二君不見》：「葦間聞挐音，雲表已飛屐。」

④「怪底」句，是説北風爲什麽要作惡呢？唐杜甫《奉先劉少府新畫山水障歌》：「堂上不合生楓樹，怪底江山起烟霧。」仇兆鰲注：「唐方言底字作『何』字解。師古《正謬》曰：何物爲底。」

【評　析】

首二句回憶昔日與千巖老人等好友「大舟浮湘」的情景，因湘江北去，注入洞庭，當時遠望北方一角天空，想像洞庭即在前方。「初别」二句很樸素，但説出了一種人生體驗。「作箋」二句顯得牽强。結尾兩句寫蘆花舟岸，静待槳聲；而北風作惡，讓來舟難定，從而歸結到「待千巖」的題旨。

若人金石心①，試命洞庭浪。傳聞下巴陵②，瀝酒喜無恙③。我行丹楓林④，屢騁白蘋望。〔一〕
烏鵲不可嗔⑤，論功當坐上。

【校　記】

〔一〕白薠，《名賢小集》本、四庫本都作「白蘋」。夏校記：「原作『蘋』，此用《楚辭・九歌》『登白薠兮騁望』，當作『薠』。但《楚辭》刻本及唐人寫本已有作『蘋』者。」《漢書・司馬相如傳》張揖注：「青薠似莎而大，生江湖，雁所食。」良按，爲「白蘋」義長，爲「白薠」雖可通，但唐集各本均未作「白薠」。

【箋　注】

① 「若人」句，是説這個人（千巖）具有金石般堅定的心。若人，這個人。《論語・憲問》：「君子哉若人。」《後漢書・王常傳》：「後帝於大會中，指常謂群臣曰：『此家率下江諸將，輔翼漢室，心如金石，真忠臣也。』」

② 巴陵：即今湖南岳陽。《水經・湘水》：「湘水又北至巴丘山入於江。」注：「山在湘水右岸，山有巴陵故城，本吴之巴丘邸閣城也。晉太康元年，立巴陵縣於此，後置建昌郡。宋元嘉十六年，立巴陵郡。」

③ 瀝酒：酒灑於地，表祝願或起誓。唐王建《歲晚自感》：「瀝酒願從今日後，更逢三十度花開。」無恙，無憂。《爾雅・釋詁》：「恙，憂也。」郭注：「今人云無恙，謂無憂也。」

④「我行」句，化用《楚辭·招魂》：「湛湛江水兮上有楓。」晉阮籍《詠懷》：「湛湛長江水，上有楓樹林。」

⑤「烏鵲」句，是説不管烏鵲噪否，千巖一定會來。按，唐杜甫《喜觀即到復題短篇二首》：「待爾嗔烏鵲，抛書示鶺鴒。」（《西京雜記》：「乾鵲噪而行人至。」）仇兆鰲注：「待弟不至，遂嗔烏鵲難憑矣。」白石此處反用其義。

【評　析】

此詩進一步抒寫等待千巖的心情。前四句設想千巖的行程，從動身寫起，及至「傳聞」過了巴陵，作者於是灑酒祝願平安。後四句寫作者在楓林迎候，聽見烏鵲鳴叫，對於千巖是否到來驚疑不定。整首詩都是「待千巖」的心理摹寫。

古樂府

裁衣贈所歡①，曲領再三安②。歡出無人試，閨中自著看。

甚欲逐郎行，畏人笑無媒③。日日東風起，西家桃李開。

令我歌一曲，曲終郎見留。萬一不當意，翻作平生羞④。

【箋　注】

①歡：唐杜佑《通典》卷一百四十五《樂五·雜歌曲》：「江南謂情人曰歡。」宋郭茂倩《樂府詩集》卷四十八《莫愁樂》：「聞歡下揚州，相送楚山頭。」

②曲領：圓領。《釋名》：「曲領在單衣内襟領上。」

③「甚欲」二句：是説非常希望追逐郎君而去，却又怕人笑不用媒人。曹植《洛神賦》：「無良媒以接歡兮，託微波而通辭。」

④「萬一」二句：是説萬一不稱郎君之意，則引爲平生羞恥了。不當意，猶言不稱意。唐韋莊《思帝鄉》：「春日遊，杏花吹滿頭。陌上誰家年少，足風流。妾擬將身嫁與，一生休。縱被無情棄，不能羞。」白石反其意而用之。

【評　析】

白石《古樂府》三首係仿晉宋樂府《子夜歌》而作，遣詞屬意，自帶晉宋神韻。如第二首，前二句質實明白，後二句拓開一筆，「日日東風起，西家桃李開」，看似無關，而浪漫基調融洽，大得古樂府之妙。

雪中訪石湖①

雪矸如玉城②，偏師敢輕犯③。黄蘆陣野鶩④，我自將十萬。三戰渠未降，北面石湖范。先生霸越手，定自一笑粲。

【校　記】

〔一〕雪矸，四庫全书本作「雪矸」，《名賢小集》本作「雪矸」，夏校從《小集》本。

【箋　注】

①石湖：范成大（1126—1193），字致能，吴郡（今江蘇蘇州）人。宋紹興二十四年（1154）進士，歷任知處州、參知政事等職。晚年退居故里石湖間。石湖在蘇州西南，風景幽美，范成大曾面湖築亭，孝宗趙昚書「石湖」二字賜之，因自號石湖居士。光宗紹熙四年（1193）九月卒。白石曾得到范成大許多幫助，二人交往甚密。夏師校記檢出范成大有《次韻堯章雪中見贈》一首，

見《范石湖集》卷三十三，本首後附。

②雪矸：矸，原意爲混雜在煤中的巖石。雪矸，混雜在雪中的巖石，引申爲雪岸。《經籍籑詁》卷第七十四：「矸，字與岸同。」

③偏師：指在主力軍翼側協助作戰的部隊。《左傳·宣公十二年》：「彘子以偏師陷。」潘岳《關中》詩：「旗蓋相望，偏師作援。」後此詞亦用於文學批評，《新唐書·秦系傳》：「（系）與劉長卿善，以詩相贈答。權德輿曰：『長卿自以爲五言長城，系用偏師攻之，雖老益壯。』」

④野鶩：野鴨。陣：野鴨密集如結陣。

⑤渠：他。唐宋俗語。宋朱熹《觀書有感》：「問渠那得清如許，爲有源頭活水來。」

⑥北面：爲臣。《周禮·夏官·司士》：「王南鄉，三公北面東上。」

⑦「先生」二句，是説范成大是詩壇霸主，讀到這首詩一定會發笑的。霸越，越王勾踐曾是霸主。《史記·貨殖列傳》：「昔者越王句踐困於會稽之上，乃用范蠡、計然……修之十年，國富，厚賂戰士，士赴矢石，如渴得飲，遂報彊吳，觀兵中國，號稱五霸。」粲，笑貌。宋黄庭堅《秘書省冬夜宿直寄懷李德素》：「姮娥携青女，一笑粲萬瓦。」任注引《穀梁傳》注：「粲然，盛笑貌。」

【評析】

夏師《白石繫年》：「紹熙二年辛亥（1191），三十七歲。載雪詣范成大於蘇州（《暗香》序），作《雪中訪石湖》詩，范有和作。范成大自淳熙間請病歸蘇州，至此已十餘年，見《石湖居士詩集》。《石湖詩集》（卅三）《次韻姜堯章雪中見贈》一首，編在紹熙三年。」據此，我們得知：一，此詩是白石「載雪訪范」之作。二、紹熙二年，白石出道不久，而范已名滿天下，故白石是以後輩身份造訪。明乎此，則「雪矸如玉城」乃實景描寫，大雪覆蓋下的石湖別業確乎令白石產生堅固森嚴之感。後面的詩句如「偏師」「野鶩」「北面」云云，都極有分寸而充分表現了禮敬。

【附録】

次韻堯章雪中見贈　范成大

玉龍陣長空，皋比忽先犯。鱗甲塞天飛，戰退三百萬①。當時訪戴舟②，却訪一寒范③。新詩如美人④，蓬蓽愧三粲⑤。

【箋注】

①「玉龍」四句，是説當時雪下得很大，雪花漫天飛舞。按，《西清詩話》云：「華州狂子張元，天聖間坐累終身，每託興吟詠，如《雪詩》：『戰退玉龍三百萬，敗鱗殘甲滿天飛。』」范成大此詩寫雪，就用了這個著名的比喻。皋比，虎皮。《左傳·莊公十年》：「蒙皋比而先犯之。」此處亦比喻飛動之雪花。

②訪戴舟：指來訪之白石。《世説新語·任誕》：「王子猷居山陰，夜大雪，眠覺開室，命酌酒，四望皎然，因起彷徨，詠左思《招隱》詩。忽憶戴安道，時戴在剡，即便夜乘小船就之。經宿方至，造門不前而返。人問其故，王曰：『吾本乘興而行，興盡而返，何必見戴？』」

③寒范，范成大自謙語。《史記·范雎傳》：「須賈曰：『范叔一寒如此哉？』乃取其一綈袍以賜之。」唐高適《詠史》詩：「尚有綈袍贈，應憐范叔寒。」

④「新詩」句，此喻應是化用宋黄庭堅《和劉景文鄰王臺見思》：「公詩如美色，未嫁已傾城。」

⑤蓬蓽：蓬户蓽門，此爲石湖謙詞。按，《禮記·儒行》：「蓬户甕牖。」《左傳·襄公十年》：「蓽門閨竇之人而皆陵其上，其難爲上矣。」杜注：「蓽門，柴門。」三粲，多次地笑。黄庭堅《再和寄子瞻聞得湖州》詩：「能歌使君詞，樽前有三粲。」

【評　析】

范詩是「次韻」，但絲毫不顯拘束，充分展示出「大手筆」的魅力。試分兩部分，前面四句寫大雪，演繹「玉龍」的典故。後面四句答白石的造訪，謙和而有分寸，諸如「訪戴舟」「美人」等對白石的溢美，「寒范」「蓬蓽」等的自謙，都是發言典雅，恰到好處。

賦千巖曲水①

紅雨灑溪流②，下瀨仍小駐③。魚隊獵殘香，故故作吞吐④。老子把一盞〔一〕，微風忽吹去⑤。

【校　記】

〔一〕夏校記：「三本皆作『盃』。」

【箋　注】

①曲水：曲水流觴。古代風俗，夏曆三月上旬的巳日在水邊聚會宴飲，以袚除不祥。宴飲時把酒杯放在彎曲的水中道順水漂流，酒杯停在誰的面前，誰就取杯喝酒。晉王羲之《蘭亭集序》：「此

地有崇山峻嶺，茂林修竹，又有清流急湍，映帶左右，引以爲流觴曲水，列坐其次。」

②紅雨：形容花瓣如雨滴飄墜。唐李賀《將進酒》詩：「桃花亂落如紅雨。」

③下瀨：下游的沙灘。《楚辭・湘君》：「石瀨兮淺淺。」《説文》：「瀨，水流沙上也。」

④「魚隊」二句：是説魚兒成群結隊，追逐着水面的落花，故意做出吞吐之狀。故故，據張相《詩詞曲語辭匯釋》：「此爲故意或特意義，故故猶云特特也。」唐薛能《春日使府寓懷》詩：「白髮欺人故故生。」

⑤「老子」二句：是説千巖老人剛想取杯，酒杯却爲風吹引而去。

【評析】

按夏師《姜白石繫年》云：「淳熙十四年丁未（1187），三十三歲。夏，依蕭德藻居湖州，作《惜紅衣》……《賦千巖曲水》詩此時作。」古人例於三月三日曲水飲宴，則此詩當寫於暮春。於是「紅雨」「殘香」云云，均爲節令特寫。此詩寫得很傳神，寫作特點是細節描寫很見功力，小至「魚隊」，大至「老子」，都很生動。

李陵臺①

李陵歸不得，高築望鄉臺②。長安一萬里，鴻雁隔年回。望望雖不見③，時時一上來。

【箋　注】

①李陵：字少卿，於漢武帝時期任騎都尉，出征匈奴，陷入重圍，箭盡援絶，降匈奴，居匈奴二十餘年而亡。後因作爲咏流亡異域的典故。

②「高築」句，李陵築望鄉臺事不見於典籍，此蓋想象之詞。

③望望：一再瞻望。《禮記·問喪》：「其往送也，望望然，汲汲然，如有追而弗及也。」注：「望望，瞻望之貌也。」

【評　析】

這當然是一首咏古詩，但聯繫到白石所處的時代，又不純爲咏古。孫玄常《箋注》云：「自石晉以燕雲十六州賂契丹，至宋未能恢復。靖康後，淮北之地又陷於金。故宋人多詠昭君出塞、文姬歸漢事，或爲圖畫，如歐陽修、王安石皆有《明妃曲》，陳居中有《文姬歸漢圖》，並傳於世。此皆托古寓意，非泛泛之作。白石此詩，亦爲陷虜諸臣而作，非泛爲詠古也。」

呈徐通仲兼簡仲錫。通仲與誠齋爲鄉人，近來赴調①，而誠齋去國②，又通仲久與千巖有苕霅之約而未至③。余挽通仲欲與同歸千巖，故末章及之④

斯文準乾坤⑤，作者難屈指⑥。我從李郭遊⑦，知有徐孺子⑧。春風橘洲前，白月太湖尾⑨。懷哉來無期，玉唾烔在紙⑩。去年識仲氏⑪，何啻空谷喜⑫。合併忽自天⑬，傾倒見底裏〔一〕。維君天下士⑭，竹箭東南美⑮。胡不在石渠，諸公當料理⑯。千巖今林宗，泉石助風軌⑰。示疾不下堂⑱，有句高八米⑲。此老筆硯交，誠齋古元禮⑳。毫端灑秋露，去國詞愈偉㉑。屬聞都門別㉒，回首即桑梓㉓。獨憐苕溪上，垂榻俟行李㉔。烟波肯尋盟㉕，歸櫂爲君艤。

【校記】

〔一〕傾倒，四庫本作「顛倒」。《名賢小集》本作「傾倒」，夏师從改。

【箋　注】

①徐通仲、仲錫，無可考。誠齋：楊萬里號。楊萬里，字廷秀，吉州吉水人，中紹興二十四年進士第。紹熙元年，借焕章閣學士，爲接伴金國賀正月旦使兼實録院檢討官。出爲江東轉運副使，權總領淮西江東軍馬錢糧。後忤宰相意，改知贛州，不赴。後擔任過寶謨閣學士。卒年八十三，謚文節。有《誠齋集》。赴調：赴京候吏部調官。

②去國，原意指去其父母之邦國也，後世則出都門亦曰去國。此處指誠齋出京爲江東轉運副使。

③苕霅（音條乍）：二水名。苕溪出浙江天目山，流至吴興合爲霅溪。此處代指吴興。

④夏師《姜白石繫年》：「紹熙三年壬子（1192），三十八歲。陳譜定《呈徐通仲兼簡仲錫》詩，本年中秋後在杭州作，參《交遊考》。」

⑤斯文：文化。《論語·子罕》：「天之將喪斯文也，後死者不得與於斯文也。」準：衡量。乾坤：天地。《易經·繫辭上》：「易與天地準。」

⑥屈指：計數。《三國志·顧譚傳》：「每省簿書，未嘗下籌，徒屈指心計，盡發疑謬。」

⑦李郭：東漢名流領袖李膺、郭泰。見《後漢書》。此處借喻楊萬里、蕭德藻等人。

⑧徐孺子：徐穉，字孺子，豫章南昌人。家貧，常自耕稼，非其力不食。屢辟公府，不起。時陳蕃爲太守，在郡不接賓客，唯穉來，特設一榻，去則懸之。此處徐孺子指徐通仲。

⑨「春風」二句，是白石回憶舊遊。橘洲，在長沙西的湘江中。《水經注·湘水》：「湘水又北逕南津城西，西對橘洲，爲南津州尾。」白月，即上半月。太湖：位於長江三角洲的南緣，古稱震澤、具區、笠澤，北鄰江蘇無錫，南瀕浙江湖州，西依江蘇宜興，東近江蘇蘇州，是中國五大淡水湖之一。

⑩「玉唾」句：是贊美徐通仲之詩翰。黄庭堅《題也足軒》：「道人手種兩三竹，使君忽來唾珠玉。」任淵注引李白詩「咳唾落九天，隨風生珠玉。」炯，光明貌。

⑪仲氏：指仲錫。

⑫空谷喜：在空曠的山谷中聽到脚步聲。比喻極難得的音訊或言論。《詩經·小雅·白駒》：「皎皎白駒，在彼空谷。」《莊子·徐无鬼》：「夫逃虛空者……聞人足音跫然而喜矣。」

⑬「合併」句，是説朋友們的會合、相聚都是上天安排。「合併」见《春日書懷》「合併不待呼」注。

⑭天下士：全天下杰出之人。《史記·魯仲連傳》：「吾乃今日知先生爲天下之士也。」宋陳師道《九日寄秦觀》詩：「淮海少年天下士。」

⑮《爾雅·釋地》：「東南之美者，有會稽之竹箭焉。」唐高適《宋中送族侄式顔》詩：「鄉山西北愁，竹箭東南美。」竹箭，細竹。竹箭是東南特産，比喻徐通仲等「天下士」。

⑯「胡不」二句：是説如通仲等飽學高才，理當身居翰苑，有權勢者應會相助。《文選·班孟堅〈兩都賦序〉》：「内設金馬石渠之署。」《三輔黄圖》：「石渠閣，蕭何造。其下礲石爲渠以道水，若今御溝，因爲閣名。所藏入關所得秦之圖籍，至於成帝，又於此藏秘書焉。」

⑰「千巖」二句：是説蕭千巖就是今天的郭泰，隱居林泉，造成了他的高風懿行。林宗，東漢名流領袖郭泰，字林宗。風軌：高風懿行。《晉書·袁宏傳》：「若夫出處有道，名體不滯，風軌德音，爲世作範，不可廢也。」

⑱「示疾」句：是説千巖通禪理，不輕易出門。按，《維摩詰經》：「毗耶離城中有長者名維摩詰，其以方便，現身有病。」六朝以後，凡文人居士通禪理者，每示病比之維摩詰。宋黄庭堅《病起荆江亭即事》詩：「菩提坊里病維摩。」下堂，言不輕易出門。

⑲八米：形容才富學贍。《北史·盧思道傳》：「文宣帝崩，當朝文士各作挽歌十首，擇其善者而用之……唯思道獨有八篇。故時人稱爲『八米盧郎』。」《西溪叢語》：「關中語，歲以六米、七米、八米分上中下，言在穀取八米，取數之多也。」《聯珠集》令狐楚和竇鞏詩：「才推今八米，職副舊三臺。」

⑳元禮：東漢清流領袖李膺字元禮。

㉑「毫端」二句：是説楊萬里筆帯秋肅，出京就職後更顯雄偉。「去國」見前注②。

㉒屬聞：近聞。《漢書・李尋傳》：「故屬者頗有變改。」師古注：「屬者，謂近時也。」

㉓「回首」句：是說楊萬里出爲江東轉運副使、權總領淮西江東軍馬錢糧，治所離家鄉吉州很近。桑梓，家鄉。

㉔「垂楊」句：是說千巖會像陳蕃對待徐穉一樣，禮敬通仲。「垂楊」見前注⑧。行李，行人也，此處指徐通仲。《左傳・襄公八年》：「亦不使一个行李告於寡君。」杜注：「行李，行人也。」

㉕尋盟：重復盟約。《左傳・哀公十二年》：「今吾子曰：『必尋盟。』若可尋也，亦可寒也。」杜注：「尋，重也。」

㉖艤：使舟靠岸。左思《蜀都賦》：「試水客，艤輕舟。」

【評析】

這首詩寫得典雅清空，大方得體。其寫作特點犖犖大者有二。一是短短三十句詩，牽涉的人物有徐通仲、仲錫、楊誠齋、千巖老人等四人，白石借生花妙筆，將四位朋友串起來，面面俱到，遊刃有餘。二是運用典故切合得體，如寫東漢名流領袖李膺、郭泰，又寫陳蕃、徐穉，寫空谷足音，寫維摩詰，寫盧思道，不僅切合所借喻朋友的身份、相互關係，而且也加深了整首詩的內涵，語言亦典雅有致。白石的朋友項安世《平庵悔稿》卷七説白石的詩「古體黄陳家格律，短章温李氏才情」，此詩正可以見出黄庭堅、陳師道的影響。

和轉庵丹桂韻①

野人復何知②，自謂山澤好③。來裨奉常議④，識笳鼓羽葆⑤。誰憐老垂垂⑥，却入鬧浩浩⑦。營巢猶是寓⑧，學圃何不早⑨。淮桂手所植，漢甕躬自抱⑩。花開不忍出，花落不忍掃。佳客夜深來，清尊月中倒。一禪兩居士⑪，更約踐幽討⑫。

【箋注】

①轉庵：潘檉，白石故交。夏師《白石行實考》云：「《温州府志》：『潘檉，字德久，永嘉人。仕閤門舍人，授福建兵馬鈐轄。詩名籍甚，有《轉庵集》。』德久字堯章爲『白石道人』，有贈詩，見白石集。是居苕霅時已納交。其書白石昔遊詩後云：『起我遠遊興，其如髩毛霜。』許及之《涉齋集》（十二）爲轉庵壽云：『年顔相去追隨得，難老如公壽更頤。』蓋江湖老壽者。」

②野人：山野之人，同野老。往往是作者自謙。唐杜甫《秦州雜詩》：「唐堯真自聖，野老復何

知。」

③晉陶淵明《歸園田居》：「久去山澤遊，浪莽林野娛。」

④「來禆」句，是說自己想對於廟樂有所補益。禆，增補。《吴興掌故》：「姜堯章長於音律，嘗著《大樂議》，欲正廟樂。慶元之年，詔付奉常有司收掌，令太常寺與議大樂，時嫉其能，是以不獲盡其所議，人大惜之。」奉常，國家管理音樂的部門。《漢書・百官公卿表上》：「奉常，秦官，掌宗廟禮儀，有丞。景帝六年更名太常。」

⑤笳鼓：樂器。笳本胡樂，晉以後江南亦用之。梁曹景宗詩：「去時兒女悲，歸來笳鼓競。」見《南史》本傳。羽葆：朝廷車仗上用羽毛裝飾的車蓋。《文選・張平子〈西京賦〉》：「垂翟葆。」薛綜注：「謂垂羽翟爲葆蓋飾。」《後漢書・光武帝紀》：「益州傳送公孫述瞽師、郊廟樂器、葆車、輿輦，於是法物始備。」注：「葆車，謂上建羽葆也。合聚五彩羽名爲葆。」此句極言奉常管理關係朝廷威儀。又，孫玄常《箋注》曰：「此上一下四句法，黄庭堅屢用之，如『吞五湖三江』『笑陸海潘江』『使君子百姓』『如晴月生嶺』等皆是。然韓愈《和柳子厚食蝦蟆詩》有『失平生好樂』之句，知此句法非始於山谷也。白石此句，亦用上一下四句法。」

⑥垂垂：漸漸。唐貫休《陳情獻蜀皇帝》：「一瓶一鉢垂垂老。」

⑦「却入」句，是說進入行都臨安，如入浩浩人海。《楚辭・懷沙》：「浩浩沅湘，分流汩兮。」

⑧「營巢」句，是說在京城經營一室，却好像客居一樣。《高士傳》：「巢父者，堯時隱士也，山居不營利，年老以樹爲巢而寢其上，故時人號曰巢父。」

⑨學圃：學習種菜。圃：菜園。《論語・子路》：「樊遲請學稼，子曰：『吾不如老農。』請學爲圃，曰：『吾不如老圃。』」

⑩「淮桂」二句，是說自己的布衣生活，親自種植，親自澆灌。淮桂：孫注引《楚辭・招隐》，淮南小山所作，言及桂树。余意乃淮河流域的桂樹。應是回應轉庵詩中的有關詞句。漢甕，見《莊子・天地》：「子貢南遊於楚，反於晉。過漢陽，見一丈人，方將爲圃畦，鑿隧而入井，抱甕而出灌。」

⑪一禪，或指葛天民。周密《癸辛雜識・别集上》：「葛天民字無懷，初爲僧，名義銛，字朴翁，其後返初服，居西湖上，一時所交皆勝士。」白石嘗與同遊山陰、德清，見詩集。兩居士：指潘德久與白石自己。按，慧遠《義記》：「居士有二：一廣積資財，居財之士，名爲居士。二在家修道，居家道士，名爲居士。」後世之居士，多指居家奉佛之士。

⑫幽討：尋幽探勝。唐杜甫《贈李白》：「李侯金閨彦，脱身事幽討。」

【評析】

夏師《姜白石繫年》云：「慶元三年丁巳（1197），四十三歲。四月，上書論雅樂，進《大樂議》一卷、《琴瑟考古圖》一卷，以時嫉其能，不獲盡所議。」又云：「秋，在杭，作《丁巳七月望湖上書事》及《和轉庵丹桂韻》。和轉庵詩，有『來禆奉常議』句，知今秋作。」故知此詩是在白石向朝廷進《大樂議》《琴瑟考古圖》，却未能暢懷、反招時嫉的背景下給舊友的和詩，因此，牢騷是此詩的基調。

開頭二句聲聲明自己不過是一介「野人」，有「山澤」之好。「來禆」四句概括叙述了自己獻議而招嫉的過程，「誰憐老垂垂，却入鬧浩浩」，飽含無奈與憤懣。「營巢猶是寓」一轉，以下八句極力描摹「野人」生活，十分悠閑淡雅，亦以此反襯出獻議招嫉的不值。結尾「一禪」兩句，逗出老友德久（轉庵）與葛天民，提出「幽討」之約，給人以廣闊的想象空間。

昔遊詩①

夔蚤歲孤貧，奔走川陸。數年以來，始獲寧處②。秋日無謂，追述舊遊可喜可愕者，吟爲五字古句。時欲展閱，自省生平，不足以爲詩也③。

洞庭八百里④，玉盤盛水銀。長虹忽照影，大哉五色輪⑤。我舟度其中，晃晃驚我神⑥。朝發黄陵祠⑦，暮至赤沙曲⑧。借問此何處，滄灣三十六⑨。青蘆望不盡，明月耿如燭⑩。灣灣無人家，只就蘆邊宿。

【箋注】

① 夏師《姜白石繫年》云：「嘉泰元年辛酉（四十七歲）《昔遊詩》當作於本年秋。姜譜注：『按公小序云：數年以來，始獲寧處。今歷考編年，惟戊申、己酉、庚戌三載及丁巳以來至是年，不從遠役，而初刻本列是詩於卷末，知爲辛酉詩無疑也。』按，『昔遊桃源山』一首結云：『於今二十年』，客武陵在淳熙丙午間，至此正廿年左右，姜説是。」

② 白石自慶元二年丙辰（1196）四十二歲時移家杭州依張鑑，至此已達五年。

③ 孫玄常《箋注》云：「方東樹《昭昧詹言》論劉公幹《贈徐幹》詩曰：『直書胸臆，一往清警，纏綿悱惻，此自是一體，故鮑亦嘗擬之……後來杜公、韓公有白道一種，亦從此出，而語加創造，以警奇爲貴至矣。如韓《南溪始泛》《贈別元十八》《送李翺》《人日城南登高》《同冠峽》《過南陽》，放翁《酬曾學士》《送子龍赴吉州》，姜白石《昔遊詩》，大約同一杼柚……大約此體但用叙事，羌無故實，而所下句字，必樸質沉頓，感慨深至，不雕琢字法，所謂至寶不

雕琢，而非老生常談，陳言習熟，愞懦凡近瑣冗之比。山谷全用此體。』按，白石此詩，集中巨製，得力於韓、杜、山谷甚深。方氏此論，雖僅附及之，乃深窺本源之言，故録之以備參考。」

④洞庭：洞庭湖，中國第二大淡水湖，古稱雲夢、九江和重湖，處於長江中游荊江南岸，跨湖南北部岳陽、常德、湘陰等縣，接湘、資、沅、澧四水及汨羅江，由岳陽城陵磯注入長江，古代曾號稱「八百里洞庭」。

⑤五色輪，言湖面浩渺，虹影雲光入水，上下相合，宛如巨輪。

⑥晃晃，形容水光。晉郭璞《鹽池賦》：「揚赤波之焕爛，光旰旰以晃晃。」

⑦黄陵祠：黄陵廟。《水經注・湘水》：「（洞庭）湖水西流，逕二妃廟南，世謂之黄陵廟也。言大舜之陟方也，二妃從征，溺於湘江，神遊洞庭之淵，出入瀟湘之浦。」《讀史方輿紀要》：「湘陰縣北有黄陵廟。舜二妃廟也，廟北即白沙戍。」唐李群玉有《黄陵廟》，云：「小姑洲北浦雲邊，二女容華自儼然。」

⑧赤沙曲：赤沙湖。《讀史方輿紀要》：「赤沙湖，在（華容）縣西南，亦謂之赤湖，接巴陵安鄉縣及常德府龍陽、沅江二縣界。」

⑨三十六，言其多也。白石《惜紅衣（簟枕邀涼）》有「三十六陂秋色」語。

⑩耿：明也。《離騷》：「耿吾既得此中正。」王逸注：「耿，明也。」

【評　析】

夏師《姜白石繫年》云：「淳熙十三年丙午（1186），三十二歲。《昔遊詩》：『洞庭八百里』『放舟龍陽縣』『九山如馬首』『蕭蕭湘陰縣』『昔遊桃源山』『昔遊衡山下』『昔遊衡山上』『衡山爲真宮』諸首，皆遊湘作。」這首詩是洞庭湖的紀遊之作。

開頭四句描摹洞庭湖的浩淼，光色具呈，動感十足。「我舟」四句寫自己的旅行過程，鋪叙平實，包括旅行工具、出發點及歇宿點。「借問」六句著力描寫「蘆邊宿」的情景和感受。

放舟龍陽縣①，洞庭包五河〔一〕。洶洶不得道②，茫茫將奈何。篙師請小泊③，石矴沈泥沙④。是中大無岸〔二〕，强指葦與莎。滯留三四晨，大浪山嵯峩。同舟總下淚，自謂餧黿鼉⑤。白水日以長⑥，僅存青草芽。轉眄又已没〔三〕，但見千頃波。此時羡白鳥⑦，飛入青山阿⑧。

【校　記】

〔一〕各本句後有「澧、沅、潰、湘、大江」。

〔二〕夏校曰：影鈔、《小集》都作「太」。然良比對四庫《兩宋名賢小集》本仍作「大」。

〔三〕眄，《名賢小集》本作「盼」。

【箋注】

①龍陽，今湖南漢壽縣。《水經注・沅水》：「沅水又東入龍陽縣……縣治索城，即索縣之故城也。」

②洶洶，水波騰涌。《文選・宋玉〈高唐賦〉》：「濞洶洶其無聲兮，潰淡淡而並入。」

③篙師：船夫。唐杜甫《回棹》詩：「篙師煩爾送，朱夏及寒泉。」

④矴，碇之異體字。石碇：船停泊時沉落水中以穩定船身的石塊，用處如後來的錨。

⑤餧，即餵。《漢書・陳餘傳》：「如以肉餧虎。」黿鼉，大鱉和猪婆龍（揚子鰐）。此處指兇惡水族。《國語・晉語九》：「黿鼉魚鱉，莫不能化。」

⑥唐杜甫《遺悶奉呈嚴公二十韻》詩：「白水魚竿客，清秋鶴髮翁。」晉陶淵明《歸園田居》詩：「桑麻日以長。」

⑦唐杜甫《曲江對酒》詩：「桃花細逐楊花落，黃鳥時兼白鳥飛。」

⑧阿：彎曲的地方。山阿即山凹。《楚辭・山鬼》「若有人兮山之阿」王逸注：「阿，曲隅也。」

【評析】

這首詩是龍陽紀遊。龍陽即今漢壽，隸屬於湖南省常德市，位於湖南省西北部，地處洞庭湖濱、沅澧兩水尾閭，因此龍陽紀遊就是水鄉舟遊。起首四句寫舟船駛入龍陽，只覺一片茫茫，即遭遇到「不得道」的問題。既然舟「不得道」，那麼祇能停舟。接下來「篙師」四句寫舟船找不到岸，祇就生長着「葦與莎」處勉强停泊。「滯留」以下十句，寫泊舟三四日的險情，極力摹寫洶洶水勢，以至同舟因懼怕而下泪。結尾兩句「此時羡白鳥，飛入青山阿」拓開一筆，目光隨鳥而遠，追索彼岸。這既是寫景，又是困水者的心聲。

九山如馬首①，一一奔洞庭。小舟過其下，幸哉波浪平。大風忽怒起，我舟如葉輕②。或升千丈坡，或落千丈坑。回望九馬山，政與大浪争。如飛鵝車礟，亂打睢陽城③。又如白獅子，山下跳鬖鬖④。須臾入別浦⑤，萬死得一生。始知茵席濕⑥，盡覆杯中羹。

【箋注】

① 九山：九馬觜山。《讀史方輿紀要》：「九馬觜山，在（岳州）府西南四十里，岸有九觜，舟過甚險。」觜，同嘴。

② 如葉輕，如一片樹葉般輕浮水面。宋蘇軾《與孟震同遊常州僧舍》詩：「知君此去便歸耕，笑指

孤舟一葉輕。」

③飛鵝車礮，古代戰爭中的攻城器具。《舊唐書・薛願傳》：「賊將阿史那、承慶悉以鋭卒並攻，爲木驢木鵝、雲梯冲棚，四面雲合，鼓譟如雷，矢石如雨。」《容齋隨筆・李彦僊守陝》條：「傅壘晝夜進攻，鵝車、天橋、火車、衝車叢進，僊隨機拒敵。」「睢陽城」用《新唐書・張巡傳》：「賊知之，以雲冲傅堞，巡出鈎干拄之，使不得進，篝火焚梯。賊以鈎車、木馬進，巡輒破碎之。」是張巡守睢陽未見有「飛鵝車礮」之記載。

④「又如」兩句，形容雪白的波浪汹涌，有如獅子騰躍。《爾雅・釋獸》：「狻麑如虦猫，食虎豹。」郭注：「即師子也。出西域，漢順帝時，疏勒王來獻犎牛及師子。」髼鬡，原注：「一作狰獰。」《玉篇》：「髼鬡，毛髮亂貌。」

⑤別浦：河流入江海之處稱浦，或稱別浦。南朝宋謝莊《山夜憂》詩：「凌別浦兮值泉躍。」後亦指大水與小水連通處。

⑥茵席：褥墊，草席。漢傅毅《舞賦》：「陳茵席而設坐兮，溢金罍而列玉觴。」

【評　析】

九山在宋時岳州府西南，這首詩仍然是洞庭湖紀遊。首四句寫舟行九山之下，却風平浪静。接下來「大風」四句，風雲突變，極力摹寫小舟在風浪中的險境。「回望」六句，寫驚濤掠岸，博喻狀浪，有蘇軾《百步洪》的風致。「須臾」四句，以小舟入別浦避浪，「萬死得一生」作結，「始知茵席濕，盡覆杯中羹」，細節增加了詩歌的真實性；而注意到茵席和杯羹，也從側面表現小舟已經脱險了。全詩一波三折，場面宏闊多變，而筆墨紋絲不亂，表現了作者卓越的駕馭語言的能力。

蕭蕭湘陰縣①，寂寂黄陵祠②。喬木蔭樓殿，畫壁半傾攲③。蘆洲雨中淡，漁網煙外歸。重華不可見④，但見江鷗飛。假令無恨事，過此亦依依⑤。

【箋　注】

① 蕭蕭，寂静冷落的樣子。晉陶潛《自祭文》：「窅窅我行，蕭蕭墓門。」唐皎然《往丹陽尋陸處士不遇》詩：「寒花寂寂偏荒阡，柳色蕭蕭愁暮蟬。」湘陰：湖南北部縣名。《讀史方輿紀要》：「湘陰縣，春秋時羅國地。秦置羅縣，漢屬長沙國，劉宋爲湘陰縣地。」

② 寂寂，寂静無聲貌。唐王維《寒食汜上作》詩：「落花寂寂啼山鳥，楊柳青青渡水人。」黄陵祠，見《昔遊詩》其一注⑦。

③ 傾攲，傾斜。

④重華，舜帝。《離騷》：「濟沅湘以南征兮，就重華而陳詞。」晉陶潛《詠貧士》詩：「重華去我久，貧士世相尋。」

⑤「假令」兩句，是説如果没有遺憾，經過此地仍然感覺不舍。假令，如果。唐李白《上李邕》詩：「大鵬一日同風起，扶摇直上九萬里。假令風歇時下來，猶能簸却滄溟水。」恨事，銘心遺憾之事。孫玄常《箋注》認爲「或指此行所歷艱危，見上二首」。良以爲舟船風浪，經過而已，曷足曰「恨」？疑白石在此地曾有戀情，而未能圓滿。依依，不舍貌。《楚辭·九思》：「志戀戀兮依依。」

【評析】

這首詩寫舟過湘陰的旅程。湘陰的古迹首推黃陵廟。唐李群玉《黃陵廟》詩云：「小姑洲北浦雲邊，二女容華自儼然。野廟向江春寂寂，古碑無字草芊芊。風回日暮吹芳芷，月落山深哭杜鵑。猶似含顰望巡狩，九疑愁斷隔湘川。」摹寫了黃陵廟荒凉之狀，並由二妃生發出對舜帝的追念。白石此詩與李群玉同一機杼，首四句描繪黃陵廟「寂寂」之狀。「蘆洲」四句轉寫目前實景，慨嘆「重華不可見」。結尾「假令」二句欲言又止，將懷古、慨今、抒情糅爲一體，題外之旨、象外之象、則令人追尋。

我乘五板船①，將入沌河口②。大江風浪起，夜黑不見手。同行子周子，渠膽大如斗③。長竿插蘆葦，船作野馬走。不知何所詣，生死付之偶。忽聞入草聲④，燈火亦稍有。杙船遂登岸〔一〕⑤，亟買野家酒。

【校記】

〔一〕杙，四庫本作「劃」，《名賢小集》本作「杙」。

【箋注】

① 五板船，唐人有稱三板船者，錢起《江行無題一百首》之九：「一彎斜照水，三板順風船。」五板或指較三板船爲大的船。

② 沌河，在湖北漢陽西南。《水經注·江水》：「沌水逕沌陽縣南，注於江，謂之沌口。」

③ 《三國志·姜維傳》注引《世語》曰：「維死時見剖，膽如斗大。」

④ 草聲：應指風吹草叢蘆間的雜響。錢鍾書《宋詩選注》云：「唐人柳中庸《夜渡江》的『聽草遥尋岸』，北宋詞家張先《題西溪無相院》詩的名句『小艇歸時聞草聲』，也都寫這種情景。」

⑤杙船：將船拴擊。杙，擊船之木樁。

【評析】

陳思《白石道人年譜》謂此首與「天寒白馬渡」並記淳熙九年冬還古沔省姊事。

這首詩摹寫了從「將入沌河口」至「杙船遂登岸」的過程。寫法上則娓娓道來，筆細如髮。寫夜黑，寫船隻亂泛，寫入草聲，寫燈火，由於細節生動，使人讀之如身臨其境。

天寒白馬渡漢川縣界，落日山陽村①。是時無霜雪，萬里風奔奔②。外旃吹已透，内纊冰不温③。吹馬馬欲倒，吹笠任飛翻。不見行路人，但見草木蕃④。忽看野燒起⑤，大燄燒乾坤。聲如震雷震，勢若江湖呑⑥。虎豹走散亂，麋鹿不足言。夜投野店宿，無壁亦無門。此行值三厄⑦，幸得軀命存。明發見老姊⑧，斗酒爲招魂⑨。

【箋注】

①白馬渡、山陽村，皆爲漢川古地名。按夏師《姜白石繫年》：「淳熙元年甲午（1174），二十歲。依姊山陽（漢川村名），間歸饒州。（姜《譜》）《昔遊詩》『天寒白馬渡，落日山陽村』

一首，叙依姊事而無甲子，姜《譜》不知何據。」

②奔奔，風急促而連續不斷。與《詩經·鄘風·鶉之奔奔》之「奔奔」無涉。

③「外旃」二句，是説寒風刺骨，内外衣着都難以抵禦。旃，同氈。《史記·匈奴傳》：「自君王以下，咸食畜肉，衣其皮革，被旃裘。」纊，綿織物。《左傳·宣公十二年》：「三軍之士皆如挾纊。」杜注：「纊，綿也。」

④蕃，茂盛。《易·坤·文言》：「草木蕃。」《廣韻》：「蕃，茂也，息也，滋也。」

⑤野燒，在郊野燃燒的野火。唐劉滄《長州懷古》：「野燒原空盡荻灰，吴王此地有樓台。」

⑥江湖吞，形容野火燃燒範圍極廣。宋黄庭堅《次子瞻詩句妙一世乃云效庭堅體次韻道之》詩：「公如大國楚，吞三江五湖。」

⑦三厄，三次困厄。按，陳思《白石道人年譜》云：「《昔遊詩》「九山如馬首」「蕭蕭湘陰縣」「我乘五板船」「天寒白馬渡」四首，皆述此行。庚子自沔遊湘，洞庭遇風，幾遭水厄。本年歸古沔，又遇沌口風浪，白馬渡野燒，故云：『此行值三厄』也。」

⑧明發，天剛亮，含有通宵達旦的意思。《詩經·小雅·小宛》：「明發不寐，有懷二人。」

⑨招魂，唐宋風俗，有爲遇灾厄、受驚嚇者招魂之舉。唐杜甫《彭衙行》詩：「延客已曛黑，張燈啓重門。煖湯濯我足，剪紙招我魂。」

【評　析】

這首詩記叙淳熙九年（1182），白石到漢川探視老姊，旅途遇險以至魂飛魄散的情況。白石此次「三厄」之一的險情是野燒。古時舟行遭遇野燒之險怖，現在已很難體會，倒是陸游《入蜀記》有生動的記叙，可爲理解白石此詩的參考：「凡行沌中七日，自是泛江入石首界，夜觀隔江燒蘆場，煙焰亘天如火城，光照舟中皆赤。野燒之險，視江湖風浪，有過之無不及也。」

揚舲下大江①，日日風雨雪。留滯鼇背洲②，十日不得發。岸冰一尺厚，刀劍觸舟楫。岸雪一丈深，屹如玉城堞③。同舟二三士，頗壯不恐懾。蒙氈閉篷卧〔一〕，波裏任傾擷〔二〕。晨興視氈上④，積雪何皎潔。欲上不得梯，欲留岸頻裂。扳援始得上，幸有人見接。荒村兩三家〔三〕，寒苦衣食缺。買猪祭波神⑤，入市路已絶。如今得安坐，閑對妻兒説。

【校　記】

〔一〕《名賢小集》本作「開篷卧」。

〔二〕四庫本作「傾側」。

〔三〕《名賢小集》本作「三兩家」。

【箋　注】

①舲，有窗牖之船。《楚辭·涉江》：「乘舲船余上沅兮。」王逸注：「舲船，船之有牕牖者。」大江，長江。

②鼇背洲，地名，未詳。

③孫玄常《箋注》云：「按，宋代氣候較冷。徽宗政和元年（1111），太湖結冰，可以行車，洞庭山橘樹皆凍死，高宗紹興二十三年至二十五年（1153—1155）蘇州附近之運河亦結冰。見《竺可楨文集·中國近五千年來氣候變遷的初步研究》。故『岸冰一尺厚』『岸雪一丈深』，蓋紀其實，非虚言也。」

④晨興，晨起也。晉陶淵明《歸園田居》：「晨興理荒穢，帶月荷鋤歸。」。

⑤波神，古謂陽侯爲波神。《楚辭·九章·哀郢》：「凌陽侯之氾濫兮，忽翺翔之焉薄。」王逸注：「陽侯，大波之神。」

【評　析】

夏師《白石繫年》：「淳熙十三年丙午（1186），三十二歲。發漢陽，作《奉别沔鄂親友》十詩，作《探春慢·别鄭次臯諸人》，自此不復返沔鄂。過武昌，值安遠樓成，作《翠樓吟》。度揚子。姜譜：「《昔遊詩》『揚舲下大江，日日風雨雪。』又，『既離湖口縣……程程見廬山。』正爾時事。」可知此詩是白石離開武昌，舟船渡長江紀遊。

此詩的特點，一是描寫奇寒。孫玄常認爲宋時氣候較冷，則白石關於岸冰、岸雪的描寫、關於登岸扳援的描寫，都不是夸張而是紀實。這也和方東樹《昭昧詹言》所説「此體但用叙事」等《昔遊詩》的體例相符合。二是關於「買猪祭波神」的風俗記載，這也是《哀郢》「陽侯」的一個注脚。

青草長沙境①，洞庭渺相連。洞庭西北角，雲夢〔一〕更無邊②。後有白湖沌，渺漭〔二〕里數千③。豈惟大盜窟④，神龍所盤旋。白湖辛巳歲⑤，忽墮死蜿蜒⑥。一鱗大如箕，一鬣大如椽。白身青鬌鬛⑦，兩角上捎天⑧。半體卧沙上，半體猶沈淵。里正聞之官⑨，官使吏致虔⑩。作齋爲禳祓〔三〕⑪，觀者足闐闐。⑫斂席覆其體，數里聞腥羶。一夕雷雨過，此物忽已遷。遺跡陷成川，中可行大船。是年虜亮至⑬，送死江之壖⑭。或云祖龍讖，詭異非偶然⑮。近日山陽人，采菱不知還。望見三龍浮，目若電火然。見龍多見尾，少見四體全。一龍已爲異，三者亦罕傳。又因漁湖側，水中忽生煙。煙中一驢出，繞身步蹁躚。俄隨霹靂去，欲詰〔四〕無由緣。我聞語此事，乘舟往觀焉。徑往枯葭浦，白鷺争相先。湖有劉備廟，實司浩渺權⑯。徘徊無所見，歸櫂月明前。

【校　記】

〔一〕雲夢，《名賢小集》本作「雲邊」。

〔二〕渺漭，四庫本、《名賢小集》本皆作「渺漭」。夏校記：「原作『莽』，依《小集》改作『漭』。」

〔三〕祓，《名賢小集》本作「禱」。夏校記：「影鈔、小集作『禬』。」

〔四〕詰，四庫本、名賢小集本作「語」。夏校記：「原作『語』，依影鈔改作『詰』。」

【箋　注】

①青草，青草湖。《元和郡縣誌》：「巴丘湖，又名青草湖，在（巴陵）縣南七十九里。周迴二百六十里。俗云古雲夢澤也。」

②孫玄常《箋注》云：「按古之雲夢甚廣，後漸淤爲陸，故後世所説不一。如此詩所云，雲夢即今洪湖一帶。」

③白湖，太白湖。《漢陽府志》：「太白湖一名九真湖，周二百餘里。」渺漭，水面浩渺。《廣韻》：「漭，漭沆，水大。」白石《浣溪沙》詞序：「予女須家沔之山陽，左白湖，右雲夢。春水方生，浸數千里。」

④大盜窟：江洋大盜的洞穴。南宋以來，洞庭湖區即爲群雄盜賊相聚之處。孫玄常《箋注》概括《宋史紀事本末》略云：（建炎）四年二月，金人去潭州，群盜大起。鼎州人鍾相，嘗以左道惑衆，因結集忠義，以捍賊爲名，自稱楚王，改元「天載」，寇澧州，陷之。三月，孔彦舟獲盜鍾相及其子子昂，檻送行在，誅之。其黨楊太復聚衆於龍陽。（紹興）四年五月庚戌朔，以岳飛兼荆南制置使。時楊太與劉豫通，欲順流而下。五年六月，岳飛大破楊太於洞庭。

⑤辛巳歲，指紹興三十一年辛巳（1161），夏氏《姜白石繫年》謂白石七歲。

⑥蜿蜒，龍形貌，此處代指龍。魏曹植《九愁賦》：「御飛龍之蜿蜒，揚群電之華旌。」

⑦鬐鬣：魚龍類動物頷旁的小鰭。《儀禮·士虞禮》：「魚進鬐。」鄭注：「鬐，脊也。」《增韻》：「凡魚龍頷旁小鬐皆曰鬣。」

⑧捎天，拂天。漢揚雄《羽獵賦》：「曳捎星之旃。」注引韋昭曰：「捎，拂也。」

⑨里正：即里長，掌管百户人家的户籍、賦役等事。

⑩致虔：致敬。《左傳·成公十六年》：「虔卜於先君也。」杜注：「虔，敬也。」

⑪禳祓：祈求去除災殃。《文選·張平子〈東京賦〉》：「祈褫禳災。」《廣韻》：「禳，除殃祭也。」又「祓，除災求福也，亦絜也。」

⑫闐闐：衆多、旺盛貌。《詩經·小雅·采芑》：「伐鼓淵淵，振旅闐闐。」高亨注：「闐闐，兵勢衆盛貌。」

⑬虜亮，指海陵煬王亮，亦即金主完顔亮。正隆六年完顔亮兵分四路，對南宋發動全面進攻。後宋將虞允文大敗金兵於采石磯，戰船全被宋軍燒燬，金軍傷亡慘重，移駐瓜洲渡。金軍内部兵變，完顔亮被殺。

⑭壖：岸邊。江之壖，此處指瓜洲渡。

⑮「或云」二句，是説有人以爲龍死乃金主亮被殺之讖。祖龍，秦始皇，此處指金主亮。《史記·秦始皇本紀》：「秋，使者從關東夜過華陰平舒道，有人持璧遮使者曰：『爲我遺滈池君。』因言曰：『今年祖龍死。』使者問其故，因忽不見，置其璧去。使者奉璧，具以聞。始皇默然良久，曰：『山鬼固不過知一歲事也。』退言曰：『祖龍者，人之先也。』」

⑯「湖有」二句，是説湖岸有一座劉備廟，所祀之神，實乃湖水之主司。司浩渺權，「浩渺」謂湖水。《讀史方輿紀要》卷十七：「劉備城，在（華容）縣北七十里。俗傳是先主中軍寨，又謂之金門劉備城。」然此詩明言廟在白湖，則華容之劉備城乃另一建築耶？

【評析】

陳思《白石道人年譜》云：「淳熙六年己亥，二十二歲。（節）秋，還古沔，省姊山陽，聞白湖有龍見，乘舟往觀，無所見而還。」這首詩乃白湖雲遊紀實。白石以爲，白湖固然是大盜之窟，但近年却頻出詭異之事。一是辛巳歲天上忽然掉下一條死龍，不久，金主亮就被誅殺了。二是山陽采菱人「望見三龍浮」。三是湖水中忽然生煙，而「煙中一驢出」，後來又在雷聲中化去。白石聽説這些「詭異」之事，於是「乘舟往觀焉」。然而却「無所見」，只見一座劉備廟，他揣想廟中所祀，應該就是浩渺湖水的有司吧。前面的《昔遊詩》主要是叙説所見，這首詩則主要叙説所聞。

昔游桃源山①，先次白馬渡桃源縣界。渡頭何清深，鴻鵠在高樹。白馬亦洞天②，昔人有奇遇。③洞門不可見，但聞水聲怒。瞻彼羽人宅④，乃乘方船渡⑤。修廊夾五殿，重閣映千樹。規模象魏壯⑥，回合緑陰護〔一〕。山椒望五溪⑦，壺頭入指顧⑧。故宫在其北，屋瓦帶松霧。古杉晉時物，中空野人住⑨。外圍四十尺，内可十客聚。我遊瞿仙館⑩，壇上表遺步⑪。却下八疊坡，一亭衆妙具。⑫兩山抱澄潭，老木枝榦互⑬。瞻前秀而迴，坐久凜難駐。桃源獨不見，僻在宫南路。山行轉深邃，狙猿紛上下。石竇出微涓，令我意猶豫。若聞漁舟子，水際見洞户。今看去溪遠，定自後人誤。惆悵却歸來，此遊不得屢。於今二十年，歷歷經行處⑭。

【校　記】

〔一〕回合，《名賢小集》本作「四合」。

【箋　注】

①桃源山：《讀史方輿紀要》：「桃源山，（桃源）縣南二十里，高五里，周三十二里。西南有桃源洞，一名秦人洞，即白馬洞也。道書以爲第三十五洞天。」

②洞天：道教語，指神道居住的名山勝地。洞天就是地上的仙山，它包括十大洞天、三十六小洞天，構成道教地上仙境的主體部分，中國五嶽則包括在洞天之内。

③「昔人」句，指晉陶淵明《桃花源記》所記武陵漁父入桃花源事。

④羽人，原意指仙人，此處指《桃花源記》所叙桃花源内避秦之人。《楚辭・遠遊》：「仍羽人於丹丘，留不死之舊鄉。」王逸注：「《山海經》言：有羽人之國，不死之民。或曰：人得道身生毛羽也。」洪興祖補注：「羽人，飛仙也。」

⑤方船：兩船相並。《漢書・酈食其傳》：「諸侯之兵四面而至，蜀漢之粟方船而下。」注：「方，並也。」

⑥象魏：城闕。《周禮・天官・太宰》：「乃懸治象之法於象魏。」疏引鄭司農云：「象魏，闕

也。」亦即古代天子、諸侯宮門外的一對高建築，亦叫闕或觀，爲懸示教令的地方。

⑦「山椒」句，是説登上山頂，可以遠望五溪。王逸《楚辭・離騷》注：「土高四墮曰椒。」謝靈運《從遊京口北固應詔》詩：「稅鑾登山椒。」《水經注・沅水》：「武陵有五溪，謂雄溪、樠溪、無溪、西溪，辰溪其一焉。」

⑧壺頭：壺頭山。《水經注・沅水》：「夷山東接壺頭山。山高一百里，廣圓三百里，山下水際，有新息侯馬援征武溪蠻停軍處。」入指顧：視野能及，能指點顧盼。

⑨野人：此處指未開化的少數民族，亦即五溪蠻之類。

⑩瞿仙館：不詳，疑係當地名勝。瞿仙，即臞仙。《史記・司馬相如列傳》：「相如以爲列僊之傳居山澤閒，形容甚臞。」宋劉克莊《最高樓》詞：「這先生，非散聖，即臞僊。」

⑪表：特地。《楚辭・山鬼》：「表獨立兮山之上。」王逸注：「表，特也。」遺，通逸。逸步，快步。南朝梁劉勰《文心雕龍・辨騷》：「而屈宋逸步，莫之能追。」

⑫衆妙：道教指一切深奧玄妙的道理，亦指衆多的妙趣。《老子》：「玄之又玄，衆妙之門。」

⑬榦：同幹。《書・禹貢》：「杶榦栝柏。」傳：「樹木旁生曰枝，本根爲榦。」

⑭歷歷：分明可數。《文選・古詩十九首》：「玉衡指孟冬，衆星何歷歷。」

【評　析】

這首詩記叙了淳熙十三年遊湘事，見前「洞庭八百里」箋注①。從某種意義上説，白石是對陶淵明《桃花源記》的一次踏勘。陶淵明所記當然已不可復見，但此詩仍然充滿了野趣，在惆悵的情緒中，作者以「於今二十年，歷歷經行處」的平實叙述結束了此篇。

昔遊衡山下①，看水入朱陵②。半空掃積雪，萬萬玉花凝。或如生綃挂③，或如薄霧横〔一〕。紛紛虎豹吼，往往蛟龍驚。人語不相聞，濺雹漂我纓〔二〕④。有魚緣峭壁，上上終不停⑤。此中有神物，雷雨周八紘⑥。

【校　記】

〔一〕或如，《名賢小集》本作「或作」。

〔二〕漂我纓，四庫本、《名賢小集》本並作「漂風纓」。夏校記：「原作『風』，依影鈔、《小集》改作『我』。」

【箋　注】

①衡山：又名南岳、壽岳，爲中國五嶽之一，位於湖南省中部偏東南部，綿亘於衡陽、湘潭兩盆地間。《水經注・湘水》：「衡山，《山經》謂之岣嶁，爲南岳也。」徐靈期《南岳記》：「南岳周回八百里，回雁爲首，嶽麓爲足。」

②朱陵：南岳之一洞。此處代指衡山。唐韓愈《合江亭》詩題注：「亭在衡州負郭。今之石鼓頭，即其地也。地形特異，巋然崛起於二水之間。旁有朱陵洞，唐人題刻散滿巖上。」《洞天福地記》：「第三洞南岳衡山，周迴七百里，名朱陵之天，在衡州衡山縣。」

③生綃挂：形容瀑布之形態。唐韓愈《桃源圖》詩：「流水盤迴山百轉，生綃數幅垂中堂。」《廣韻》：「綃，生絲繒也。」

④「半空」八句，從形態、聲響、觀者的感覺各方面寫「看水」，亦即寫瀑布。纓：古人繫帽的帶子。《楚辭・漁父》：「滄浪之水清兮，可以濯吾纓。」《説文》：「纓，冠繫也。」

⑤「有魚」二句，是説峭壁上有魚，上下在爬行。按，《爾雅・釋魚》：「鯢，大者謂之鰕。」郭璞注：「今鯢魚似鮎。四脚，前似獮猴，後似狗，聲如小兒啼，大者長八九尺。」按，此即俗稱娃娃魚，南岳石洞中常見。白石當年所見應即爲此物。

⑥八紘：八方極遠之地。《淮南子・墜形訓》：「九州之外，乃有八殥……八殥之外，而有八紘，亦方千里。」漢劉楨《贈徐幹》詩：「兼燭八紘内，物類無偏頗。」

【評析】

這道詩亦作於淳熙十三年。夏師《姜白石繫年》云：「淳熙十三年丙午，三十二歲。……立夏日，遊南岳至密雲峰（詩説序）。姜譜：《昔遊詩》：『昔遊衡山上，未曉入幽谷。』當指是事。以下有『雷雨』句可證。又『昔遊衡山下，看水入朱陵』，是在雪霽後，殆又一時也。」謹案，夏師引姜譜，應該是肯定地采用，但以爲這首詩「是在雪霽後，殆又一時也」，則是誤判了。之所以産生誤判，是因爲「半空掃積雪，萬萬玉花凝」兩句，而此二句乃形容飛瀑奔騰、水珠亂濺，並非實寫雪花。試問如果寫實，則何人能至半空掃雪耶？因此良以爲「昔遊衡山下，看水入朱陵」一首與「昔遊衡山上，未曉入幽谷」一首寫作同時，均爲淳熙十三年丙午立夏前後。

昔遊衡山上，未曉入幽谷。欲識所坐輿①，横板挂兩竹。狀如秋千垂，高下不傾覆。登山九千丈，中道多佛屋②。一峰高一峰，峰峰秀林木〔一〕。仰看同來客，木末見冠服③。高臺石橋路，尋常雲所宿。下方雷雨時，此上自晴旭④。紫蓋何突兀⑤，萬里在一目。餘峰六七十，僅如翠浪矗。北有懶瓚巖⑥，大石庇樵牧。下窺半厓花，杯盂琢紅玉⑦。飛雲身畔遇，攬之不盈掬。⑧祝融最高絶，紫蓋不足録。俯視同仰觀，蒼蒼萬形伏。惟餘岣嶁峰⑨，南睇半空緑⑩。髣髴認瀟湘⑪，向嶽流屈曲。高處驚我魂，翻思宅平陸⑫。其東有雷穴，靈異謹勿觸。雲來綿世界，雲去一峰獨。僧窗或留鎛，雲入不可逐。絶頂横石梁，仙人有遺躅⑬。山多金光草⑭，夜半如列燭。靈藥不可尋，吁嗟歸太速⑮。

【校　記】

〔一〕峰峰，《名賢小集》本作一「峰」。

【箋　注】

①「欲識」四句，寫遊山所乘肩輿情況。孫玄常云：白石所云「狀如秋千垂，高下不傾覆」者，即如今川黔諸省「滑竿」之製。余嘗見故宮所藏南宋夏珪《西湖柳艇圖》（今在臺灣），圖有肩輿，其狀與今之滑竿正同，知此製起源已古矣。

②佛屋：即佛寺。宋張耒《宿文殊院呈孫子和二絶》詩：「高林有露乍蹄馬，佛屋無人到曉燈。」

③木末：樹梢。《楚辭・湘君》：「搴芙蓉兮木末。」唐杜甫《北征》詩：「我行已水濱，我僕猶木末。」

④「下方」二句，言一山上下，氣候各異。唐方幹《題法華寺絶頂禪家壁》詩：「卷翠苕蕘逼窅冥，下方雷雨上方晴。」

⑤紫蓋，衡山峰名。《杜詩鏡銓·望岳》注引《長沙記》：「衡山軒翔，聳拔九千餘尺，尊卑差次。七十二峰，最大者五：芙蓉、紫蓋、石廪、天柱，祝融爲最高。」突兀，形容山勢陡峭。唐韓愈《謁衡岳廟遂宿岳寺題門樓》詩：「須臾静掃衆峰出，仰見突兀撑青空。」

⑥懶瓚巖，衡山福嚴寺有巖名懶瓚。宋黄庭堅《次韻元實病目》詩：「君不見岳頭懶瓚一生禪，鼻涕垂頤渠不管。」任注：「潭州南嶽福嚴寺，有懶殘巖。按唐高僧號懶瓚，隱居衡山之頂石窟中，德宗遣使詔之，寒涕垂膺未嘗答。使者笑之，且勸拭涕。瓚曰：『我豈有工夫爲俗人拭涕耶？』竟不能致而去。」

⑦「下窺」二句，是説從山上窺視生長在半崖之花叢，恰如杯盂裏盛着紅玉般可愛。按，白石《虞美人》詞：「摩挲紫蓋峰頭石，下瞰蒼厓立。玉盤摇動半厓花，花樹扶疏一半白雲遮。」夏師《白石詞箋》云：「此憶南岳舊遊之作。」其中景致與此詩仿佛。紅玉，形容石上之紅花。宋蘇軾《試院煎茶》詩：「又不見今時潞公煎茶學西蜀，定州花瓷琢紅玉。」白石此詩化用。

⑧《詩經·小雅·采緑》：「終朝采緑，不盈一匊。」傳：「兩手爲匊。」掬，同匊。

⑨岣嶁峰，衡山七十二峰之一。

⑩南睇，朝南方望去。睇，看、望。《廣韻》：「睇，視也。」

⑪瀟湘，瀟指湖南省境内的瀟水河，湘指横貫湖南的湘江。瀟湘指瀟水、湘水流經的地域。《山海

經・中山次十二經》：「（洞庭之山）帝之二女居之，是常遊於江淵。澧沅之風，交瀟湘之淵。」

⑫平陸：平原、陸地。晉陶淵明《停雲》詩：「八表同昏，平陸成江。」

⑬躅：足迹。《漢書・叙傳》：「伏孔周之軌躅。」注：「鄭氏曰：躅，迹也。」

⑭金光草，古代傳説中的一種仙草，食之可以長壽。唐李白《古風》之七：「願飡金光草，壽與天齊傾。」

⑮「靈藥」二句，是説僊藥既然尋找不到，則只有嘆息而速歸了。靈藥，仙藥，道家以爲服之可成仙。唐李商隱《嫦娥》詩：「嫦娥應悔偷靈藥，碧海青天夜夜心。」

【評析】

此詩亦是追憶淳熙十三年夏遊衡山事。唐宋士大夫，不逃禪即好道，很多人歷盡艱險，服藥求仙，樂此不疲。從這首詩看來，尋覓金光草，顯然是白石此次遊南岳的目的之一。正因爲此，他遍踏南岳諸峰，不辭「高處驚我魂」；正因爲此，他熱切地尋找金光草，夜晚眼前竟幻出「夜半如列燭」的景象；正因爲此，因没有尋覓到仙草，他就嘆息着歸去了。

濠梁四無山①，坡陁亘長野②。吾披紫茸氈③，縱飲面無赭④。自矜意氣豪，敢騎雪中馬⑤。

行行逆風去，初亦略霑灑。疾風吹大片，忽若亂飄瓦。側身當其衝，絲鞚袖中把⑥。重圍萬箭急，馳突更叱咤。酒力不支吾⑦，數里進一斝⑧。燎茅烘濕衣，客有見留者。徘徊望神州⑨，沈嘆英雄寡。

【箋注】

① 濠梁：即濠州，今安徽鳳陽東北。《水經注·淮水》：「豪水出陰陵縣之陽亭北，小屈，有石穴，不測所窮，言穴出鍾乳，所未詳也。豪水東北流，逕其離縣西，又屈而南轉，東逕其城南，又北歷其城東，逕小城而北流注於淮。」按，鍾離即濠州，因晉嘗於淮南僑立南梁郡，故濠州一曰濠梁，明以後改名鳳陽府。

② 坡陁：寬廣貌。《文選·司馬相如〈子虛賦〉》：「罷池陂陀，下屬江河。」注：「陂陀，寬廣貌。」陂陀，同坡陁。

③ 紫茸氈，細毛氈。宋蘇軾《紙帳》詩：「潔似僧巾白疊布，暖於蠻帳紫茸氈。」俞琰《席上腐談》以爲紫茸是子毳之音訛，毳乃鳥之細毛。

④ 縱飲：任性而飲。面無赭，喝酒不上臉。

⑤ 「自矜」二句白石有雪中騎馬的經歷。其《雪中六解》云：「塞草汀雲護玉鞍，連天花落路漫

漫。如今却憶當時健，下馬題詩不怕寒。」

⑥絲鞚，絲織的馬勒。鞚，馬勒。唐杜甫《麗人行》：「黄門飛鞚不動塵。」

⑦支吾，即枝梧，支持意。此句言酒力漸消，自覺難以抵擋風寒。

⑧斝，古代酒器，三足一耳，通常用青銅鑄造，也被用作禮器。

⑨神州，猶言中原。宋自建炎南渡，淮北盡失，濠梁成爲與敵占區接壤之邊地，故興舉望神州之嘆。

【評析】

夏師《白石繫年》：「淳熙三年丙申（1176），二十二歲。是後十年行迹不詳，或來往江淮間，《昔遊詩》『濠梁四無山』，一首記雪中馳馬，當是此時事。」

這首詩的風格與《昔遊詩》其他詩作不同，不管是寫「縱飲」，還是寫雪天馳馬，都洋溢着一股豪氣。尤其是結尾兩句：「徘徊望神州，沈嘆英雄寡。」因自秦檜倡和議，至淳熙之初，已三十餘年，其間又遭符離戰敗，中興諸將凋謝殆盡，朝廷上下更無意恢復。白石北望中原，見山河異色，故發此沉痛之語。錢鍾書《宋詩選注》云：「這裏所寫回憶當年、顧盼自豪的神氣使我們聯想到陸游這類的詩和辛棄疾這類的詞（例如《稼軒詞》卷一《水調歌頭・舟次揚州和楊濟翁、周顯先韻》、卷三《鷓鴣天・有客慨然談功名因追念少年時事戲作》），整首詩的風格也很像陸游的。當然姜夔没有陸、辛兩人那種英雄老去、撫今感昔的牢騷，這因爲他雖然『沈嘆英雄寡』，到底缺乏他們兩人的志事和抱負。」

既離湖口縣①，未至落星灣②。舟中兩三程〔一〕，程程見廬山③。廬山遮半天，五老雲爲冠④。朝看金叠叠，暮看紫巉巉⑤。瀑布在山半，髣髴認一斑⑥。廬山忽不見，雲雨滿人間。

【校記】

〔一〕《名賢小集》本作「三兩程」。

【箋注】

①湖口縣：《讀史方輿紀要》：「漢彭澤縣之鄡陽鎮。劉宋時，爲湖口戍。齊梁至陳，亦皆置戍於山。隋屬湓城縣。唐武德五年置湖口鎮，屬尋陽縣。南唐保大中，升爲湖口縣，屬江州。宋元因之。」

②落星灣：在廬山以東的彭蠡灣中，宋黄庭堅《題落星寺》詩：「星宫遊空何時落。」史容注：「《寰宇記》：『落星石在江州廬山東，周迴一百五步，高丈許。』《圖經》：『昔有星墜水，化爲石，當彭蠡灣中，俗呼爲落星灣。』」

③廬山：又名匡山、匡廬，位於江西省九江市境内，以雄、奇、險、秀聞名於世。

④五老：五老峰，在廬山東南，因山的絶頂被埡口所斷，分成並列之五峰，仰望儼若席地而坐的五位老者，故稱五老峰。唐李白有詩《望廬山五老峰》，宋黄庭堅《學元翁作女兒浦口詩》：「五老峰前萬頃江，女兒浦口鴛鴦雙。」

⑤巉巉：山勢高險。唐張祜《遊天台山》：「巉巉割秋碧，媧女徒巧補。」

⑥「瀑布」二句，是説瀑布挂在半山腰，遠遠望去，好像只是一塊斑點。

【評析】

此詩記叙淳熙十三年白石發漢陽，渡揚子東下事，具體説來是遊廬山。全詩較短，僅十二句，然而充溢着色彩光影，十分精彩。如「朝看金叠叠，暮看紫巉巉」，用朝暮顔色的變幻寫山勢之奇險；又如結句「廬山忽不見，雲雨滿人間」，寫雲雨造成山影依稀，多少能看到白石詞「清空」的本色。

雪霽下揚子，閒望江上山。山山如白玉，日照金孱顏①。是時江水净，影落清鏡寒。潮催庾信老②，雲送佛狸還③。萬古感心事，惆悵垂楊灣。

【箋注】

① 孱顏，亦即巉巖。《玉篇》：「巉巖，高危。」

② 庾信：南北朝時期文學家。字子山，「幼而俊邁，聰敏絶倫」，初與徐陵一起任蕭綱的東宫學士，成爲宫體文學的代表作家。後奉命出使西魏，梁滅後，遂留居北方爲高官。北周代魏後，更遷驃騎大將軍，開府儀同三司，被尊爲文壇宗師。他飽嘗分裂時代特有的人生辛酸，却結出「窮南北之勝」的文學碩果。唐杜甫《咏懷古迹》詩：「庾信平生最蕭瑟，暮年詩賦動江關。」此句白石以庾信爲喻，自傷老大。

③ 佛狸，北魏太武帝拓跋燾的小名。四五〇年北魏南侵，拓跋燾追擊王玄謨的軍隊，大掠瓜步。「雲送」句蓋以太武帝拓跋燾南侵爲喻，寫紹興三十一年金主亮南侵，因金主亮亦軍至瓜步。

【評析】

夏師《白石繫年》云：「淳熙十四年丁未（1187），三十三歲。元日，過金陵江上。《昔遊詩》」雪霽下揚子「一首指此」。開頭六句，寫雪霽後的江山勝景，十分壯麗，引人逸興。「潮催」句一轉，自嗟老大，兼傷時局，詩風變得抑鬱低沉，反映出作者對國事無能爲力、憂心如焚的情緒。同時的詞人辛棄疾《永遇樂》云：「四十三年，望中猶記，烽火揚州路。可堪回首，佛狸祠下，一片神鴉社鼓。」亦表現了同樣的情緒。

衡山爲真宫，道士飲我酒。共坐有何人，山中白衣叟①。問叟家何在，近住山洞口。殷勤起見邀，徐步入林藪②。雲深險徑黑③，石亂湍水吼。尋源行漸遠，茅屋剪如帚〔一〕。老烹茶味苦，④野琢琴形醜⑤。叟云司馬遷〔三〕，學道此居久⑥。屋東大磐石〔四〕，棋畫今尚有。古木庇覆之，清泉石根走。因悲百年内，汲汲成白首⑦。仙人固難值⑧，隱者亦可偶。追惟恍如夢，欲畫無好手⑨。

【校　記】

〔一〕剪，《名賢小集》本作「前」。

〔二〕琢，《名賢小集》本作「啄」。

〔三〕司馬遷，《名賢小集》本作「司馬君」。

〔四〕磐石，《名賢小集》本作「盤石」。

【箋注】

①「衡山」四句，記叙淳熙十三年遊衡山之遭遇。真宫，仙宫也。按，《白石道人詩説自序》：「淳熙丙午立夏，余遊南岳，至雲密峰。徘徊禹溪橋下上，愛其幽絶。即屏置僕馬，獨尋溪源，行且吟哦。顧見茅屋蔽虧林木間。若士坐大石上，眉宇闓爽，年可四五十。心知其異人，即前揖之。相接甚温，便邀入舍内，煎苦茶共食。從容問從何來，適吟何語。余以實告，且舉似昨日望岳『小山不能雲，大山半爲天』之句。若士喜，謂余可人。遂探囊出書一卷，云是《詩説》。（節）問其年，則慶曆間生。始大驚。意必得長生不老之道，再三求教，笑而不言，亦不道姓名。再相留啜黄精粥。余辭以與人偕來，在官道上相候。告别出，至橋上馬。偏詢土人，無知者。惟一老父嘆曰：『此先生久不出，今猶在耶？』與欲語，忽失所在。悵然而去。」此詩與自序所記爲同一事，「若士」即「白衣叟」也。

②林藪：指山林水澤，草木叢生的地方，引申爲山野隱居的地方。唐錢起《送褚大落第東歸》：「漢家側席明揚久，豈意遺賢在林藪。」

③險徑黑：因天低雲沉，山路顯得很黑暗。唐杜甫《春夜喜雨》詩：「野徑雲俱黑，江船火獨明。」

④「老烹」句，是説野人不懂烹茶之法，水老而茶濃，以致苦而難飲。按，宋人煎茶，以水新沸即飲爲尚。宋蘇軾《試院煎茶》詩：「蟹眼已過魚眼生，颼颼欲作松風鳴。」

⑤「野琢」句，是説山野之人雕製古琴不重外形，狀極醜陋。

⑥「叟云」兩句，説司馬遷學道衡山。按，《史記·太史公自序》：「二十而南遊江淮，上會稽，探禹穴，闚九疑，浮於沅湘。」是司馬遷或曾至衡山，但證據闕如。

⑦汲汲：形容心情急迫，努力追求。《漢書·揚雄傳》：「不汲汲於富貴，不戚戚於貧賤。」

⑧值：遇到，碰到。

⑨「追惟」二句，是説回憶這次衡山之遊，好像做了一場夢一樣，可惜没有善畫者將它畫出來。宋蘇軾《臘日遊孤山訪惠勤惠思二僧》詩：「兹遊澹薄歡有餘，到家怳如夢蘧蘧。」唐杜甫《劉少府新畫山水障歌》詩：「畫師亦無數，好手不可遇。」

【評析】

這首詩記叙淳熙十三年遊衡山見到高人「白衣叟」事，與《白石道人詩説自序》互爲表裏，可見遊衡遭遇高士印象之深。因爲追思如夢，所以作者記叙重在細節，如寫茶味，寫琴形，尤其記録關於司馬遷隱衡學道的傳説，寫了大磐石上的棋畫，以爲史料闕如的補充。作者認爲「仙人固難值，隱者亦可偶」，見到隱居的高士亦是難得的幸事。

【附　録】

書昔遊詩後

潘檉（德久）

我行半天下，未能到瀟湘。君詩如畫圖，歷歷記所嘗。起我遠遊興，其如髩毛霜。何以舒此懷，轉軫彈清商。

又

韓淲（仲止）

平生未踏洞庭野，亦不曾登南岳峰。因君談舊遊，恍如常相從。江淮歷歷轉湘浦，裘馬意氣傳邊烽。吾嘗汎大江，只見匡廬松。乘風醉卧帆影底，高浪直濺嵐光濃。日暮泊船時，是夜方嚴冬。雪花壓船船背重，纜摇柂鼓聲如鐘。當年意淺語不到，無句可寫波濤舂。君詩乃如許，景物不易供。盡歸一毫端，狀出三飛龍。人間勝處貴著眼，雖有比興無由逢。錢唐山水亦自好，奈何薄宦難從容。南高北高一千丈，潮頭日夜鳴靈蹤。應有隱者爲識賞，青鞵布襪扶杖筇。君無詫彼我愧此，急還詩卷心徒忪。

七言古詩

送王孟玉歸山陰①

淮南雪落雲繞戍②，王郎鳴鞭獵狐兔③。問君本是山陰人，何不扁舟剡溪去④。人生樂事將無同⑤，知君此心如太空。只今去踏龍尾道⑥，也似寒江蓑笠翁⑦。鑑湖一曲荷花蒲，君不歸來花有語⑧。舊宅應添竹幾竿，到家不覺秋如許。十年雪裏看淮南，聚米能作淮南山⑨。籌邊妙處須急吐，政自不容修竹閑⑩。人道長江無六月⑪，日光正射青蘆葉。何以贈君濯炎熱，雪即是詩詩是雪。

【箋　注】

①王孟玉：滁州人，與白石同時。夏師《白石行實考》云：「（《送王孟玉歸山陰》）詩起云：『淮南雪落雲繞戍』，當是紹熙間客合肥時作。王明清《揮麈前録》有臨汝郭九悳跋，謂『間從清流王孟玉借《揮麈録》觀之』。明清淳熙間人，與白石同時，當即此孟玉。清流爲滁州附郭

縣，正淮南地，與詩吻合。蓋孟玉久居滁郭，跋稱清流王孟玉，乃指其所在地，非標明本貫也。王明清嘗官滁，《揮麈前録》（三）第七二條即據王孟玉云。」

②戍：滁州在江淮之間，南宋置兵衛戍，故曰「戍」。

③鳴鞭：揮鞭。唐儲光羲《長安道》詩：「鳴鞭過酒肆，袨服遊倡門。」獵狐兔：打獵。宋黄庭堅《和范信中》詩：「當年遊俠成都路，黄犬蒼鷹伐狐兔。」

④「問君」二句：用《世説新语·任誕》王子猷雪夜訪戴事。

⑤將無同：大概没有什麽不同。《世説新語·文學》：「阮宣子有令聞，太尉王夷甫見而問曰：『老莊與聖教同異？』對曰：『將無同。』」

⑥龍尾道：山陰龍山之山路。按，會稽山陰有卧龍山。《嘉泰會稽志》：「卧龍山舊名種山，越大夫種所葬處。」唐王建《宫詞》：「上得青花龍尾道。」注：「含元殿前升殿之道，自下而上，爲陂陀斜道，不疏小級，逶迤屈曲，凡七轉。自上望下，宛如龍尾下垂，故名龍尾道。」按，王建《宫詞》「龍尾道」指長安之終南山，白石特借其詞而已。

⑦蓑笠翁：唐柳宗元《江雪》詩：「孤舟簑笠翁，獨釣寒江雪。」

⑧「鑑湖」二句，是説君去不歸，鑑湖荷花亦有怨語。《讀史方輿紀要》卷九十二《紹興府·會稽縣》：「鑑湖，（在山陰）城南三里，亦曰鏡湖。」按，「花有語」之構思取法於孔稚圭《北山移

文》「蕙帳空兮夜鵠怨，山人去兮曉猿驚」。

⑨聚米：《後漢書·馬援傳》：「會召援夜至，帝大喜，引入，具以群議質之。援因説隗囂將帥有土崩之勢，兵進有必破之狀。又於帝前聚米爲山谷，指畫形勢，開示衆軍所從道徑往來，分析曲折，昭然可曉。」聚米，比喻指畫形勢，運籌決策。

⑩「籌邊」二句：是説王孟玉有籌邊之才，不能在山林休閑。籌邊，籌劃邊境的事務。宋劉過《八聲甘州·送湖北招撫吴獵》詞：「共記玉堂對策，欲先明大義，次第籌邊。」

⑪長江無六月：宋楊萬里《五月初二日苦熱》詩：「人言長江無六月。」錢鍾書《宋詩選注》云：「這句諺語北宋初就有（《五燈會元》卷十六《義懷語録》引）。」

【評析】

夏師《白石繫年》云：「紹熙元年庚戌（1190），三十六歲。客合肥，居赤闌橋之西，與范仲訥爲鄰。六月，送王孟玉歸山陰。」

開頭四句寫孟玉歸山陰，因孟玉姓王，就順手運用了雪夜訪戴的典故。「人生」以下十二句，寫山陰景物與孟玉意趣相得。其中「籌邊妙處須急吐，政自不容修竹閑」亦流露出白石懷抱用世之志，不甘於恬退無爲。結尾「人道」四句，歸結到送别之旨。「雪即是詩詩是雪」，句奇意峭，興味無窮。

烏夜啼

老烏棲棲飛且號，晨來枝上啄楮桃①。楮桃已空楮葉死，猶啄枯枝覓蟲蟻。老烏賦分何其貧②，未啼已被鄰公嗔③。吁嗟老烏不自知〔一〕，墻頭屋上紛成群。吴中貴遊重鸜鵒④，千金遠致能言語⑤。花底紅絛鄭袖擎，盤中碧果秦宫取。天生靈物得人憐，過者須來鸜鵒邊。老烏事事無足録，人間猶傳夜啼曲。

【校　記】

〔一〕自知，《名賢小集》本作「自省」。

【箋　注】

①楮桃：亦稱楮實，楮樹之果。楮樹通稱構樹，落葉喬木，果圓球形，熟時紅色。

②賦分：天賦、資質。唐温庭筠《開成五年秋以抱疾效野因書懷奉寄殿院徐侍御一百韻》：「賦分知前定，寒心畏厚誣。」

③嗔：發怒、生氣。唐杜甫《麗人行》詩：「慎莫近前丞相嗔。」

④貴遊：指没有官職的貴族子弟。《周禮・地官・師氏》：「凡國之貴遊子弟學焉。」宋黄庭堅《宗室公壽挽詞》：「昔在熙寧日，葭莩接貴遊。」

⑤能言語：經訓練，鸚鵡能摹仿簡單的人語。《文選・禰正平〈鸚鵡賦〉》：「性辯慧而能言兮，方聰明以識機。」

⑥「花底」二句，是説這些鸚鵡在花樹下，嬖妾們用紅絲繩繫着鳥籠舉起來，孌童們飼之以盤中的碧果。《廣韻》：「絛，編絲繩也。」唐白居易《琵琶行》詩：「間關鶯語花底滑。」鄭袖，泛指嬖妾、侍女。《史記・張儀列傳》：「張儀曰：『秦彊楚弱，臣善靳尚，尚得事楚夫人鄭袖，袖所言皆從。』」秦宫，泛指孌童。《後漢書・梁冀傳》：「冀妻孫壽色美而善妖態。冀愛監奴秦宫，官至太倉令，得出入壽所。壽見宫輒屏御者，託以言事，因與私焉。宫内外兼寵，威權大震。」

【評　析】

這首詩叙述老烏與鸚鵡在世間遭遇的不同對待，宣泄了不平的憤懣。無疑，老烏代表正直的有學問的下層知識分子，鸚鵡則代表善於逢迎的姦佞小人。其時白石客居合肥，生計依人，深感謀生艱難。

余居苕溪上，與白石洞天爲鄰①。潘德久字予曰「白石道人」②，且以詩見畀。其詞曰：「人間官爵似摴蒱③，采到枯松亦大夫④。白石道人新拜號，斷無繳駁任稱呼。」⑤予以長句報貺

南山仙人何所食，夜夜山中煮白石⑥。世人喚作白石仙，一生費齒不費錢。仙人食罷腹便便⑦，
七十二峰生肺肝⑧。真祖只在南山南〔一〕⑨，我欲從之不憚遠⑩，無方煮石何由軟。佳名錫我
何敢辭⑪，但愁自此長苦饑。囊中只有轉庵詩，便當掬水三嚥之⑫。

【校　記】

〔一〕真祖，諸本皆作「真祖」，不知夏校本何據。

【箋　注】

①白石洞天：指吴興白石洞。按，夏師於此辨析甚精。《白石行實考》云：「惟白石洞有吴興、武康兩説：徐獻忠《吴興掌故·寓賢録》謂德藻携白石過苕霅，遂家武康；舊本《湖州郡志》從之。鄭元慶《湖録》則謂家苕溪之卞山；新本《郡志》從之。姜《鈔》歷舉三證，定白石洞在吴

興而非武康。其説曰：『今按公集，自淳熙丁未至吴興後，其間或處苕，或遠遊，南北蹤迹，備具稿中，曾未有及防風者。惟慶元丙辰春，張平甫欲治舟往封禺松竹間度誕辰，未知果往否；是年秋，始有與葛朴翁在武康丞宅咏牽牛詩，比冬，即與平甫、朴翁自封禺詣梁溪，爾後更無復事境及彼。則武康暫寓有之，安有卜築其地，所處僅草草數月耶？然意誤公之屬武康，竊自有説。按《譜》，秘書公巖由饒州徙武康，卒葬巖山。（後人避公諱，改呼銀子山。）公從弟茶客公徙武康及安吉。豈以茶客公曾往封禺（今其地名姜灣），而遂以爲公之家武康耶？至白石洞天之説，按，蒼弁有大小兩玲瓏，小玲瓏一名沈家白石洞，又名沈家洞，吴甘泉《弁山志》可據。（元本下有『今洞中尚鐫有白石洞天字。後人省其呼，直稱沈家，不復名白石』二語。）世但知有武康白石洞，謬矣。案公詩：『槎頭有風味，人在太湖西。』又『春風橘洲前，白月太湖尾。』則似指弁境。若武康安得言太湖西、太湖尾耶？且公所止，大約依庇千巖，集中并（似是「有」誤）『挽通仲同歸千巖』之約。據千岩家弁山，公亦家弁山，則白石洞之指在弁明矣。』」

②潘德久：名檉，字德久，浙江永嘉人，官閤門舍人，授福建兵馬鈐轄，有詩名，是白石好友。

③樗蒱，古代的一種賭博遊戲。《晉書·陶侃傳》：「樗蒱者，牧猪奴戲耳。」李肇《國史補》：「樗蒱者，三分其子三百六十，限於二關，人執六馬，其骰五枚，分上黑下白。」

④采：采邑，指的是古代國君封賜給卿大夫作爲世禄的田邑，也叫封邑、食邑。枯松亦大夫，指秦

始皇泰山封松事。《史記·秦始皇本紀》：「乃遂上泰山，立石，封，祠祀。下，風雨暴至，休於樹下，因封其樹爲五大夫。」《漢官儀》謂其所封者爲松樹。

⑤「白石」二句，是説「白石道人」這個封號應該不會有俗吏阻撓，甚至發生駁勘繳還封號的事。繳，繳納。駁，駁還。這是唐宋公文用語。這二句詩是潘德久對白石的戲謔、調侃。

⑥煮白石：唐韋應物《寄全椒山中道士》詩：「澗底束荆薪，歸來煮白石。」又按《愛日齋叢鈔》云：「姜堯章居苕溪上，與白石洞天爲鄰。潘德久字之曰『白石道人』。有句云：『屋角紅梅樹，花前白石生。』白石生見《神仙傳》中黄丈人弟子也。歲煮白石爲糧，時號『白石生』。堯章用此三字，蓋有據。」

⑦腹便便，肚子肥大的樣子。《後漢書·邊韶傳》：「韶口辯，曾晝日假卧，弟子私嘲之曰：『邊孝先，腹便便。懶讀書，但欲眠。』韶潛聞之，應時對曰：『邊爲姓，孝爲字。腹便便，五經笥。但欲眠，思經事。寐與周公通夢，静與孔子同意。師而可嘲，出何典記？』」

⑧七十二峰，形容太湖中山峰之多。李宗諤《蘇州圖經》：「具區接蘇常，湖秀四州，界内有大小山七十二，洞庭居一焉。」

⑨真祖，諸本並作「真祖」。夏本作「真租」應誤。按，唐曹唐《三年冬大禮五首》詩：「皇帝齋心潔素誠，自朝真祖報昇平。」真祖，僊祖也。曹唐詩指老子，白石詩則泛指神僊祖師。

⑩憚遠：害怕路途險遠。宋黄庭堅《次韻師厚病間詩》：「獨歸豈憚遠，三危露如飴。」

⑪嘉名錫我：送給我優美的名字。《離騷》：「皇覽揆余初度兮，肇錫余以嘉名。」

⑫「囊中」二句，戲謔語，是説口袋中只有轉庵之詩，如同靈藥，可以辟穀療飢，因此要掬水而嘸飲。原注：「轉庵，德久自號云。」

【評　析】

夏師《白石繫年》云：「紹熙元年庚戌（1190），三十六歲。卜居白石洞下，永嘉潘檉字之曰『白石道人』，爲長句報之。」這首七古就是回報好友命名的「長句」。

此詩寫作特點有二。其一，因係好友之間的贈答，所以戲謔不斷，幽默可親。其二，對方贈以「白石」佳號，所以全詩以白石構思，從煮石療飢生發。

丁巳七月望湖上書事①

白天碎碎如拆綿②，黑天昧昧如陳玄③。白黑破處青天出，海月飛來光尚濕。是夜太史奏月蝕④，三家各自矜算術⑤。或云七分或食既⑥，或云食晝不在夕。上令御史登吴山⑦，下視海門監月出⑧。年來歷失無人修，三家之説誰爲優。乍如破鏡光炯炯⑨，漸若小兒初食餅。時方下令嚴禁銅⑩，破鏡何爲來海東。天邊有餅不可食，聞説飢民滿淮北⑪。是鏡是餅且勿論，須臾還我黄金盆⑫。金盆當空四山静，平波倒浸雲天影。下連八表共此光⑬，上接銀河通一冷⑭。御史歸家太史眠，人間不聞鐘鼓傳⑮。白石道人呼釣船，一瓢欲酌湖中天。荷葉擺頭君睡去，西風急送敲窗句。

【校記】

〔一〕拆綿，《名賢小集》作「折綿」。

【箋注】

①《白石繫年》云：「慶元三年丁巳（1197），四十三歲。秋，在杭，作《丁巳七月望湖上書事》及《和轉庵丹桂韻》。」望，古代的曆法將月十五日（月圓時）叫作望。按陳思《白石道人年譜》：「《宋史·天文志》：『慶元三年七月己未，月食既。』據《湖上書事》詩，知是夜詔御史登吴山監視。」

②「白天」句，形容白雲之狀。

③「黑天」句，形容夜色。《楚辭·懷沙》：「日昧昧其將暮。」姜亮夫注：「昧昧，猶言冥冥，日暮昏冥也。」陳玄，墨的別稱。宋莊季裕《鷄肋編》卷下載「觀墨詩」：「賴召陳玄典籍傳，肯教邊腹擅便便。」

④太史，朝廷掌天文曆法之官。月蝕，又叫月食，即當月球運行進入地球之陰影時，使得人們無法看到普通的月相的天文現象。月食必定發生在滿月之夜（農曆十五、十六或十七）。

⑤三家：中國古代天文學家的三種學說。《晉書·天文志》：「古言天者有三家：一曰蓋天，二曰宣夜，三曰渾天。」孫玄常《箋注》云：「蓋天，一曰《周髀》言天如覆盆蓋在上，北斗居其中。宣夜者，宣，明也；夜，幽也。幽明之數，其術兼之，然無師説，不明其狀。渾天者，言天之狀如卵，天包地外，如卵之裹黄，圓如彈丸，故曰渾天。」見《尚書·舜典》疏引蔡邕《天文志》。

⑥七分：蝕去月亮的十分之七。食既：盡蝕。《春秋·桓公三年》：「秋七月壬辰朔，日有食之，既。」注：「既，盡也。」

⑦御史：唐宋御史專糾察彈劾，有侍御史、殿中侍御史、監察御史等官職。吴山：泛指吴地之山。《讀史方輿紀要》：「吴山，在（杭州）府治南。《圖經》云：春秋時爲吴南界，故名。或曰以子胥名，訛伍爲吴也。亦名胥山。左帶大江，右瞰西湖。……紹興末，金亮聞其勝概，欲立馬吴山，遂南寇。今峰巒相屬以山名者凡數處，而總曰吴山。」

⑧下視，登吴山看海門。海門，錢塘江口之鼇子門。

⑨破鏡，形容月蝕一半。《玉臺新咏·古絶句》：「何當大刀頭，破鏡飛上天。」炯炯，光明貌。《文選·潘安仁〈秋興賦〉》：「登春臺之熙熙兮，珥金貂之炯炯。」

⑩禁銅：據《宋史·寧宗紀》，慶元三年閏六月甲戌，内出銅器，付尚書省毁之，申嚴私鑄之禁。

⑪「聞説」句，應爲白石流寓臨安所目睹。按，《宋史·五行志·土》：「（紹熙）五年冬，亡麥苗。行都、淮浙西東、江東郡國皆饑，常明州、寧國鎮江府，廬滁和州爲甚，人食草木。慶元元年春，常州饑，民之死徙者衆。楚州饑，人食糟粕。淮、浙民流行都。」

⑫「須臾」句，是説月蝕已過，明月重現。唐杜甫《贈閭丘師兄》詩：「夜闌接軟語，落月如金盆。」

⑬八表：又稱八荒，指極遠之地。晉陶淵明《停雲》詩：「八表同昬，平陸成江。」

⑭一冷：玩語意，當指一道冷光，與銀河相通。然未詳出處。

⑮「人間」句，是説月亮復出，人間的鐘鼓聲也停息了。俗以月蝕爲天狗食月，鳴金鼓以求之。

【評　析】

這首詩從一介平民的角度，記叙了慶元三年七月望日的月蝕。關於這場月蝕，朝廷派出御史登吴山觀察，後來《宋史·天文志》上留下了「慶元三年七月己未，月食既」的記録。這是官様文字。而白石此詩就生動得多，細緻得多。從那夜月初出，有「光尚濕」的感覺寫起，月亮「乍如破鏡」，又「漸若小兒初食餅」，再後來「還我黄金盆」，而這時鐘鼓已息，「御史歸家太史眠」，整個月蝕過程結束。無疑，這是足補史闕的極其珍貴的民間天文記録。寫法上，白石用了一連串形象而貼切的比喻，摹寫了壯麗的天象。結尾「白石道人」四句離形得神，歸於清空，極富詩意。

送陳敬甫①

十年所聞溢吾耳，去年誦君書一紙。古人三語得奇士②，况此磊落數百字。相逢千巖萬壑裏③，有客如君請兄事④。才高自古人所忌，論高不售反驚世⑤。好詩取客如券契⑥，我無三者猶至是，〔一〕⑦如君之貧不可避。如君之貧不可避，呼舟徑度寒潮外⑧。

【校記】

〔一〕猶，《名賢小集》本作「獨」。

【箋注】

①陳敬甫：陳善，字敬甫，號秋堂，羅源人，白石友人。《宋詩紀事》謂淳熙間豪士，有《雪篷夜話》。

②三語得奇士：《晉書·阮瞻傳》：「阮瞻見司徒王戎，戎問曰：『聖人貴名教，老莊明自然，其旨同異？』瞻曰：『將無同。』戎咨嗟良久，即命辟之。時人謂之『三語掾』。」三語，三個字。

③千巖萬壑：代指越中。《晉書·顧愷之傳》：「人問以會稽山川之狀。愷之云：『千巖競秀，萬壑争流。』」按陳思《白石道人年譜》即以此句推定姜陳之交地點在越中。

④按，《禮記·曲禮》：「年長一倍，則父事之；十年以長，則兄事之；五年以長，則肩隨之。」據此，知陳敬甫應年長白石約十歲。

⑤售：行。《文選·張平子〈西京賦〉》：「挾邪作蠱，於是不售。」

⑥「好詩」句，是説好詩一被客人讀到，便相契合。按古之券契，以木爲之，兩片屈曲如犬牙，相合如符。

⑦三者：依詩意應指才高、論高、詩好。

⑧寒潮：寒涼的潮水。唐宋之問《夜渡吴松江懷古》詩：「寒潮頓覺滿，暗浦稍將分。」

【評析】

陳思《白石道人年譜》云：「案《送敬甫》詩『千巖萬壑』，越中也；『徑渡寒潮』，秋深也；『才高』四句，免解不第，哀陳而自哀也。」應該説，陳思所云是頗有見地的，根據此詩推定姜陳初識的地點，白石寫詩贈友的時間及節令。尤可稱道者是指出對於敬甫的「免解不第」，白石「哀陳而自哀也」。在一再嗟嘆「如君之貧不可避」後，結句「呼舟徑度寒潮外」，又將哀憤拓開，歸於一片清空。竊以爲，這是白石學習杜甫、黄庭堅，而又錘煉自己的詩風之處。

生雲軒

在山長與雲同齋，出山憶雲雲不來。千金買得太湖石①，數峰相對寒崔嵬②。朝來忽覺青苔濕，靉靉如炊石間出③。白云何處不相逢，却怪年年枉相憶。王郎胸中横一丘④，在山出山雲與遊。更呼白石老居士，來倚雲根吟七字⑤。

【箋注】

① 太湖石：盛産於太湖地區，由石灰巖形成，通靈剔透，最能體現「瘦、皺、漏、透」之美。因爲

湖石窟窿多而通透，日光照耀水氣蒸騰，歷來有「山潤石生雲」的説法。

②崔嵬，高峻貌。《詩經·周南·卷耳》：「陟彼崔嵬，我馬虺隤。」毛傳：「土山之戴石者。」土山山巔戴石，引申爲高峻。

③靉靉，雲彩濃密貌。《文選·木玄虛〈海賦〉》：「氣似天霄，靉靉雲布。」《玉篇》：「靉靉，雲貌。」如炊石間出：按古人每謂奇石生雲氣。如宋范成大《小峨眉》詩：「爐煙雲浮布銀界，隙日虹貫凝金橋。」《天柱峰》詩：「摩霄拂雲致如此，吾言實夸誰敢删。」其云小峨眉、天柱峰皆奇石名。

④王郎：據夏師《白石行實考·交遊》，白石王姓友人有王孟玉、王德和、王大受、王餞、王炎等，此首「王郎」應爲其中之一。《晉書·謝鯤傳》：「或問：『論者以君方庾亮，自謂何如？』答曰：『端委廟堂，使百僚準則，則鯤不如亮。一丘一壑，自謂過之。』」宋黄庭堅《題子瞻枯木》詩：「胸中元自有丘壑，故作老木蟠風霜。」

⑤雲根：山石的别稱。唐杜甫《瞿唐兩岸》詩：「入天猶石色，穿水忽雲根。」《杜臆》：「詩人多以雲根爲石，以雲觸石而出也。」

【評析】

此詩歲月無可考，應爲寫贈一王姓友人，而生雲軒則應爲王郎宅舍。細玩語意，王郎乃擲千金買得太湖奇石，故名宅以「生雲」。白石遂以生雲爲旨，展開抒寫。結尾「更呼」兩句，是借「王郎」之口，邀請自己去生雲軒倚石吟詩。「吟七字」，當然指的就是這首七言古詩了。

送項平甫倅池陽①

項君聲名天宇窄②，與君俱是荆湖客③。向來相聞不相值④，長安城中乃相識⑤。論文要得文中天⑥，邯鄲學步終不然⑦。如君筆墨與性合，妙處特過蘇李前〔一〕⑧。我如切切秋蟲語⑨，自詭平生用心苦〔二〕⑩。神凝或與元氣接⑪，屢舉似君君亦許⑫。西湖一曲古墻陰⑬，清坐論詩夜向深。見謂人間有公等，不知來者不如今⑭。乾坤雖大知者少，君不見，古人拙處今人巧⑮。我徂山林口挂壁，如君合救狂瀾倒⑯。石渠春水緑泱泱⑰，閣下無人白日長。萬里江湖入歸夢，子雲不願校書郎⑱。九華山色梅根渡⑲，半日風帆即秋浦。六條察吏安用許，幸有千巖作詩侶⑳。

【校記】

〔一〕特，《名賢小集》本作「突」。

〔二〕詭，《名賢小集》本作「謂」。

【箋注】

①項平甫：項安世，字平甫，括蒼（今浙江麗水東南）人，後家江陵，淳熙二年進士，官至户部員外郎，權宣撫使等。陳思《白石道人年譜》云：「陳造《江湖長翁集・送項平甫教授之成都》自注：『平甫能詩，每言詩不工，故懶作，然人知其謙。』《直齋書録解題》：『《平庵悔藁》十五卷，《後編》六卷，太府卿松陽項安世平父撰。悔藁者，以語言得罪，悔不復爲也。自序當慶元丙辰，《後編》自丁巳終壬戌。』」倅：副職，當時項平甫爲池州通判，通判是州府的副行政長官，故稱倅。池陽：池州，治所在今安徽池州。

②天宇：宇宙。此句言項安世聲名很大，整個天下幾乎容納不下。晉陶淵明《辛丑歲七月赴假還江陵夜行塗口》詩：「昭昭天宇闊，晶晶川上平。」

③荆湖客：宋代行政區劃有荆湖路。項平甫雖括蒼人，但家居江陵，白石少年時家住漢陽，也屬荆湖路，所以説「俱是荆湖客」。

④值：相遇、結識。

⑤長安：唐代都城，這裏代指臨安。

⑥文中天：文章中的天機。晉陸機《文賦》：「方天機之駿利。」白石論詩文，亦重天機。《白石道人詩説》云：「文以文而工，不以文而妙。然捨文無妙。聖處要自悟。」又云：「沉著痛快，天也。自然與學到，其爲天一也。」

⑦「邯鄲」句，是説詩文一味摹仿别人是不行的。《莊子·秋水》：「且子獨不聞夫壽陵餘子學行於邯鄲與？未得國能，又失其故行矣，直匍匐而歸耳！」

⑧「如君」兩句，是説你的詩文從性情流出，自然真率，超過了蘇、李。《文心雕龍·才略》：「才難然乎，性各異稟。」《世説新語·文學》：「司馬太傅問謝車騎：『惠子其書五車，何以無一言入玄？』謝曰：『故當是其妙處不傳。』」蘇李：謂漢代的蘇武、李陵。蘇、李交誼頗厚，古詩中有蘇李贈答詩，詩風自然樸厚。《新唐書·宋之問傳》：「蘇李居前，沈宋比肩。」

⑨「我如」句：是説自己詩如孟郊、賈島般寒酸。唐白居易《琵琶行》：「小弦切切如私語。」宋蘇軾《讀孟郊詩》詩：「何苦將兩耳，聽此寒蟲號。」歷來有批評唐代詩人孟郊、賈島之詩曰「郊寒島瘦」。

⑩詭：責。《漢書·京房傳》：「今臣得出守郡，自詭效功，恐未效而死。」

⑪「神凝」句：是説集中精神用心寫作，就能使文章冥合造化，富有真趣。神凝，聚精會神。元

氣，造化之氣。

⑫「屢舉」句，是説屢次呈送給你，你也表示贊許。似，奉也，與也。唐賈島《劍客》詩：「今日把似君，誰爲不平事。」宋歐陽修《月石硯屏歌寄蘇子美》詩：「呼工畫石持寄似，幸子留意其無謙。」

⑬西湖一曲：西湖一角。應爲姜、項二人相會之處。

⑭「見謂」二句：是説古人曾謂社會上碌碌庸人所在多有，他們不知道未來更不如當時，而今人才更少。公等：《史記·平原君列傳》有「公等碌碌，所謂因人成事者」語，這裏借用「公等」代指市儈庸人。《論語·子罕》：「後生可畏，焉知來者之不如今也。」

⑮「君不見」句：是説古人拙直之處，今人轉爲機巧詐變，可見世風日益淺薄。

⑯「我徂」二句：是説我要退居山林，像你這樣有抱負的人則應爲挽救頹風末俗作出貢獻。徂，走向。《詩經·豳風·東山》：「我徂東山，慆慆不歸。」口挂壁，挂口於崖壁間，不問世事。唐柳宗元《贈江華長老》詩：「室空無侍者，巾屨唯挂壁。」宋蘇軾《送列邠倅海陵》詩：「君不見阮嗣宗，臧否不挂口。」合：應該。唐韓愈《進學解》：「障百川而東之，迴狂瀾於既倒。」

⑰石渠：石渠閣，漢代蕭何所建，下有水渠，皇家藏書之所。項平甫曾任校書郎，校理皇家藏書，故用石渠典。泱泱：水深廣貌。

⑱子雲：漢揚雄字子雲，揚雄曾校書於天禄閣。這裏借指項平甫。按，《漢書·揚雄傳》只記載「（雄）以耆老久次轉爲大夫，恬於勢利乃如是。」未見「不願校書郎」事，未知何據。

⑲「九華」二句：是説平甫由九華山經梅根渡，只需半天水路即可到達秋浦。九華山：原名九子山，在今安徽省青陽縣西南，其地與貴池相接。梅根渡：梅根渚，在安徽貴池縣。秋浦：縣名，在今安徽池州，境内有秋浦湖。

⑳「六條」二句：是説官場的羈絆有什麽用呢？有詩友蕭千巖相伴，平甫不會感到寂寞的。六條察吏：漢代制度，刺史頒行六條詔書來考察官吏。《後漢書·百官志》：「詔書舊典，刺史班宣周行郡國，省察治政，黜陟能否，斷理冤獄，以六條問事。非條所聞，即不省。」千巖，指蕭德藻。見前《待千巖》注①。

【評析】

白石與項平甫初識於臨安「西湖一曲」，兩人非常投契。寧宗慶元元年（1195），項平甫由校書郎添差池州通判，白石寫了這首七古送行。詩中寫了兩人的結識經過，傾談了雙方對詩文等問題的共同看法，白石表達的詩學觀點與其《詩説》互爲表裏。需要指出的是，白石肯定了平甫的才幹，在「我徂山林口挂壁」的情况下，鼓勵友人出都到任後力挽狂瀾，有所建樹。這也就間接地吐露了白石自己的用世之志及未遇之憾，在國步艱難之際，他是不甘於做孤雲野鶴的。全詩直抒胸臆，平易曉暢。

書《乞米帖》後①

銀鈎鐵畫太師字②，從人乞米亦可憐③。五倉空虚胃神哭④，竟日悄悄無炊煙。仙人留書説服氣，道士辟穀期引年⑤。人生不食浪自苦⑥，獨不見子桑鼓琴十日雨⑦。

【箋注】

①《乞米帖》：爲唐代著名書法家顔真卿的作品，約書於永泰元年（765）。行書，凡四行，计四十四。顔真卿，京兆萬年人，開元二十二年進士，代宗時官至吏部尚書、太子太師，封魯郡公，人稱「顔魯公」。

②銀鈎鐵畫：形容書法筆姿之勁挺。《書苑》：「晉索靖草書絶代，名銀鈎蠆尾。」黄庭堅《次韻謝黄斌老送墨竹》詩：「規模轉銀鈎，幽賞非俗愛。」宋林光朝《次韻呈胡侍郎邦衡》詩：「至竟銀鈎並鐵畫，相傳海北到天南。」

③從人乞米：《乞米帖》全文爲：「拙於生事，舉家食粥，來已數月，今又罄竭，秪益憂煎，輒恃

深情。故令投告，惠及少米，實濟艱勤。仍恕干煩也。真卿狀。」公元七六五年，正值關中大旱，江南水災，農業歉收。顏真卿時任刑部尚書兼御史大夫，因爲官清廉，家計艱難，不得不向同事李光進（時爲太子太保）借米度荒。

④五倉：即五臟，《漢書·郊祀志》：「黃治變化，堅冰淖溺，化色五倉之術者，皆姦人惑衆。」

⑤「仙人」二句：是説歷來道家有不食而服氣辟穀之法。以爲調侃語。按《晉書·張忠傳》：「永嘉之亂，忠隱於泰山。恬静寡欲，清虚服氣，餐芒餌石，修導養之法。」《史記·留侯世家》：「（張良）乃學辟穀，道引輕身。」引年：延年。《禮記·王制》：「凡三王養老，皆引年。」

⑥《史記·留侯世家》：「會高帝崩，吕后德留侯，乃彊食之，曰：『人生一世間，如白駒過隙，何至自苦如此乎？』留侯不得已，彊聽而食。」

⑦此句用子桑鼓琴典渲染無食之痛苦。《莊子·大宗師》：「子輿與子桑友，而霖雨十日。子輿曰：『子桑殆病矣。』裹飯而往食之。至子桑之門，則若歌若哭，鼓琴曰：『父邪！母邪！天乎！人乎！』有不任其聲而趨舉其詩焉。」宋黃庭堅《次韻無咎閻子常携琴入村》詩：「士寒餓，古猶今，向來亦有子桑琴。」

【評　析】

據宋歐陽修《集古録》云：「此本（《乞米帖》）墨迹在余亡友王子野家。子野生於相家而清苦甚寒士，嘗模帖刻石遺於朋友。」宋米芾《寶章待訪録》云：「（《乞米帖》）真帖楮紙在朝清郎蘇澥處，度支郎中舜元子也。得於關中安氏，士人多有臨拓本。」後真迹迷失，北宋時即出現很多拓本。白石題詩所書後者，極有可能是《乞米帖》之拓本。

此帖字迹剛健雄厚，充溢着堂堂正氣。著名藝術家黃裳說：「予觀魯公『乞米帖』，知其不以貧賤爲愧，故能守道，雖犯難不可屈。剛正之氣，發於誠心，與其字體無異也。」白石此詩，以極簡潔之筆墨，不僅贊美了《乞米帖》的「銀鈎鐵畫」，而且也寫出了顏真卿充溢筆墨之間的人格美。

契丹歌①都下聞蕭總管自説其風土如此②

契丹家住雲沙中③，耆車如水馬若龍④。春來草色一萬里，芍藥牡丹相間紅。大胡牽車小胡舞，彈胡琵琶調胡女⑤。一春浪蕩不歸家，自有穹廬障風雨⑥。平沙軟草天鵝肥⑦，胡兒千騎曉打圍⑧。皁旗低昂圍漸急⑨，驚作羊角凌空飛⑩。海東健鶻健如許⑪，韝上風生看一舉⑫。萬里追奔未可知，劃見紛紛落毛羽⑬。平章俊味天下無⑭，年年海上驅群胡⑮。一鵝先得金百兩，天使走送賢王廬⑯。天鵝之飛鐵爲翼，射生小兒空看得⑰。腹中驚怪有新薑，元是江南經宿食。⑱

【箋　注】

①契丹：古代北方少數民族名，生活於我國遼河和灤河上游，五代時其領袖阿保機正式建立契丹政權，後改國號爲遼，占據燕雲（今遼寧及河北省北部）一帶，成爲北宋王朝在北方的勁敵。

②此句爲題下原注。都下，指南宋都城杭州。蕭總管：蕭鷓巴，原爲金國將領，後降宋，做過忠州團練使。白石在杭州與他結識。總管，宋代地方軍事長官的職稱。據陳思《白石道人年譜》：「蕭總管即鷓巴也。所説契丹風土，皆春夏間事。蕭鷓巴與循府淵源非淺，白石聞其説，其功甫新第落成時歟？」

③雲沙：指邊塞沙漠地帶。宋黄庭堅《和中玉使君天寧節道場》詩：「江南江北盡雲沙，車騎東來風旆斜。」

④耆車，俟考。一釋爲堅車。《後漢書·明德馬皇后紀》：「前過濯龍門上，見外家問起居者，車如流水，馬如遊龍。」

⑤大胡：年長的契丹人。小胡：年輕的契丹人。彈胡：彈奏的契丹人。《釋名·釋器》：「枇杷，

本出於胡中，馬上所鼓也。」枇杷，即琵琶。

⑥穹廬：北方遊牧民族居住的氈帳。《漢書·西域傳》：「（烏孫）公主悲愁」，自爲作歌曰：「（節）穹廬爲空旃爲墻，以肉爲食兮酪爲漿。」《音義》：「穹廬，旃帳也。」

⑦天鵝：古代稱鵠，能振翅高飛，翱翔雲端，春來冬去。春季天鵝正肥，往往成群從南方飛來漠北。

⑧打圍：打獵。宋黄庭堅《夢李白誦竹枝詞》詩：「一聲望帝花片飛，萬里明妃雪打圍。」任淵注：「按虜人以遊獵爲打圍。」

⑨皁旗：黑旗。低昂：高下，時高時低。《楚辭·遠遊》：「服偃蹇以低昂兮，驂連蜷以驕驁。」

⑩「驚作」句，是説受驚的天鵝像旋風一樣盤旋凌空飛去。羊角：旋風名。《莊子·逍遥遊》：「摶扶摇羊角而上者九萬里。」成玄英疏：「旋風曲戾，猶如羊角。」

⑪海東：海東青，遼東雕名，可作爲獵禽。鶻：猛禽之一，這裏指海東青。

⑫「韝上」句，是説獵鷹於臂韝上陡然飛起升入高空。韝：皮製臂套，出獵時獵鷹站於獵人臂上。《文選·鮑明遠〈東武吟〉》：「昔如韝上鷹，今似檻中猿。」

⑬「萬里」二句，是説射獵者追逐天鵝奔跑了很遠，好不容易射中，忽見天鵝的毛羽紛紛墜地。劃見，忽見。唐杜甫《苦雨奉寄隴西公兼呈王徵士》詩：「劃見公子面，超然歡笑同。」張相《詩詞

曲語辭匯釋》云：「（劃），均爲忽然義，或突兀義。」

⑭「平章」句，是說評論起來，天鵝的美味天下少有。平章，品評，評論。《北史・李彪傳》：「聞彪平章古今，商略人物。」俊味：美味。

⑮「年年」句：是說爲了獵取美味，胡人年年奔往海上射獵天鵝。海上：指遼東海濱。

⑯「一鵝」二句：是說先射中天鵝者賞金百兩，最先射下的天鵝被宮使呈獻給契丹國王。賢王廬：契丹國王的宮廷。左右賢王是古代匈奴貴族封號，左賢王相當於太子，在匈奴官制中地位最高。

⑰「天鵝」二句：是說天鵝鐵翼高飛，無能的射手眼巴巴地張望，對它可望而不可即。鐵爲翼，鐵製成的翅膀，形容天鵝矯健能飛。射生：射取生物。《新唐書・兵志》：「擇便騎射者，置衙前射生手千人，亦曰供奉射生官。」

⑱「腹中」二句，是說射獲的天鵝胃中有時還保留着新薑，原來這是前一夜在江南吞下的食物。（可見天鵝飛行之速，一晝夜間，即可由江南飛到漠北。）

【評析】

這是白石聽契丹人講述本民族的風俗習慣後所寫的一首七古。這首詩以明快的語言和白描手法，描寫了漠北風光，記述了契丹人遊牧、打獵的生活，反映了北方少數民族矯健尚武的風俗和能歌善舞的性格。前八句展示大漠景色，草原無垠，百花爛漫，契丹人成群結隊地歌舞遊牧，洋溢着奔放歡快的氣氛。次八句描繪打獵場面，在獵人、獵鷹與天鵝的激烈衝突中，表現契丹人驍勇尚武的精神。後八句説明天鵝味美，價值昂貴，極難獵取，從天鵝腹中的新薑得知其一晝夜即從中原飛到漠北，收束精彩。此詩内容和格調頗富邊塞風味，在白石詩中是別開生面之作。

禽言如曰哥哥①

君不見，苕溪西南石鼓山②，鳥如鸜鴿啼其間③。土人相傳是阿弟〔一〕，千呼萬喚去復還④。身爲獨雁失儔侶，所愧鶺鴒圖急難⑤。繞林哀哀訴明月，夜闌月落聲漸咽。天地闊遠兄不聞⑥，蒼厓下淚山竹裂⑦。豈無鴉舅與鵓姑，人各有心非友于⑧。陟岡四顧雪欹歔⑨。君不見，江南望夫誰家子，登山化石不得語⑩。

【校　記】

〔一〕土人，四庫本作「一人」。

【箋　注】

①禽言：古人詩歌題材之一種。錢鍾書《宋詩選注・周紫芝〈禽言〉》詩注云：「『禽言』是宋之問《陸渾山莊》和《謁禹廟》兩首詩裏所謂『山鳥自呼名』『禽言常自呼』，也是梅堯臣《和歐陽永叔〈啼鳥〉》詩所謂『滿壑呼嘯誰識名，但依音響得其字』。想象鳥兒叫聲是在説我們人類的方言土語。同樣的鳥叫，各地方的人因自然環境和生活情况的不同而聽成各種不同的説話……來抒寫情感，就是『禽言』詩。」至宋時，寫作「禽言」詩似乎已成爲士人風尚。蘇軾《五禽言序》云「梅聖俞作四禽言。余寓居定惠院，繞舍皆茂林修竹，春夏之交，鳥鳴百族。士人多以其聲之似者名之，遂用聖俞體作王禽言。」除蘇、梅以外，歐陽修、黄庭堅、周紫芝諸人都有「禽言」詩傳世。白石未能免俗，這首《禽言如曰哥哥》寫得頗有特色。

②苕溪：苕溪出浙江天目山，流至吴興合爲霅溪。玩味此詩詩意，應作於卜居白石洞時，則石鼓山應爲吴興境内之山。

③鸜鵒：俗名八哥。《左傳・昭公二十五年》經：「有鸜鵒來巢。」《本草綱目・鸜鵒》：「其舌如人舌，剪剔能作人言。」

④唐白居易《琵琶行》：「千呼萬喚始出來，猶抱琵琶半遮面。」

⑤鶺鴒：亦名脊令、雝渠，水鳥。《詩經・小雅・常棣》：「脊令在原，兄弟急難。」鄭箋：「（脊

令）而今在原，失其常處，則飛則鳴求其類，天性也。猶兄弟之於急難。」

⑥唐韓愈《聽潁師彈琴》詩：「天地闊遠隨飛揚。」

⑦唐杜甫《玄都壇歌》詩：「子規夜啼山竹裂，王母晝下雲旗翻。」

⑧「豈無」二句，是説八哥難道没有烏鴉舅舅和斑鳩姑姑嗎？但人各有心，哪有兄弟那樣親密呢？唐陸龜蒙《偶掇野蔬寄襲美有作》詩：「行歇每依鴉舅影，挑頻時見鼠姑心。」宋黄庭堅《次韻叔父聖謨咏鶯遷谷》詩：「鴉舅頗强聒，僕姑常勃谿。」史容注：「勃姑、僕姑，皆鳩也。」《尚書·君陳》：「惟孝友于兄弟，克施有政。」晉陶淵明《庚子歲五月中從都還阻風於規林》詩：「一欣侍温顔，再喜見友于。」李公焕注引洪駒父云：「以兄弟爲友于，歇後語也。」

⑨《詩經·魏風·陟岵》：「陟彼岡兮，瞻望兄兮。」《古詩十九首》：「四顧何茫茫，東風摇百草。」

⑩化石：徐堅《初學記》卷五引劉義慶《幽明録》：「武昌北山上有望夫石，狀若人立。古傳云：昔有貞婦，其夫從役，遠赴國難，攜弱子餞送此山，立望夫而化爲立石，因以爲名焉。」

【評析】

錢鍾書以爲詩目「禽言」是士人風尚，所言極有見地。白石此詩正是這樣的遊戲之作。一開始就抓住八哥啼叫聲聲「哥哥」，展開敘寫，提示出「友于」之義。結尾則因八哥能言，而對比貞婦化石不得語結束全篇。陳思《白石道人年譜》將此繫於開禧三年丁卯，五十歲。云：「《宋史·韓侂胄傳》『自兵興以來，蜀漢淮之民死於兵戈者不可勝計，公私之力大屈，而侂胄意猶未已，中外憂懼。』《禽言》『江南望夫誰家子，登山化石不得語。』，哀覆軍也。」竊以爲陳説是望文生義、曲意拔高。

次韻誠齋送僕往見石湖長句①

客來讀賦作雌蜺，平生未聞衡説詩②。省中詩人官事了③，狎鷗入夢心無機④。韻高落落懸清月，鏗鏘妙語春冰裂⑤。一自長安識子雲，三嘆郢中無白雪⑥。范公蕭爽思出塵⑦，有客如此渠不貧⑧。堂堂五字作城守⑨，平章勁敵君在口⑩。二公句法妙萬夫，西來囊中藏魯璵〔一〕。⑪只今擊節烏棲曲⑫，不愧當年賀鑑湖⑬。

【校　記】

〔一〕囊，夏校曰：書棚本作「槖」。

【箋　注】

①《白石繫年》云：「淳熙十四年丁未（1187），三十三歲。三月後，遊杭州，以蕭德藻介，袖詩謁楊萬里，萬里……以詩送往見范成大，作《次韻誠齋送僕往見石湖長句》。」誠齋：楊萬里號誠齋。楊萬里，吉州吉水（今江西省吉安市）人。孝宗時官國子監博士、秘書少監。有詩名，與陸游、尤袤、范成大號南宋四大家。石湖：在蘇州盤門西南十里，風景絕佳。范成大，吴郡（今江蘇蘇州市）人。官至參知政事。以善寫田園詩知名。時罷官退隱於石湖，自號石湖居士。長句：指七言古詩。

②「客來」二句，白石自謙，是説在誠齋的座上談詩賦，有幸被視爲知音。誠齋如匡衡般學問淵博，自己聞所未聞。雌蜺：雙虹中色彩淺淡的虹叫雌蜺。蜺，同霓。據《梁書·王筠傳》載梁沈約作《郊居賦》，邀王筠到家中看其初稿，王筠誦讀到其中的「雌霓連蜷」句，沈約認爲遇到了知音，十分高興。因爲六朝時「霓」字一般讀平聲，而「雌霓」之「霓」則應讀入聲。王筠讀來準確無誤，所以深受沈約贊許。「作雌霓」意爲讀作雌霓。《漢書·匡衡傳》説，西漢匡衡善説《詩經》，「諸儒爲之語曰：『無説《詩》，匡鼎（匡衡少時字鼎）來。匡説《詩》，解人頤。』」

③省中詩人：指楊萬里。省，臺省，封建時代中央官署的泛稱。《文選·魏都賦》「禁臺省中」李

善注：「王所居曰禁中，諸公所居曰省中。」黄庭堅《登快閣》：「痴兒了却公家事。」按，是年楊萬里遷秘書少監，在秘書省。

④狎鷗：狎，親昵。鷗，水鳥。狎鷗入夢，形容楊萬里向往瀟灑恬退的田園生活。《列子·黄帝》：「海上之人有好漚鳥者，每旦之海上，從漚鳥游。漚鳥之至者百住而不止。其父曰：『吾聞漚鳥皆從汝游，汝取來吾玩之。』明日之海上，漚鳥舞而不下也。」漚，同鷗。唐錢起《谷口新居寄同省朋故》：「寄謝鴛鷺群，狎鷗拙所慕。」心無機：没有機巧變詐的心理。宋黄庭堅《次韻答張沙河》詩：「張侯堂堂身八尺，老大無機如漢陰。」

⑤「韻高」二句，是説楊萬里的詩歌氣韻高雅，超逸不群，如同皓月高懸；音節則清脆和諧，猶如春冰開裂之聲。《後漢書·耿弇傳》：「常以爲落落難合。」《禮記·樂記》：「君子之聽音，非聽其鏗鎗而已也。」「春冰裂」，狀其音聲之美也。

⑥「一自」二句：是説自從在京城認識了誠齋，讀其詩作，深感國中再没有更高妙的詩歌值得提起了。子雲，西漢文學家揚雄的字，此處喻指楊萬里。郢中，郢，古楚國都城，今湖北省江陵縣一帶。白雪：古代楚國歌曲名，屬於較高級的音樂。戰國宋玉《對楚王問》：「其爲《陽春》《白雪》，國中屬而和者不過數十人。」

⑦范公：指范成大。蕭爽：瀟灑爽朗。唐杜甫《玄都壇歌》：「置身福地何蕭爽。」

⑧「有客」句，是説范成大有楊萬里這樣的朋友是值得羨慕的。客，友人。此處指楊萬里。渠，他。此處指范成大。貧，主要指精神生活貧乏。

⑨堂堂：高大的樣子。《論語·子張》：「堂堂手張也，難與並爲仁矣。」五字作城守：五言詩的長城。《新唐書·秦係傳》：「長卿（劉長卿）自以爲五言長城。」此處稱贊范成大是詩家長城。白石在《雪中訪石湖》中亦以范成大比擬劉長卿。

⑩平章：評論。見《契丹歌》「平章俊味天下無」注。按，此言誠齋與石湖功力相當。足爲勁敵。

⑪魯璵：魯國的美玉，指詩作。這裏似指楊、范曾有西遊之行。

⑫擊節：打拍子，表示讚嘆。《文選·左太沖〈蜀都賦〉》：「巴姬彈弦，漢女擊節。」烏樓曲：樂府曲調名。李白作有《烏樓曲》，賀知章讀了非常贊賞，説：「此詩可以哭鬼神矣。」

⑬賀鑑湖，指唐代詩人賀知章。《讀史方輿紀要》：「鑑湖，（在山陰）城南三里。亦曰鏡湖。（節）唐開元中，賀知章以宅爲千秋觀，求周宮湖數頃爲放生池，詔賜鏡湖剡溪一曲，因亦名賀監湖。」知章嘗爲秘書監，誠齋亦爲秘書監，故以爲比。

【評析】

淳熙十四年（1187）春，白石遊杭州，經蕭德藻介紹，携詩謁見在京任樞密院評檢、太子侍讀的楊萬里，楊萬里稱贊他「文無不工，甚似陸天隨（陸龜蒙）」，並作《送姜堯章奉謁石湖先生》，介紹姜白石去見大詩人范成大。本篇是爲和楊萬里的這首詩而寫的。詩中贊揚了楊萬里、范成大的詩歌成就，説明了楊、范兩人的文字交誼，以一介詩壇後輩的身份表達了對楊、范的仰慕和謁見兩位詩人時的興奮心情。全詩用語自謙，用典貼切，表現了白石良好的文字功力。

【附　録】

送姜堯章謁石湖先生　楊萬里

鈞璜英氣横白蜺，咳唾珠玉皆新詩。江山愁訴鶯爲泣，鬼神露索天洩機。彭蠡波心弄明月，詩星入腸肺肝裂。吐作春風百種花，吹散瀕湖數峰雪。青鞵布襪軟紅塵，千詩只博一字貧。吾友彝陵蕭太守，逢人説項不離口。袖詩東來謁老夫，慚無高價索璠璵。翻然欲買松江艇，逕去蘇州參石湖。

姜白石詩集箋注卷下

五言律詩

題華亭錢參園池①

花裏藏仙宅，②簾邊駐客舟。浦涵滄海潤，雲接洞庭秋。③草木山山秀，闌干處處幽。機雲韜世業，④暇日此夷猶。⑤

【箋　注】

①錢參，指參政錢良臣。錢良臣，字友魏，宋紹興二十四年（1154）進士。歷官端明殿學士、簽書樞密院事、參知政事等職。錢氏在華亭（今上海市松江區）有住宅園囿。據光緒《華亭縣志》，錢參政良臣園，有東巖堂、巫山峰、觀音巖、桃花洞等諸多景點。

②仙宅：神僊居宅。《文選·孫興公〈遊天台山賦〉》：「皆玄聖之所遊化，靈仙之所窟宅。」

③洞庭，指太湖之洞庭山。

④機雲，指吴國名士陸機、陸雲。《晉書·陸機傳》略云：機字士衡，吴郡人。祖遜，吴丞相；父抗，吴大司馬。機少襲領父兵爲牙門將軍，年二十而吴滅。退居舊里，與弟雲勤學積十一年。譽溢遐邇，被征爲太子洗馬，與弟雲俱入洛。《松江府志》：「二陸故居在崑山之陰。」《舊圖經》云：「華亭谷東有崑山，相傳即其宅。」

⑤夷猶，原意爲猶豫。《楚辭·九歌·湘君》：「君不行兮夷猶，蹇誰留兮中洲。」王逸注：「夷猶，猶豫也。」此處引申爲俳徊之義。意爲二陸藉父祖之餘蔭，於華亭園苑讀書優遊。

【評析】

夏師《繫年》云：「嘉泰二年壬戌（1202），四十八歲。秋，客松江，作《華亭錢參政園池》詩、《鷓山溪·題錢氏溪月》詞。」參政錢良臣在華亭築有園池；良臣故後，其子希武在此讀書。白石於嘉泰二年遊錢氏園池，追憶與二錢的交遊，連帶寫了藉祖父餘蔭的二陸，敷衍成篇。

同朴翁登卧龍山①

龍尾回平野②，簷牙出翠微③。望山憐緑遠，坐樹覺春歸④。草合平吴路，鷗忘霸越機⑤。午涼松影亂，白羽對禪衣⑥。

【箋　注】

①朴翁，即銛朴翁，原名葛天民，見《夏日寄朴翁》詩注。朴翁初爲僧，後又還俗，居杭州西湖。白石居紹興時，二人常同遊。卧龍山：在浙江會稽（今紹興市），亦名種山，因越國大夫文種葬於此，故名。卧龍山有秋風亭、觀風堂諸名勝。文種是越王勾踐的謀臣，滅吴後爲越國一大功臣。范蠡勸他隱去，他不聽，終於被殺。

②「龍尾」句：是説卧龍山麓盤曲在平闊的原野。龍尾：卧龍山的山尾。《送王孟玉歸山陰》詩「只今去踏龍尾道」，亦指卧龍山尾。回：環繞，盤曲。

③簷牙：屋檐。唐杜牧《阿房宫賦》：「廊腰縵迴，簷牙高啄。」宋楊萬里《秋雨》詩：「簷牙半點能多少，滴入苔階一寸青。」翠微，指青縹色的山氣。《爾雅·釋山》：「山脊，岡。未及上，翠微。」

④「望山」二句：是説遥望山上的緑色，很令人喜愛，可惜離遠了一些。坐在樹下，看見落花滿地，才意識到春天已過去了。憐，愛。《爾雅·釋詁》：「憮、憐、惠，愛也。」

⑤「草合」二句：是説勾踐平吴霸越之迹，今皆泯然。紹興乃古越國之都城。春秋末期，越王勾踐曾攻滅吴國，争霸中原。機，機詐之心。鷗鳥與世無争，當然不能理解當年越國争霸之野心。

⑥「白羽」句：是説自己一襲白衫，與穿袈裟的僧人對坐。白羽，指鷗鳥的白色羽毛，此處借指白衣。禪衣，僧人之袈裟，此處指朴翁。

【評　析】

夏師《繫年》云：「紹熙四年癸丑（1193），三十九歲。春客紹興，與張鑑、葛天民同遊。《陪張平甫遊禹廟》《同朴翁登卧龍山》《次朴翁遊蘭亭韻》《越中仕女遊春》《項里苔梅》《蕭山》諸詩，當皆此時作。」

這首詩是寫與朴翁同遊卧龍山的所見所感，藉此抒發作者身世飄零之感。詩的首聯是寫景，點出登上卧龍山。第一句是寫低處景色，第二句是寫高處景色。頷聯寫景寓情，第一句是寫遠景，第二句是寫近景。「憐緑遠」「覺春歸」則融入了作者對自己前途的迷惘和嗟嘆。頸聯亦寫景寓情，並以懷古之幽緒點出卧龍山，這叫作「扣題」。白石以鷗鳥自比，用鷗鳥忘機來表白自己與世無争、不求進取的心情。用「平吴」「霸越」切合登山懷古，其中包括兩個内容：一是文種功高一世，結果被殺。二是勾踐滅吴争霸，固一世之雄，而今安在？但見昔日平吴之路，蔓草叢生而已。尾聯總合點題，寫自己與朴翁登上卧龍山，對坐論道，觀賞景物。「白羽對禪衣」一句寫得極爲細巧雅致，點題明確，而又融情入景，確是佳句。全詩分高低遠近叙寫景色，有條不紊，懷古抒懷，充滿了詩情畫意。

坐上和約齋①

句入冰輪冷，愁因玉宇開②。可無如此客，猶恨不能杯③。好句長城立④，寒鴉結陣來⑤。笠簑莫停手，拚却斷腸回⑥。

【箋注】

① 坐上：座位之上。約齋，是張鎡别號。張鎡，字功父，是南宋名將張俊之後代，乃張鑑（平甫）之異母兄弟，能詩詞，有《玉照堂集》。官奉議郎，直秘閣。《齊東野語》云：「功甫於誅韓侂胄有功，賞不滿意，又欲以故智去史（彌遠），事泄，謫象臺而殂。」

② 「句入」二句：是説讀君之詩，好似走進月宫一樣悽寂。因天已開朗，顯出了君之愁容。句，張

鎡之詩句。愁，張鎡之愁容。冰輪、玉宇，均指月。唐朱慶餘《十六夜月》詩：「昨夜忽已過，冰輪始覺虧。」宋蘇軾《水調歌頭》詞：「惟恐瓊樓玉宇，高處不勝寒。」

③「可無」二句：是説怎麽可以没有你這樣的客人？衹恨自己不能多飲酒相陪。杯，酒杯，引申爲飲酒。

④好句：指張鎡的詩句，也暗指其誅殺韓侂胄的謀劃。長城立，唐代劉長卿自稱「五言長城」，見前《雪中訪石湖》注，此句藉「長城」以贊美張鎡之詩，亦暗指其謀劃有力。

⑤「寒鴉」句：是説當時政治黑暗，對張鎡的攻訐鋪天蓋地。

⑥「箜篌」二句：是説取來箜篌，不停彈撥，把心中的積怨和悲愁，盡情發泄出來。箜篌，古樂器名，今已失傳，舊説似瑟而小，用木撥彈。腸回，即回腸。形容鬱結之愁怨。

【評　析】

這首詩，是白石與張鎡同坐在一起，寫給張鎡的和詩。詩之主旨，是對張鎡表同情、鳴不平，並加以勸慰。詩的首二句概括張鎡之詩，點出「愁」字。這也是和詩的正常寫法。頷聯是寫對張鎡能有預謀除掉專横恣肆的韓侂胄表示欽佩，並爲有這樣的朋友而感到高興。頸聯生發於「愁因玉宇開」，既寫出愁怨的具體原因，又爲張鎡鳴不平。尾聯融理解、勸慰、同情於一聯，點明以詩相和之旨。白石於此選用「箜篌」二字，確實具有濃郁的藝術魅力。因《箜篌引》是漢曲，爲《相和歌辭》。《中華古今注》：「《箜篌引》者，朝鮮津卒霍里子高妻麗玉所作也。子高晨起刺船，有一白首狂夫，披髮提壺，亂流而渡，其妻隨而止之不及，遂墮河而死。於是援箜篌而歌，聲甚淒慘，曲終亦投河而死。子高還以語麗玉。麗玉傷之，引箜篌寫其聲，名曰《箜篌引》。」

出北關①

吴兒臨水宅②，四面見行舟。蒲葉侵鵝項，楊枝蘸馬頭③。年年人去國④，夜夜月窺樓。傳語城中客⑤，功名半是愁。

【箋　注】

① 北關：指行都臨安北門。吴自牧《夢粱録》卷七：「城北門者三：曰天宗水門，曰餘杭水門，曰餘杭門，舊名北關是也。蓋北門，浙西、蘇、湖、常、秀，直至江、淮諸道，水陸俱通。」

② 臨水宅：臨水建宅，亦曰水宅。唐白居易《洛下卜居》：「遂就無塵坊，仍求有水宅。」

③ 蘸：以物沾染液體，此處引申爲輕點。

④ 去國：見前《呈徐通仲兼簡仲錫》注。去國，原指去其父母之邦國，後世則出都門亦曰去國。此處之「去國」應爲後一義。

⑤ 城中：指行都臨安。士之求功名者咸集於此，然來者未必能遂其欲，故有感而言之。

【評析】

這首詩的詩題與所敘無涉，實質上是一首無題詩。陳思《白石道人年譜》繫於慶元三年，亦即白石上書論雅樂，進《大樂議》之歲，不知何據。可能認爲白石上書進議而未能獲得一官，而此詩末聯云「傳語城中客，功名半是愁」，似乎有所指，因此將此詩繫於是年。

答沈器之二首①

江漢乘流客，乾坤不繫舟②。玉琴虛素月③，金劍落清秋④。野鹿知隨草，飢鷹故上韝⑤。風流大隄曲，一唱使人愁。

【箋注】

①沈器之：夏師《白石行實考》：「沈器之，未詳。」陳思《白石道人年譜》開禧三年丁卯云：「沈器之仕履無考。據『江漢』『大堤』『銅鞮』等句，沈蓋楚人。據『風高北馬』句，知在金兵九道南下後。據『露下秋蟲』句，知答詩爲本年秋。」

②「江漢」二句：從唐杜甫《江漢》「江漢思歸客，乾坤一腐儒」化出。乘流，言自襄樊江漢乘流而下。不繫舟，形容不受羈絆。《莊子·列禦寇》：「飽食而遨遊，汎若不繫之舟，虛而敖遊者也。」

③玉琴：古琴，又稱瑤琴。唐杜甫《西閣二首》詩：「朱紱猶紗帽，新詩近玉琴。」素月，皎潔的明月。晉陶淵明《雜詩》：「白日淪西阿，素月出東嶺。」

④金劍，此處指秋天的風霜。俗云風刀霜劍。

⑤「野鹿」二句：是說沈器之當隨遇而安，謀衣食而止息。《詩經·小雅·鹿鳴》：「呦呦鹿鳴，食野之苹。」韝：皮製臂套，出獵時獵鷹站於獵人臂上。宋虞儔《雪後過南坡》詩：「韝上饑鷹待一呼。」

⑥大堤：大堤是襄陽城外的堤塘，六朝以來爲商船聚集之地。《樂府詩集》卷九十四引《古今樂録》曰：「《清商西曲·襄陽樂》云：『朝發襄陽城，暮至大堤宿。大堤諸女兒，花豔驚郎

目。』梁簡文帝由是有《大堤曲》。」唐李白《大堤曲》：「漢水臨襄陽，花開大堤暖。佳期大堤下，泪向南雲滿。」

【箋　注】

細玩味詩意，沈器之應是襄樊江漢人，因謀生而滯留吴興，故全詩着力寫羈旅鄉愁。首聯化用工部名句，如鹽之着水，渾然無迹。點出一「客」字，實爲全詩關捩。頷聯寫時令，頸聯寫沈氏爲謀生而流寓。尾聯拓開一筆，以「風流大堤曲」結束全詩，因「大堤曲」乃家鄉風物，「使人愁」者，鄉愁也。而且江漢亦白石幼年生活的地方，其姊亦定居漢川；從這個意義上説，沈氏流寓之感亦白石居吴之感，沈氏之鄉愁亦白石之鄉愁也。

涉遠身良苦，登高望欲迷①。試吟青玉案②，不是白銅鞮③。露下秋蟲怨，風高北馬嘶④。槎頭有新味，人在太湖西⑤。

【箋　注】

①「涉遠」二句：是説離鄉已遠，眺望則一片茫茫。

②青玉案：《文選·張平子〈四愁詩〉》：「我所思兮在鴈門，欲往從之雪紛紛。側身北望涕沾巾。美人贈我錦繡段，何以報之青玉案。路遠莫致倚增歎，何爲懷憂心煩惋。」

③白銅鞮：《樂府解題》：「都邑二十四曲，有《白銅鞮歌》，亦曰《襄陽白銅鞮》。」唐李白《襄陽曲》：「襄陽行樂處，歌舞白銅鞮。」

④「風高」句：是説依戀故土。《古詩十九首》：「胡馬依北風，越鳥巢南枝。」

⑤「槎頭」二句：是説現在衹能想象美味鯿魚，心雖戀故鄉，身却在太湖西了。《襄陽耆舊傳》：「峴山下漢水中出鯿魚甚美，常禁人捕，以槎斷水，因謂之槎頭縮項鯿。」唐孟浩然《峴潭作》詩：「試垂竹竿釣，果得槎頭鯿。」

【評析】

這首詩仍寫鄉愁，但較之第一首，對仗更加工穩，用詞更加精美。首聯即流水對，寫離鄉已遠，眺望不見，心中迷離恍惚。頷聯精巧，「青玉案」對「白銅鞮」，不僅字面工穩，而且一爲張平子寫愁之典故，一爲家鄉襄樊風物。頸聯結合季節，仍抒寫戀鄉之情。尾聯拈出槎頭鯿，將鄉味渲染得十分濃郁，這樣結句「人在太湖西」，如棒喝，如夢醒，結束十分有力，顯示出白石的語言藝術功力。

悼石湖三首①

身退詩仍健②，官高病已侵③。江山平日眼，花鳥暮年心④。九轉終無助⑤，三高竟欲尋⑥。
尚留巾墊角，胡虜有知音〔一〕⑦。

【校　記】

〔一〕胡虜，四庫本作「異國」。《名賢小集》本作「荒外」。當是避忌諱而改。

【箋　注】

① 石湖：范成大（1126—1193），字致能，吴郡（今江蘇蘇州）人。宋紹興二十四年進士，官至權吏部尚書、參知政事。晚年退居故里石湖。石湖在蘇州西南，風景幽美，范成大曾面湖築亭，孝宗趙昚書「石湖」二字賜之，因自號石湖居士。光宗紹熙三年，加大學士。紹熙四年九月卒。白石曾得到范成大許多幫助，二人交往甚密。十二月，白石曾赴蘇州吊之，復還越。

② 「身退」句：是説雖辭官回家，可是寫詩的才力不減。《老子》：「功遂身退，天之道。」淳熙九年（1182）范成大五十七歲，就力求辭官退閑。紹熙三年起知太平州，踰月，幼女逝，又請病而

歸，范成大身退林下凡十年。

③「官高」句：是説當官至高位時，病已漸漸侵入，積勞成病。官高，指范已做到權吏部尚書、參知政事（副宰相）等官。侵，有漸進意。

④「江山」二句：是説范成大經常時日注視着國家的江山；到了衰老之年則寄閑情於花鳥詩酒。平日，經常時日。范氏嘗使金，帥桂、帥蜀，跋涉萬里，與「江山平日眼」是相稱的。

⑤九轉：指丹藥。古代道家煉丹，認爲燒煉時間越久，轉（循環變化）數越多，效能越好，故以九轉金丹爲最貴。《抱朴子・金丹》云：「九轉之丹，服之三日得仙。」按，《石湖詩集》有《題天平壽老方丈》一首，自注云：「壽老近於半山石壁之中，得泉眼如筯，清泉如一線，涓涓而出，大旱不增減，欲爲余作小庵於泉傍以煉丹云。」可知石湖極有可能服食金丹。

⑥「三高」句：是説石湖仙去，足配享三高。吴江有三高祠，奉祀當地歷史名人范蠡、張翰、陸龜蒙。范成大曾寫過《三高祠記》。周密《齊東野語》云：「三高亭，天下絶景也，石湖老僊一記，亦天下奇筆也。……記云：『乾道三年二月，吴江縣新作三高祠成。三高者，越上將軍姓范氏，是爲鴟夷子皮；晉大司馬東曹掾姓張氏，是爲江東步兵；唐贈右補闕姓陸氏，是爲甫里先生。』」

⑦「尚留」二句：是説金國人士對范成大也深表景仰，到現在還保存着墊角巾作爲留念呢。巾，亦

即幘，古人戴的一種头巾。巾墊角，亦即墊角巾。《後漢書·郭泰傳》：「嘗於陳梁閒行，遇雨，巾一角墊。時人乃故折巾一角，以爲『林宗巾』，其見慕皆如此。」《宋史·范成大傳》：「遷成大起居郎，假資政殿大學士，充金祈請國信使。……金迎使者慕成大名，至，求巾幘效之。」《石湖詩集》有《蹋鴟巾》詩：「重譯知書自貴珍，一生心愧蹋鴟巾。雨中折角君何愛，帝有衣裳易介鱗。」自注：「接送伴田彦皋，愛予巾裹，求其樣，指所戴蹋鴟有愧色。」按，此爲石湖平生得意之事，故友朋亦一再提及。如白石《石湖仙·壽石湖居士》詞云：「見説胡兒，也學綸巾欹雨。」

【評析】

夏師《白石繫年》云：「紹熙四年癸丑（1193），三十九歲。……九月，范成大卒。十二月，赴蘇州吊之，復還越。《悼石湖》詩，有『來吊只空堂』句。陳《譜》云：『周必大《范公成大神道碑》載成大九月五日卒，十二月十三日歸窆。』」據此，可知這組詩是白石赴蘇州吊唁所作。這首詩是第一首，主要是説范成大一生爲國效力，鞠躬盡瘁，爲人品格高尚，可比「三高」，是一個有才學的德高望重的勛臣。「三高竟欲尋」，這並非是作者的頌詞，實際上范成大對「三高」是素懷仰慕之心的。范曾寫過《三高祠記》。《花庵詞選》云：「范致能詩文超越，《三高祠記》天下之人誦之。」可見白石之語不虛。

頷聯工整清麗，概括了范成大的一生，寓深意於平易之中，極耐咀嚼。

未作龍蛇夢①，驚聞露電身②。百年無此老③，千首屬何人④。安得公長健，那知事轉新⑤。酸風憂國淚，高冢卧麒麟⑥。

【箋　注】

① 龍蛇夢：命終之夢兆。《後漢書·鄭玄傳》：「（建安）五年春，夢孔子告之曰：『起！起！今年歲在辰，來年歲在巳。』既寤，以讖合之，蓋命當終。」注：「北齊劉書《高才不遇傳》論玄曰：『辰爲龍，巳爲蛇，歲至龍蛇賢人嗟。玄以讖合之，蓋謂此也。』」一説龍蛇夢乃要求論功行賞之夢。杜子莊《姜白石詩詞》云：「龍蛇，是指《龍蛇歌》而言的。」劉向《新序》載介子推詩云：「有龍矯矯，將失其所。有蛇從之，周流天下。龍入深淵，得其安所。有蛇從之，獨不得甘雨。」這是嗟嘆没有論功行賞的。這句是説，没有作要求論功行賞的夢，意爲范成大是一位品格極爲清高的功臣。

② 「驚聞」句：是説驚噩耗。露電，朝露易乾，閃電易逝，古人以露電象徵生命之短促。《金剛經偈》：「一切有爲法，如夢幻泡影，如露亦如電，應作如是觀。」宋陸游《感事》詩：「若悟死生

均露電，未應富貴勝漁樵。」

③百年：亦即百歲，死之諱稱也。《詩經・唐風・葛生》：「百歲之後，歸于其居。」《史記・高祖本紀》：「陛下百歲後，蕭相國即死，令誰代之？」老，指范成大。

④「千首」句：以石湖擬太白，言石湖死後，世無此才。唐杜甫《不見》詩：「敏捷詩千首，飄零酒一杯。」

⑤「安得」二句：是説很希望你能永久健康，哪想到事情竟如此突然。事，指范成大的病情。新，新的變化。

⑥「酸風」二句：是説面對范氏新起的高墳，在酸楚的悲風中，不禁流下了憂國的眼泪。唐李賀《金銅仙人辭漢歌》：「東關酸風射眸子。」唐杜甫《謁先主廟》詩：「向來憂國泪，寂寞灑衣巾。」麒麟，古代傳説中形狀似鹿的一種動物，這裏是指墓道上的石獸。唐杜甫《曲江》詩：「苑邊高冢卧麒麟。」

【評　析】

此詩悼念范成大之死，認爲是國家的一個損失，無法彌補；並對自己失去所尊崇的人，感到無限悲痛。「百年無此老，千首屬何人」，一着眼於國運，一首眼於文壇，寫得貼切到位，情深意切，字字千鈞，感人至深。尾聯「酸風憂國淚，高冢卧麒麟」，融情入景，「酸風」二字極爲騷雅，「憂國淚」則極爲高尚，這樣的感情面對高峻的新墳，確實是令人痛惜的。

未定情鍾痛，何堪更悼亡①。遺書知伏枕②，來弔只空堂③。雪裏評詩句，梅邊按樂章④。沈思酒杯落，天闊意茫茫。

【箋注】

①「未定」二句：是説由於真摯的親情所帶來的相思之苦尚未解除，怎能禁受住又來哀悼知友的死亡。情鍾痛，指幼女之逝對范成大的打擊。《世説新語·傷逝》：「王戎喪兒萬子，山簡往省之，王悲不自勝。簡曰：『孩抱中物，何至於此？』王曰：『聖人忘情，最下不及情，情之所鍾，正在我輩。』」陳思《白石道人年譜》引周必大《范公成大神道碑》：「紹熙三年，加資政殿大學士，知太平州，公辭數四，優詔不允。下車踰月，幼女將有行而逝，公追悼切至。」又宋楊萬里《誠齋集·范女哀辭》：「石湖先生參政范公，有愛女，名某，字某，嫕德淑茂，年十有七，紹熙壬子五月，從公汎舟之官當塗，至公舍得疾，旬日而逝。公哀痛不自制，八月，命其同年生誠齋野客楊某作辭以哀之。」可以佐證。

②「遺書」句：是説看到來書，知道你已病在床上。（人有病，則伏枕寫信。）《文選·張茂先〈雜詩〉》：「伏枕終遥昔，寤言莫予應。」唐孟浩然《李氏園林卧疾》詩：「伏枕嗟公幹，歸山羨子平。」伏枕，即卧病也。

③「來弔」句：石湖於九月逝世，白石往弔在十二月歸窆時，故曰空堂。《文選·司馬相如〈長門賦〉》：「日黄昏而望絶兮，悵獨托於空堂。」

④「雪裏」二句：回顧往日相從之樂。按：猶言彈奏。樂章：指能合樂演唱的詞章，亦即長短句。陸友仁《硯北雜誌》云：「小紅，順陽公（即范成大）青衣也，有色藝。順陽公之請老，姜堯章指之。一日，授簡徵新聲，堯章製《暗香》《疏影》兩曲。公使二妓肄習之，音節清婉。姜堯章歸吴興，公尋以小紅贈之。」可資佐證。

⑤「沈思」二句：是説飲酒時想到你，愁思滿懷，不知不覺放下了酒杯，我的思念有如天空那樣的廣闊。茫茫，廣大的意思。《拾遺記》：「天清地曠浩茫茫。」

【評　析】

這首詩，白石寫的是去范成大家吊喪時的傷感心情，有回憶，有現狀描寫，寫得很到位，用詞遣句也很精巧。頸聯是白石回憶過去在石湖家中做客時，製新曲，寫《暗香》《疏影》兩詞時的情景，並在暗中寫出范贈送小紅之事，以表示對范的感激之情，同時也感傷范的逝去。這是白石一生中難忘之事，故在詩中也就很自然地流露出來了。尾聯中「沈思酒杯落」，把沉痛的心情寫得極爲深切。尤其是「落」字，刻畫得非常生動。「沈」與「落」在一句之中，先後相呼應，作者茫然失措和沉痛已極的神情，惟妙惟肖地展現在讀者的眼前。

七言律詩

送《朝天續集》歸誠齋，時在金陵①

翰墨場中老斲輪，真能一筆掃千軍②。年年花月無閑日③，處處山川怕見君④。箭在的中非爾力，風行水上自成文⑤。先生只可三千首⑥，回施江東日暮雲〔一〕⑦。

【校記】

〔一〕回施，四庫本作「回首」。

【箋注】

① 誠齋：楊萬里，字廷秀，號誠齋，南宋詩人，亦是白石知交。朝天續集：按，《誠齋詩集》有《江東集》《朝天集》《朝天續集》等。夏師《白石繫年》云：「紹熙二年辛亥（1191），三十七歲。……至金陵，謁楊萬里，作《送朝天續集歸誠齋》詩及《醉吟商小品》。」時楊任江

東轉運副使，故曰「時在金陵」。按，羅大經《鶴林玉露》云：「姜堯章學詩於蕭千巖，琢句精工，有《姑蘇懷古》詩云云。楊誠齋喜誦之，嘗以詩送《江東集》歸誠齋云云。誠齋大稱賞，謂其家嗣伯子曰：『吾與汝勿如姜堯章也。』報之以詩云：『尤蕭范陸四詩翁，此後誰當第一功。新拜南湖爲上將，近差白石作先鋒。可憐公等皆痴絶，不見詞人到老窮。謝遣管城儂已晚，酒泉端欲乞疏封。』南湖爲張功父也。」

② 「翰墨」二句：是以翰墨斲輪和筆掃千軍，借喻楊萬里在詩歌創作上的成就。首句參用宋黄庭堅《病起荆江亭即事》句「翰墨場中老伏波」。老斲輪：經驗豐富，技藝高超的人。《莊子·天道》：「輪扁曰：『臣也以臣之事觀之。斲輪，徐則甘而不固，疾則苦而不入。不徐不疾，得之於手而應於心，口不能言，有數存焉於其間。臣不能以喻臣之子，臣之子亦不能受之於臣，是以行年七十而老斲輪。』」唐杜甫《醉歌行》：「詞源倒流三峽水，筆陣獨掃千人軍。」

③ 「年年」句，是説楊萬里一升作詩萬首，所寫以花月居多，故戲云花無閑日，月無暇時。唐韓愈《贈賈島》詩：「孟郊死葬北邙山，從此風云得暫閑。」

④ 「處處」句：是説山川亦畏爲其俘獲。錢鍾書《宋詩選注》云：「（楊萬里）用敏捷靈巧的手法，描寫了形形色色從没描寫過以及很難描寫的景象，因此姜夔稱贊他説：「處處江山怕見君。」「怕落在他的眼裏，給他無微不至地刻畫在詩裏。」

⑤「箭在」二句：是説誠齋之詩如箭之中的，非强力所致，如風行水上，自然成文。《孟子·萬章下》：「智，譬則巧也。聖，譬則力也。由射於百步之外也，其至，爾力也；其中，非爾力也。」趙岐注：「其中的者，爾之巧也。」《周易·涣》：「《象》曰：風行水上，涣。」宋蘇洵《仲兄字文甫説》言風、水二物，無意乎相求，不期而相遭，故「此亦天下之至文也」。

⑥三千首：宋歐陽修《贈王介甫》：「翰林風月三千首，吏部文章二百年。」白石於此言誠齋天分學力，足與太白相埒，只宜作詩三千，即可與太白詩匹配。

⑦回施：回，掉轉。施：給予。良按，依四庫本作「回首」義長。唐杜甫《春日憶李白》詩：「渭北春天樹，江東日暮雲。」

【評析】

紹熙二年（1191）初夏，白石至金陵謁楊萬里（誠齋），作此詩，詩中概括了楊萬里的藝術成就、創作風格、表現手法。短短八句，可作一篇誠齋評傳讀。首聯套用黄庭堅「翰墨場中老伏波」起，語言剛健遒勁，如奇峰拔地而起，足以籠蓋全篇。誠齋作詩，主要傾力於描寫自然景色，頷聯即着眼於其寫景詩。出句寫其數量之多，對句寫其質量之高。融韓、杜詩意於一聯，而化用無迹。誠齋作詩，力主「活法」，直取眼前景象。白石於此，深以爲然。因此頸聯言其詩如箭之中的，非强力所致，如風行水上，自然成文，正是道其作詩透脱、涉筆成趣的自然活潑的風格。尾聯將誠齋較之太白，寫自己對誠齋的慕念也用了杜甫《春日懷李白》的典故，收束有力，且十分貼切。

寄上張參政①

姑蘇臺下梅花樹②，應爲調羹故早開③。燕寢休誇香霧重④，鴛行却望衮衣來⑤。前時甲第仍垂柳⑥，今度沙隄已種槐⑦。應念無枝夜飛鵲，月寒風勁羽毛摧⑧。

【箋　注】

①張參政：指張巖。張巖字肖翁，大梁人。據《宋史》三九六本傳，巖乾道五年進士，歷官爲監察御史，附韓侂胄，累遷給事中，嘉泰元年八月除參知政事。三年，以資政殿學士知平江府。四年十月知揚州，除參知政事。按巖曾兩爲參知政事，白石寫過《寄上張參政》與《賀張肖翁參政》兩詩。前詩云：「姑蘇臺下梅花樹，應爲調羹故早開。」又云：「前時甲第仍垂柳，今度沙隄已種槐。」後詩云：「太乙圖書客屢談，已知上相出淮南。」結云：「明朝起爲蒼生賀，旋着藤冠紫竹簪。」細玩語意，前詩當作於前次，後詩當作於後次。

②姑蘇臺：又名姑胥臺，在蘇州城外西南隅的姑蘇山上，遺址即今靈巖山也。始建於吴王闔閭，後經夫差續建，歷時五年乃成。《越絶書》：「吴王夫差起姑胥之臺，五年乃成，高見三百里。」

③調羹：《書・説命下》：「若作和羹，爾惟鹽梅。」後因以調羹喻治理國家政事。宋趙善括《醉蓬萊・魏相國生日》詞：「補衮工夫，調羹手段，如今重試。」按，《尚書・説命下》原本是殷高宗命傅説作相之辭，張巖曾爲參知政事，故用傅説故實。

④燕寢：公餘休息。宋陸游《問候葉通判啓》：「春容方麗，燕寢多閑。冀調興止之宜，用副傾依之素。」唐杜甫《月夜》詩：「香霧雲鬟濕，清輝玉臂寒。」按，張巖是時知平江府，即蘇州，家人亦應隨侍蘇州。

⑤鴛行：原喻朝班，此指張巖坐衙的僚屬。唐杜甫《至日遣興奉寄北省舊閣老兩院故人二首》詩：「去歲兹晨捧御床，五更三點入鵷行。」仇注：「鴛鴦立有行列，故以喻朝班。」衮衣，古代皇帝及上公的禮服，祭祀或重大慶典服用。《詩經・豳風・九罭》：「是以有衮衣兮，無以我公歸兮。」宋黄庭堅《王文恭公挽詞》：「傷心具瞻地，無復衮衣來。」張巖是參知政事，故「鴛行」句符合其身份。

⑥甲第：豪門貴族的宅第。《文選・張平子〈西京賦〉》：「北闕甲第，當道直啓。」唐杜甫《醉時歌》：「甲第紛紛厭粱肉，廣文先生飯不足。」

⑦沙隄：唐代專爲宰相通行車馬所鋪築的沙面大路。李肇《國史補》：「凡拜相，府縣載沙填路，自私第至於城東街，名曰沙堤。」種槐，相傳周代宮廷外種有三棵槐樹，三公朝天子時，面向三槐而立。後因以三槐喻三公。又《宋史·王旦傳》載旦父王祐嘗手植三槐於庭，曰：「吾之後世必有爲三公者，此其所以志也。」

⑧「應念」二句：是說自己遭遇大火毀舍，將欲卜居而凄然無助。言外之意當然是希望能得到幫助了。曹操《短歌行》：「月明星稀，烏鵲南飛。繞樹三匝，無枝可依。」

【評析】

夏師《白石繫年》云：「嘉泰四年甲子（1204），五十歲。杭州舍毀。……十月，作詩賀張巖除參政。」此詩八句分兩部分，前六句寫張巖之富貴及權勢，首聯點出張巖重召還參知政事，就連梅花也早早開放，以表對「調羹」大臣的祝賀。中間兩聯寫得很富麗，申述前意，錦上添花，寫出張巖仕途一片輝煌。尾聯「應念」一轉，寫出自己的艱難。按，宋寧宗嘉泰四年（1204），杭州曾發生大火。《宋史》卷六十三《五行志》載，當年三月「行都大火，燔尚書中書省、樞密院、六部、右丞相府。火作時，分數道，燔二千七十餘家」。白石的住宅近冬青門，亦被焚毀。白石曾在《念奴嬌·毀舍後作》中記録了此事。《念奴嬌》中亦曰：「繞枝三匝，白頭歌盡明月。」産生了無枝可依之感。「應念」一聯，一筆陡轉，慨嘆艱難時世，使得這首富貴賀詩透出了一副瘦硬風骨，從而使此詩具有了獨特的藝術魅力。

京口留別張思順①

伯勞飛燕若爲忙②，還憶東齋夜共牀③。別後無書非棄我，春前會面却他鄉④。連宵爲説經憂患，異日相逢各老蒼⑤。更欲少留天不許，曉風吹艇入垂楊⑥。

【箋　注】

①京口：原屬江蘇丹徒縣治，因京峴山得名，亦稱京江（即今鎮江）。張思順，名履信，號游初，鄱陽人。宋紹熙初監江口鎮，官至連江守。留别：與人相别，寫詩留贈。夏師《白石繫年》：「紹熙二年辛亥（1191），三十七歲。……陳《譜》謂《京口留别張思順》詩，本年正月作。」當時是白石由合肥去金陵，而張思順在京口爲官，故二人相會，白石有此作。

②「伯勞」句：以勞燕分飛喻朋友離散。《玉臺新詠・東飛伯勞歌》：「東飛伯勞西飛燕，黄姑織女時相見。」毛奇齡《續詩傳鳥名卷》卷二「七月鳴鵙」：「古詞以伯勞與燕相較，有云『東飛伯

勞西飛燕』。謂燕從仲春來仲秋去，而鶪（即伯勞）從仲夏來仲冬去，來去相背，故曰東西飛。」

③東齋：意指東邊之書齋。夜共牀，指朋友間聯床夜話。陳思《白石道人年譜》云：「案思順爲白石鄉里。淳熙十三年沿檄，十四年攝丹陽，紹熙初監江口鎮。本年正月廿四，自合肥東歸行都，故遇於京口。白石於丁未隨千巖至苕上，尋遊行都，時思順攝丹陽，無緣相見，至此方會，故云『春前會面』。以『却他鄉』三字推證，『東齋共牀』爲淳熙中還鄱應試時事，『別後』謂是別後也。」

④「別後」二句：是説別後音信不通，知必念我；立春前却在他鄉會面了。春前，指年初，立春之前。「別後無書」，是承首句之「若爲忙」意，而「非棄我」則暗承「東齋夜共牀」之意。「春前會面却他鄉」，一扣伯勞分飛之意，一發身世漂泊之感。

⑤「連宵」二句：是説一連幾個夜晚，我們談論過去憂患的生涯；以後如再相逢，頭髮都要花白了吧。異日，今後的日子。唐韓愈《寄崔二十七立之》：「異日期對舉，當如合分支。」老蒼，頭髮花白，老人。唐韓愈《嘲魯連子》詩：「田巴兀老蒼，憐汝矜爪嘴。」

⑥「更欲」二句：是説互相不捨，想少留片刻也辦不到，一早登舟，客船趁着曉風頃刻駛進了垂楊夾岸的河道。

【評析】

古人常因宦遊或謀生，不得不在江湖中流徙。流徙當中，難免識友或遇舊，而當分別之際，又常會有詩詞酬贈。古人的這種習慣，在中國的詩詞文化中催生出了一個獨特的「留別」「惜別」的題材。白石此詩，就屬於此一題材的上乘之作。此詩無高深之典故，亦無華麗之辭藻，但在章法上却極盡曲折變化之能事。現在、過去、未來，不同的時空場面在其中不斷重疊交叉。又如尾聯，上文寫別而又逢，此句則寫逢而又別。「欲少留」，是有情；「曉風吹艇」，則是無情。用無情來反襯有情，人生之無奈，復現其中。這樣，白石之詩，確實具有一種纏綿之美。四庫館臣論姜白石詩「運思精密而風格高秀」，「高秀」云云，此詩未必能當，但就「運思精密」而言，此詩則無愧此譽了。

次朴翁《遊蘭亭》韻①

亞字橋亭面面風②，六人同坐樹陰中③。松交歸路如留客，石礙流杯故惱公④。山色最憐秦望緑⑤，野花只作晉時紅⑥。夕陽啼鳥人將散，俯仰興懷自昔同⑦。

【箋注】

①朴翁：葛天民字朴翁。見前《夏日寄朴翁》詩注。蘭亭：在今紹興市西南，地名蘭渚，有亭名蘭亭。東晉永和九年（353）三月三日，王羲之等四十多人曾在此舉行文人集會，臨流賦詩，王羲之寫了著名的《蘭亭集序》。《蘭亭集序》：「永和九年，歲在癸丑，暮春之初，會于會稽山陰之蘭亭。」

②亞字：亭的形狀好像亞字。橋亭：亭子建在橋上。宋蘇軾《至秀州贈錢端公安道並寄其弟惠山山人》：「平明繫纜石橋亭。」

③六人：朴翁、白石等六人同遊。

④「松交」二句，是説在歸路上松樹低垂的枝幹交拂於前，仿佛有意挽留遊客；水中石塊擋住漂浮的酒杯。流杯，即流觴。古時三月上巳日人們歡聚水濱，祓除不詳，常用漆製酒杯盛酒放在水上漂流，酒杯停在哪裏，那裏的人即取杯飲酒。王羲之等在蘭亭集會時，即用此法，謂之「曲水流觴」。《蘭亭集序》：「又有清流激湍，映帶左右，引以爲流觴曲水，列坐其次。」惱公，是自嘲的意思。唐李賀有《惱公》詩。宋黃庭堅《次韻任道食荔支》詩：「舞女荔支熟雖晚，臨江照影自惱公。」

⑤秦望：山名，在紹興東南四十里。《讀史方輿紀要》：「秦望山，（在杭州）府西南十里。《輿

地志》：『秦始皇東遊，登山瞻望，欲渡會稽，因名。』《吴越史》：『唐咸通中，望氣者言東南有王氣。命侍御史許渾賫璧瘗此山以厭之。』」

⑥「野花」句：是説野花還同東晉王羲之遊蘭亭時一樣鮮艷。原注：「右軍祠堂有杜鵑花兩株，花極照灼。」

⑦俯仰：一俯一仰，形容時間很短。興懷：發生感慨。晉王羲之《蘭亭集序》云：「向之所欣，俛仰之間，已爲陳迹，猶不能不以之興懷。况修短隨化，終期於盡。古人云：死生亦大矣，豈不痛哉！」又云：「後之視今，亦猶今之視昔，悲夫！」白石這句話詩化用了《蘭亭集序》的話。

【評析】

紹熙四年（1193），白石三十九歲，客居紹興，同葛天民（字朴翁）等六人同遊蘭亭，寫了這首七律以爲朴翁唱和。這首詩生動地描繪了蘭亭一帶的旖旎春光，抒寫了作者和他的朋友們游覽時怡然自得的情懷。全詩格調輕快、色彩鮮明，使客觀景物也帶上了逗人愛悦的情致。末句融入《蘭亭集序》的文意，使寫景叙事之中，又增添了懷古的色彩。

次韻胡仲方因楊伯子見寄①

此去廬陵定幾程②，向來邛杖未經行③〔一〕。懸知征棹雲邊集④，大有吟情雪裏生。楚渡食萍應甚美⑤，舜祠吹玉直能清⑥。二君即日青冥上⑦，惟我春山帶雨耕⑧。仲方得萍鄉宰，伯子得營道倅。

【校　記】

〔一〕邛杖，《名賢小集》本作「笻杖」。

【箋　注】

①胡仲方：胡榘，字仲方，廬陵人，其祖父胡銓乃高、孝間名臣，曾上書乞斬秦檜。胡榘嘉定中官工部尚書，出知福州。楊伯子：楊長孺，字伯子，號東山，楊萬里之子。嘉定間守湖州，後爲番禺帥。張功甫《南湖集》有《次韻楊伯子兼呈誠齋》詩云：「細看今日句，宛似乃翁篇。」知楊伯子能繼承其父詩學。又《齊東野語》云：「楊伯子長孺之言曰：『先君在朝列時，薄海英才，雲次鱗集，亦不少矣，而布衣中得一人焉，曰姜堯章。』」

②盧陵：即吉州，現在江西省吉安市。按，胡仲方、楊伯子均爲盧陵人，故首句以盧陵領起。

③邛杖：即邛竹杖。唐白居易《東城晚歸》：「一條邛杖懸龜榼，雙角吴童控馬銜。」

④懸知：亦即懸料、預知、料想。北朝庾信《和趙王看妓》詩：「懸知曲不誤，無事畏周郎。」雲邊：雲際，極遠處。鮑照《日落望江贈荀丞》詩：「林際無窮極，雲邊不可尋。」

⑤「楚渡」句：用昭王得萍故實，切合萍鄉，從而切合胡仲方新得萍鄉宰。按，《孔子家語·致思》：「楚昭王渡江，江中有物大如牛，圜而赤，直觸王舟，舟人取之。王大怪之，使使聘於魯，問於孔子，孔子曰：『此山萍實也，可剖而食之，吉祥也，惟霸者爲能獲焉。』」陳思《白石道人年譜》引楊萬里《退休集·答胡仲方贈詩》：「疇昔昭王渡楚江，得萍斗大嚼甘芳。因君黄綬作此縣，河古青萍何處鄉。」

⑥「舜祠」句：用舜祠事切合營道，從而切合楊伯子新得營道倅。營道倅，主營軍營設施之副職。按，《水經注·湘水》：「營水出營陽泠道縣南山，西流逕九疑山下。……大舜窆其陽，商均葬其陰。山南有舜廟。」吹玉，指吹笛或吹簫。宋史達祖《眼兒媚·代答》：「期花等月，秦臺吹玉，賈袖傳香。」

⑦二君：指胡仲方和楊伯子。青冥：猶言青雲、青天。唐王維《華岳》詩：「連天疑黛色，百里遥青冥。」

⑧「惟我」句：我依靠着春山居住，帶雨耕耘。按，白石毁舍後，嘗居東青門，即今杭州東城之慶春門。晚年則卜居馬塍，卒即葬其地。

【評析】

詩題《次韻胡仲方因楊伯子見寄》，意思是胡仲方寫了首詩「因楊伯見寄」，白石於是寫詩爲和。所謂「次韻」，即按照原詩的韻和用韻的次序來和詩。胡仲方、楊伯子均係出身名門，又都是白石的文友。白石在此詩中自注云：「仲方得萍鄉宰，伯子得營道倅。」寥寥兩句，其實就是此詩主題。亦即祝賀仲方、伯子二人走上新的仕途。而爲了切題，寫作方法上白石采用了傳統的「望文生義」法，亦即不究内在道理，只抓住字面上的聯繫，「强拉硬扯」，反而産生一種錯亂的荒謬的美。如用「楚渡食萍」典故，只因有「萍」，而「萍」又讓人想到萍鄉，從而去切合萍鄉宰。用「舜祠」的典故，聯想到祠在九疑山，而山下有營水流過，而營水出道縣，從而點出「營」「道」二字，從而去切合營道倅。

賀張肖翁參政①

太乙圖書客屢談②，已知上相出淮南③。銀臺日月非虚過④，金鼎功名得細參⑤〔一〕。從此與人爲雨露，應憐有客卧雲嵐⑥。明朝起爲蒼生賀，旋著藤冠紫竹簪⑦〔二〕。

【校記】

〔一〕細參，《名賢小集》本作「意參」。

〔二〕藤冠，《名賢小集》本作「衣冠」。

【箋注】

①張肖翁，見前《寄上張參政》注①。此詩作於宋寧宗嘉泰四年（1204）十月間，是時張巖已被朝廷由揚州召回再任參知政事。同年三月，白石杭州住舍遭焚毁。

②太乙圖書：古代占卜吉凶的一種圖書。《拾遺記校注》卷六：「劉向於成帝之末，校書天禄閣，專精覃思。夜有老人着黄衣，植青藜杖，登閣而進，見向暗中獨坐誦書。老父乃吹杖端，煙然，因以見向，説開闢已前，向因受《洪範五行》之文。至曙而去，向請問姓名。云：『我是太一之精，天帝聞金卯之子有博學者，下而觀焉。』」

③上相：一般指宰相。《史記·酈生陸賈列傳》：「足下位爲上相，食三萬户侯，可謂極富貴無欲矣。」此處指張巖，因巖出任參知政事，是副宰相。出淮南：指巖以嘉泰三年分帥兩淮。以上兩

句，是説朋友們多次按照太乙圖書占卜，得出吉兆，知道副相即將升官，將出任淮揚地區的首長了。

④銀臺：銀臺司。宋黄庭堅《和子瞻西山》詩：「諫疏無路通銀臺。」任淵注：「《國朝會要》：『銀臺司掌受天下奏狀。』」按，宋銀臺司屬門下省，張巖於嘉泰元年前嘗爲給事中，乃門下省屬官，掌封駁。故此句云「銀臺日月」。

⑤金鼎：此處指副宰相而言，含有尊貴之意。蓋古人以鼎足比喻三公。《書》：「立太師、太傅、太保，兹惟三公。」功名：指學位和官職而言，兼含名望的意思。宋黄大臨《奉寄子由》詩：「鐘鼎功名淹管庫，朝廷翰墨寫風煙。」張巖除參知政事，故云「金鼎功名」。「參」字切參政。細參，是説治理朝政精細審要。

⑥「從此」兩句：是説從今得知你是施恩澤於人的，那麽有人處於清寒境遇之中，應該也得到你的同情了。雨露，喻恩澤普施。唐高適《送李少府貶峽中王少府貶長沙》詩：「聖代即今多雨露。」雲嵐，此處意指清寒。按，舊時士夫投贈達官顯貴，例先頌揚功德，後則求薦引提攜。如唐杜甫《奉贈鮮于京兆》詩，結云：「交合丹青地，恩傾雨露辰。有儒愁餓死，早晚報平津。」白石亦未能免俗。蓋因此前依附之張平甫於嘉泰二年已卒，而寫作此詩之當年住舍又毀於火，故而亦望張巖能對己施以雨露。

⑦「明朝」二句：是説戴上青藤帽，插上紫竹簪，準備明天一早出門，替老百姓道賀，慶幸大家有了一位體貼民情的好官了。《晉書·謝安傳》：「安石不肯出，將如蒼生何！」宋王安石《龍泉寺石井》詩：「天下蒼生待霖雨，不知龍向此中蟠。」旋，轉回。簪，插在帽子上連帶着頭髮的飾物。

【評　析】

此詩是白石爲張巖由揚州重返杭州再任參知政事所寫的賀詩，作於嘉泰四年十月間。同年三月，白石在杭州的住宅被焚毁。此時他已年届五十，又正處於貧困之中，因此借寫賀詩，也委婉地表達了希望能得到幫助的意愿。在遣詞造句之間，白石非常顧全自己的身份，不作卑躬屈膝之態。詩的首聯用「客屢談」，是以别人之口，説出稱頌張巖出守之喜。尾聯用「起爲蒼生賀」，以間接的方式，稱頌張巖是一位體貼民情的好官。「爲蒼生賀」，也正是賀肖翁參政。詩意新穎，點題明確，這標誌着作者的寫作技巧是非常精湛的。又如「應憐有客卧雲嵐」，此句實則有求，而看似要求資助的人並不是自己，而是爲人代言。這些辭句都是經過仔細斟酌的，完全出於自重。

陳君玉以小集見歸，用余還誠齋《朝天續集》韻作七字，夔報貺①

筆陣無功汗左輪②，而今老去不能軍③。水邊白鳥閑於我④，窗外梅花疑是君。欲向江湖行此話〔一〕，可無朋友託斯文⑤。新篇大是相料理⑥，因憶西山揚子雲⑦。

【校記】

〔一〕行此話，四庫本作「行」「此語」，《名賢小集》本作「行此話」。

【箋注】

①陳君玉，其人未詳，白石詩詞中僅此一見。陳思《白石道人年譜》繫此詩於開禧元年乙丑（1205），而詩題「還誠齋《朝天續集》韻」云云，知其必作於紹熙二年後，然亦僅此而已，陳思云「開禧元年作」實無據。雖然，陳思《白石道人年譜》關於此詩的分析還是堪稱精到的：「《陳君玉以小集見歸》一首，詞意蒼凉。結云：因憶子雲，蓋誠齋《易傳》書成，故以揚子《太玄》擬之。白石雖學詩於千巖，而參活句得於誠齋獨多。況前年冬誠齋有《進退格》之寄，本年春伯子又寄仲方之詩，香火情深。因君玉用『歸朝天續集』韻，益增遐想。『水邊白鳥」

「窗外梅花」皆漁隱景物，質實又而清空，此之謂也。」

②筆陣：文筆、翰墨，將文章比之武事。唐杜甫《醉歌行》詩：「筆陣獨掃千人軍。」汗左輪：血殷左輪。用晉帥郤克血殷左輪終勝敌之典。《左傳·成公二年》：「郤克傷於矢，流血及屨，未絶鼓音，曰：『余病矣。』張侯曰：『自始合而矢貫余手及肘，余折而御，左輪朱殷，豈敢言病？吾子忍之。』」白石詩言「汗」即「血」，猶詩詞言「血」即「泪」也，此亦中國詩詞之修辭傳統手法。

③能軍：能帶兵打仗。《左傳·桓公四年》：「王亦能軍。」按，首聯二句乃白石自謙語。

④白鳥：白色之鳥，白鷗之類。宋黄庭堅《演雅》詩：「江南野水碧於天，中有白鷗閑似我。」

⑤斯文：文事、文化傳統。《論語·子罕》：「天之將喪斯文也，後死者不得與於斯文也。」

⑥料理：誘引挑逗。唐韓愈《飲城南道邊古墓上逢中丞過贈禮部衛員外少室張道士》詩：「爲逢桃樹相料理，不覺中丞喝道來。」

⑦揚子雲：揚雄，字子雲，西漢文學家，此處指楊萬里。

【評析】

這是一首贈答詩，陳君玉大概也是白石的詩友，給作者寫了一首七言律詩，於是白石「報貺」。詩篇分兩部分，前六句寫自己的近況及心境。其中用了典故（《左傳》「汗左輪」），也結合了寫景（「水邊白鳥」）。在自謙的同時，又夾帶着對朋友的贊賞（「窗外梅花」「托斯文」）。這樣，就極其自然地逗出了尾聯：「新篇大是相料理，因憶西山揚子雲。」一方面説來詩勾引起自己的詩興，因而「報貺」。一方面又拓開一筆，寫出對詩人楊萬里的憶念。全詩造語精當妥帖，「水邊」一聯，頗具「清空」之美。

寄田郎①

楚楚田郎亦大奇②，少年風味我曾知③。春城寒食誰相伴④，夜月梨花有所思⑤。剪燭屢呼金鑿落，倚窗閑品玉參差⑥。含情不擬逢人説〔一〕，鸚鵡能歌自作詞⑦。

【校記】

〔一〕不擬，《箋注》云「許本作『不礙』」。杜子莊《姜白石詩詞》亦作「不礙」。

【箋注】

①田郎：夏師《白石行實考》：「田郎，或即《詞集》之田幾道。」按，白石《夜行船》：「己酉歲，寓吴興，同田幾道尋梅北山沈氏圃，載雪而歸。」「略彴横溪人不度，聽流澌、珮環無數。

屋角垂枝，船頭生影，算唯有、春知處。回首江南天欲暮，折寒香、倩誰傳語。玉笛無聲，詩人有句，花休道輕分付。」此詞是宋淳熙十六年（己酉），白石居住吴興所作，時年三十五歲。如田郎確係田幾道，則此詩亦可能作於淳熙十六年。

②楚楚：鮮明的樣子。《詩經·曹風·蜉蝣》：「蜉蝣之羽，衣裳楚楚。」毛傳：「楚楚，鮮明貌。」大奇：大有奇才。

③風味：神采情趣。梁沈約《宋書·自序》：「伯玉温雅有風味，和而能辨。」唐韓愈《答渝州李使君書》：「慕仰風味，未嘗敢忘。」

④春城寒食：唐韓翃《寒食》詩：「春城無處不飛花，寒食東風御柳斜。」春城，春色滿城。寒食，清明前二日，叫做寒食。從寒食到清明這三天，古時人出城掃墓和春遊。

⑤「夜月」句：是説夜晚月上梨花，使人感到悲愁而思念親人。有所思，是漢代《鐃歌》名。鐃是古代一種軍樂器，《有所思》是悲絶之辭，爲思親之作。

⑥「剪燭」二句：是説坐在燭下飲酒，時間久了，剪去燭花，還不斷喊人添酒；靠着窗邊，悠閑地品評玉簫曲，聽聽是在思念何人。剪燭，就是剪去蠟燭已燒盡的燭芯。唐李商隱《夜雨寄北》詩：「何當共剪西窗燭，却話巴山夜雨時。」鑿落，酒器。唐韓愈《晚秋郾城夜會聯句》詩：「澤發解兜鍪，酡顔傾鑿落。」金鑿落，指鏤金的酒器。葉廷珪《海録碎事》：「湘楚人以盞斝中鎸鏤

金鍍者爲金鑿絡。」此處指代酒。品，評品，欣賞。參差，此處指洞簫。《楚辭·湘君》：「吹參差兮誰思。」王逸注：「參差，洞簫也。」玉參差，裝有玉飾的洞簫。

⑦「鸚鵡」句：是説鸚鵡能學着唱出田郎所作之詞，不免泄漏其情思也。

【評析】

這首詩是白石寫寄田郎的，從詩中可以看出，田郎是被作者的賞識和器重的一個有爲青年。此詩所寫的内容，是遊春思伴，月夜懷人，剪燭呼酒，倚窗品簫；最後還寫出田郎逢人交談的瀟灑風度。所有這些細節的描繪，都是圍遶着「少年風味」這個中心主旨吟咏出來的。從「我曾知」這三個字，可以領會作者不僅是寫田郎，同時也是在回首平生，感嘆自己青春已逝。詩的末句，借「鸚鵡能歌」，暗寫對知己的思念。描寫得空靈美妙，詩意清新。又頸聯對仗極工，用詞藴藉，「金鑿落」「玉參差」，不僅字面相對，而詞意亦相對。由此可見作者語言功力之精湛。

送王德和提舉淮東①

京塵吹帽汗淋衣②，相見頻年只道歸③。省裏移文那得了，家邊持節未爲非④。煮乾碧海知誰用⑤，割盡黄雲尚告飢⑥。可得不爲根本計⑦，秋風還見雁南飛〔一〕⑧。

【校記】

〔一〕還見，《名賢小集》本作「還是」。

【箋注】

① 王德和：《江陰縣志》（一六）云：「王寧字德和，三魁鄉薦，乾道丙戌中乙科，終中奉大夫直徽猷閣，逮事三朝，凡所敭歷，綽有休聞，有《笑庵集》十卷。」提舉：官名，管理事務的官；淮東：指淮揚一帶地區。詩題是説王德和調到淮東地區任提舉官，特寫此詩送别。

② 京塵：京都飛揚的塵土。《文選·陸機〈爲顧彦先贈婦〉》詩：「京洛多風塵，素衣化爲緇。」唐孟郊《張徐州席送岑秀才》詩：「楚泪滴章句，京塵染衣裳。」據此句，可推知白石此詩當作於臨安，時在夏秋。

③「相見」句：是説不止一年，我們相見時，你總説想要調回家鄉。

④「省裏」二句：是説官署裏的公文哪會停止呢？要求調回家鄉任職也没有什麽不對。唐制，中央設中書、尚書、門下三省。《文選·魏都賦》「禁臺省中」李善注：「漢制，王所居曰禁中，諸

公所居曰省中。」德和此時當是中書掾曹，故曰省裏。移文：公文，此處意指調令。家邊：泛指家鄉一帶。持節：古之出使者，必持符節以爲信。後掌有職權，視爲朝廷派出，亦曰持節。

⑤「煮乾」句：是説淮東擅魚鹽之利，而胡馬窺江，恐資敵用。《史記・吴王濞列傳》：「吴有豫章郡銅山，濞則招致天下亡命者盜鑄錢，煮海水爲鹽，以故無賦，國用富饒。」

⑥「割盡」句：是説雖至秋熟，淮民猶困於飢餓。黄雲：形容稻麥成熟。宋王安石《木末》詩：「繰成白雪桑重緑，割盡黄雲稻正青。」宋黄庭堅《慈孝寺餞子敦》詩：「日永知槐夏，雲黄喜麥秋。」

⑦根本：《新唐書・太宗本紀》：「太宗上表曰：『太原王業所基，國之根本。』」按，王德和履職之淮南居南北要衝，南宋朝廷安危所繫，故曰「根本」。

⑧「雁南飛」：宋黄庭堅《次韻劉景文登鄴王臺見思》詩：「歸雁南飛盡，無因寄此情。」白石此言睹南飛之歸雁，念淪陷之北土也。

【評析】

這是一首送別詩。作者爲王德和能調回家鄉作官而高興，並期望他能爲百姓解除貧困。詩的頸聯「煮乾碧海知誰用，割盡黄雲尚告飢」，反映出當時淮揚一帶，自被金人擾掠以後，地瘠民貧，以及南宋朝廷横征暴斂，殘酷剥削人民的情况。詩的末句「秋風還見雁南飛」，有兩層含意：一是爲王德和慶幸，時機一到，遂能如願以償，回到家鄉作官。一是睹南飛之歸雁，思淪陷之故土，抒發了自己憂國傷時之情。

寄時甫①

遲君日日數歸程②，到得君歸我已行。一路好山思共看，半年有酒不同傾。吾儕正坐清貧累③，各自而今白髮生。人物渺然須强飯，天工應不負才名。④

【箋　注】

①時甫：蕭時甫，蕭德藻的子侄輩，白石妻子的弟兄，蕭德藻結識白石後曾將侄女嫁給他。

②遲君：等待您。《後漢書·章帝紀》：「朕思遲直士，側席異聞。」王先謙《集解》：「遲者，待也。」

③「吾儕」句：是説我們奔走江湖都是由於生活貧困迫不得已。吾儕，我輩。坐，由於。唐杜牧《山行》詩：「停車坐愛楓亭晚，霜葉紅於二月花。」

④「人物」二句：是説我們分隔遥遠，要各自加意保重身體，上天是不會辜負有才華名聲的人物的。人物，這裏指人事而言。渺然，遥遠的樣子。强飯，努力加餐。《漢書·孝武衛皇后傳》：「子夫爲平陽主謳者。（武）帝祓霸上，還過平陽主。……主因奏子夫送入宫。子夫上車，主拊其背曰：『行矣！强飯勉之。即貴，無相忘。』」天工，指天賦予的使命而言。《書·皋陶謨》：「無曠庶宫，天工人其代之。」孔傳：「言人代天理官。」

【評析】

這首詩是白石寫寄給他的平輩親戚蕭時甫的。主要内容是抒發别後的懷念之情，反映了兩人一往情深的友誼。

白石和時甫於淳熙十三年在漢陽結識，曾共泛湘江，其後又在湖州相聚，兩人交誼頗深。詩的首聯和頷聯，寫懷念之情，頸聯寫彼此垂老窮困的處境，尾聯寫勸慰之情。從「須强飯」「應不負才名」來看，作者固然是慰人，同時也是自慰。這表明作者雖然迭遭坎坷，還是對自己的前途抱有最後的期望，並具有理想和抱負。末句就是這種心情的强烈的反映，足見作者希望爲國效力的願望，是極爲深切的。在寫法上，此詩明顯學習黄庭堅的遣詞用句。

送李萬頃①

猛相思裏得君來②，正喜歡時却便回。別路恐無青柳折，到家應有小桃開③。起居五馬兼堂上④，問信千巖及阿灰。兒女癡頑夫婦健⑤，漂零何日共尊罍⑥。

【箋　注】

①陳思《白石道人年譜》云：「李萬頃仕履無考。據『青柳』『小桃』兩句，知送李時爲深冬。『問信千巖』句，知李赴池陽。『兒女』句，知爲移家後。去冬有無錫之行，歲暮方歸。詩爲本年冬作。『阿灰』謂蕭滚也。」又：「周密《齊東野語》：『蕭千巖之姪滚得白石舊藏五字不損本《褉叙》，後歸愈壽翁家。』滚，蕭夫人同産兄弟也。」

②猛：急驟，忽然。《絶妙好詞箋》陳惟善《合寶鼎詞》：「猛聽甘泉捷報，天衣細意從頭補。」

③「別路」二句：是説深冬相別，無柳可折之贈別；算來到家已是春日，桃花已開了。《三輔黄圖·橋》：「霸橋在長安東，跨水作橋，漢人送客至此橋，折柳贈別。」小桃，初春即開花的一種桃樹。宋陸游《老學庵筆記》卷四：「歐陽公、梅苑陵、王文恭集皆有小桃詩。……曾子固《雜識》云：『正月二十，開天章閣賞小桃。』正謂此也。」宋王珪《小桃》詩：「小桃常憶破正紅，

今日相逢二月中。」

④「起居」句：是説萬頃的日常生活是和做過太守的父親以及母親住在一起。起居，指日常生活。宋黄庭堅《寄裴仲謀》詩：「起居太夫人，並問相輿睦。」五馬，舊指太守。古樂府《陌上桑》：「使君從南來，五馬立踟躕。」聞一多《樂府詩箋》：「《宋書》引《逸禮・王度記》曰：『天子駕六，諸侯駕五，卿駕四，大夫三，士二，庶人一。』後世太守，當古之諸侯，故用五馬。」《漢官儀》：「四馬載車，此常禮也。惟太守出則增一馬，故稱五馬。」堂上，指其母。

⑤原注：「張褘姪張曙，小字阿灰。」唐圭璋《唐宋兩代蜀詞》：「張曙小字阿灰，成都人，龍紀元年進士。」

⑥唐李商隱《房中曲》詩：「嬌郎癡若雲，抱日西簾曉。」《新五代史・馮道傳》：「無才無德，癡頑老子。」

⑦尊罍：酒器。共尊罍，共飲。宋黄庭堅《次韻子瞻贈王定國》詩：「風姿極灑落，雲氣盡罍樽。」

【評析】

陳思《白石道人年譜》云：「慶元三年丁巳。……冬，送李萬頃之池陽。」這當然是一首應酬詩，不過，因爲與李萬頃是舊交，寫得很率性，前三聯對仗工穩，而又如友朋絮語，一氣呵成。尾聯回到自身，微露出對現狀的感喟。是年白石四十三歲，歲暮移家杭州，依張鎡。

次韻千巖雜謡①

中散平生七不堪〔一〕②，鳳塵時時伴燕談③。道士有神傳火棗④，故人無字入雲藍⑤。雨涼竹葉宜三酌，日落荷花倚半酣⑥。極欲扁舟南蕩去，冷鷗輕燕略相諳⑦。

【校　記】

〔一〕中散平生，《名賢小集》本作「平生中散」。

【箋　注】

① 千巖：蕭德藻，號千巖。見前《待千巖》注。陳思《白石道人年譜》繫此詩於淳熙十五年戊申（1188）。是年客臨安，還寓湖州。蕭夫人來歸即在是歲。

② 中散：嵇康，字叔夜，譙國銍人，做過中散大夫，魏哲學家、文學家，「竹林七賢」之一。七不堪：嵇康不滿當時執政的司馬氏集團，司馬氏集團的山濤推薦他做選曹郎，他表示拒絶，在《與

山巨源絶交書》中陳列自己不能出仕的原因，「有必不堪者七，甚不可者二」。後來詩文中把「七不堪」作爲疏懶或才能不稱的典故。

③ 鳳麈：柄部雕刻有鳳形的麈尾。麈，古書指鹿一類動物，其尾可做扇，魏晉時士人揮動以助清談。《晉書·王衍傳》：「每捉玉柄尾，與手同色。」燕談，閑談。也可釋爲宴談，邊飲邊談。漢曹操《短歌行》：「契闊談讌，心念舊恩。」

④ 火棗：僊棗。唐李商隱《戊辰會静中出貽同志二十韻》詩：「玉管會玄圃，火棗承天姻。」

⑤ 雲藍，紙名。唐段成式在九江時所造，見段成式《寄温飛卿箋紙》。

⑥ 「雨凉」二句：是説飲着竹葉清酒，賞玩落日紅荷。北朝庾信《春日離合詩》：「三春竹葉酒，一曲鵾鷄絃。」宋王安石《題西太乙宫壁》詩：「楊柳鳴蜩緑暗，荷花落日紅酣。」

⑦ 相諳：相知。形容鷗燕如舊時相識。

【評　析】

這是一首次韻詩，對象蕭德藻，於白石師友之間，當然也是知己。因此這首詩用較多的篇幅（前三聯）寫了自己的形迹和心境。生活十分閑適，然而在「三酌」「半酣」之間，作者却吐露出心靈深處的牢騷（「中散平生七不堪」），以及一絲絲故交無訊的失望（「故人無字入雲藍」）。尾聯拓開一筆，寫自己亟欲回到故友的身旁，因爲「冷鷗輕燕略相諳」。白石抒發自己對現實的困惑，在筆墨上仍然歸入清空一路。

寄上鄭郎中①

梅根東望九華雲②，中有風流衣繡人③。名下一生勞夢想④，尊前數語倍情親。節旄在道催歸漢⑤，花鳥留君且作春。見説祥風挾時雨，故園松菊亦精神⑥。

【箋　注】

①鄭郎中：鄭汝諧。夏師《白石行實考》：「陳《譜》引《宋詩紀事》，鄭汝諧字舜舉，青田人，紹興中進士。官吏部侍郎，徽猷閣待制致仕，有《東谷集》。《宋史》：『紹熙三年九月戊子，遣鄭汝諧等赴金賀正旦。』《金史·交聘表》：『章宗明昌四年正月己巳朔，宋遣顯謨閣學士鄭汝諧賀正旦。』乾隆《江南通志·職官表》：『鄭汝諧知池州。』鄭郎中即汝諧。《表》云顯謨閣學士，例借也。使還知池州，故白石詩云『梅根東望九華雲』『節旄在道催歸漢』。陳《譜》定詩紹熙四年作。」

②梅根、九華：並見《送項平甫倅池陽》詩注。鄭汝諧知池州，故此句用池州典。

③衣繡人：《漢書・百官公卿表》：「侍御史有綉衣直指，出討姦猾，治大獄，武帝所制，不常置。」《漢書・武帝紀》：「泰山琅琊群盜徐勃等，阻山攻城，道路不通。遣直指使者暴勝之等，衣繡衣，杖斧，分部逐捕。刺史郡守以下皆伏誅。」後世遂以綉衣美稱使者、御史。鄭汝諧出爲池州知州，故白石謂之「衣繡人」。

④名下：盛名之下，謂享有盛名。宋黄庭堅《次韻子瞻贈王定國》詩：「名下難爲久，醜好隨手翻。」

⑤《漢書・蘇武傳》：「（武）杖漢節牧羊，卧起操持，節旄盡落。」《後漢書・孝和孝殤帝紀》注引闞駰《十三州志》曰：「旄牛縣屬蜀郡。前書曰：旄牛所出，歲貢其尾，以爲節旄。」節旄乃使者所持。《宋史》載鄭汝諧曾奉詔使金，故此語云節旄。

⑥「見説」二句，是説鄭汝諧知池州，一定會教化道德，澤及草木。《文選・班孟堅〈靈臺詩〉》：「習習祥風，祁祁甘雨。」《孟子・盡心上》：「君子之所以教者五，有如時雨化之者。」松菊亦精神，猶言松菊有精神。宋王安石《題玉光亭》詩：「每向小庭風月夜，却疑山水有精神。」

【評析】

此詩作於紹熙四年，白石時年三十九歲，客紹興。作爲應酬詩，此詩詩意是平平的，無非稱贊鄭郎中的功名，並歌頌其治下的德政。但白石寫得典雅而清空，造語精緻而貼切，讓人讀之絲毫不覺得阿諛與吹捧。

送左真州還長沙①

吴兒牽挽醉蓴鱸，今日西歸略自如②。别路冷雲隨驛馬③，望鄉喬木記吾廬④。湘中花月偏憐酒，淮左兒童待擁車⑤。凡我舊遊君更歷⑥，橘洲相見訝無書。⑦

【箋注】

①左真州：左昌時，鄱陽人，曾爲真州太守。按，夏師《白石行實考》：「陳《譜》引雍正《揚州府志·古迹》：『壯觀亭，紹熙元年郡守左昌時復新之。』《誠齋集·真州重建壯觀亭記》稱『今太守左侯昌時』。《薦士録》：『左昌時吏能精密，所至有聲，新知真州。』定左知真州在淳熙十六年。」又《白石繫年》：「紹熙二年辛亥（1191），三十七歲。作詩送左真州歸長沙。」真

州，宋改儀真縣爲真州。還長沙，左昌時亦或家室在長沙。

②「吴兒」二句：是説左氏知真州，爲吴人所挽留；今日西歸湖湘，應當是意氣自如。《晉書·張翰傳》云，張翰仕洛陽，因見秋風起，乃思吴中菰菜、蓴羹、鱸魚膾，曰：「人生貴適志，何能羈官數千里，以要名爵乎？」遂命駕而歸。西歸：長沙在真州之西。自如，形容神色安定。《史記·李廣傳》：「會日暮，吏士皆無人色，而廣意氣自如，益治軍。」

③「别路」句：陳思《白石道人年譜》：「依『冷雪』句，送左時初冬也。」良按，此句意境從宋黄庭堅《送顧子敦赴河東》詩「月斜汾沁催驛馬，雪暗岢嵐傳酒杯」化出。驛馬：指古代爲朝廷傳遞公文、軍事情報、物資等的馬，亦可用於公務要員的運送，站站連接，通達四方。左時任太守，可用驛馬。

④「望鄉」句：左昌時係鄱陽人，而鄱陽爲去長沙途程所必經，故有「望鄉喬木」之謂。《孟子·梁惠王下》：「所謂故國者，非謂有喬木之謂也，有世臣之謂也。」晉陶淵明《讀山海經》詩：「衆鳥欣有托，吾亦愛吾廬。」

⑤「湘中」二句：是説長沙等待着左氏的到來，真州等待着左氏的歸去。湘中花月，指長沙。憐酒：愛惜飲者。唐高駢《遣興》詩：「把盞非憐酒，持竿不爲魚。」淮左，指真州，因真州在淮南，故云。《後漢書·郭伋傳》：「伋前在并州，……始至行部，到西河美稷，有童兒數百，各

騎竹馬於道次迎拜。伋問兒童何自遠來，對曰：『聞使君到，喜，故來奉迎。』伋辭謝之。及事訖，諸兒復送至郭外，問使君何日當還，伋謂别駕從事計日當告之。行部既還，先期一日，伋爲違信於諸兒，遂止於野亭，須期乃入。」

⑥「凡我」句，是説左昌時所往之江漢湖湘，皆白石自己舊遊之地。

⑦橘州：在今湖南省長沙市西湘江中，多美橘，故名。見前《呈徐通仲兼簡仲錫通仲與誠齋爲鄉人赴調》⑨。唐杜易簡《湘川新曲》詩：「昭潭深無底，橘洲淺而浮。」

【評析】

這首《送左眞州還長沙》有幾點須注意之處。其一，左昌時是個「吏能精密，所至有聲」的循吏。其二，左氏所去的長沙，是白石的舊遊之地，途中所經還有其故鄉，總之是充滿温情之旅。應該説，該詩很好地體現了這兩點。用典貼切，造語典雅，抒情亦恰到好處，使此詩成爲贈别詩中的上乘之作。

乍凉寄朴翁①

前日松間步屧歸②，更將荷葉障秋暉③。如今城裏抛團扇④，應是山中試裌衣⑤。水有秋容蓮漸少⑥，樹含凉氣鳥慵飛。炎天既懶趨城市，從此尤須戀翠微⑦。

【箋　注】

① 朴翁，即葛天民，見《夏日寄朴翁》注。葛天民始爲僧，名義銛，號朴翁，後返初服，居西湖上。據陳思《白石道人年譜》，白石與朴翁的酬贈詩皆慶元、嘉泰間在靈隱時作。

② 步屧：踏着木拖鞋。唐杜甫《草堂》詩：「入門四松在，步屧萬竹疏。」

③ 《文選·謝希逸·〈宋孝武宣貴妃誄〉》：「躊躇冬愛，怊悵秋暉。」

④ 「如今」句：漢班婕妤《團扇詩》：「新裂齊紈素，鮮潔如霜雪。裁爲合歡扇，團團似明月。出入君懷袖，動摇微風發。常恐秋節至，凉飆奪炎熱。棄捐篋笥中，恩情中道絶。」此句檃括其意。

⑤ 「應是」句：唐韓翃《送李舍人携家歸江東覲省》詩：「夜月回孤獨，秋風試裌衣。」

⑥ 秋容：秋天之形貌景物。古樂府《碧玉歌》詩：「芙蓉陵霜荼，故向秋容好。」

⑦ 「炎天」二句：是説天氣太熱，已懶得向城裏去走動；現在開始轉凉，尤應住在山間，不忍離開

了。翠微，青緑的山色。唐白居易《香山避暑二絶》之二：「紗巾草履竹疏衣，晚下香山踏翠微。」

【評　析】

作者因天氣轉凉，身感舒適，從而想到朴翁隱居山間，不受炎熱之苦，平添羡慕，特寫寄此詩。按，葛天民有《荷葉浦中》，詩云：「却傍青蘆今夜宿，還思白石去年詩。」可見白石與朴翁素有交往。朴翁的隱居生活，自然會引起白石的神往。首聯平平而起，頷聯補足説明，將思緒引向「山中」。「水有秋容」一聯雖描繪的是自然景象，但頗富哲理。與自然界同理，人到了極其困頓之時，必然也會産生「避世」之心。發乎情，近乎理，寫給朴翁是非常貼切的。尾聯既指朴翁，也包括作者自己。彼此都不是「趨炎附勢」之人，因此就格外要留連於山光水色之中了。全詩寫得瀟灑多姿，造語雖平易，但清新俊逸，耐人玩味。

張平甫哀挽①

將軍家世出臞儒②，合上青雲作計疏③。吴下宅成花未種，湖邊地吉草新鉏④。空嗟過隙催人世，賴有提孩讀父書⑤。他日石羊芳草路⑥，弟兄來此一沾裾。

【箋注】

① 張平甫：張鑑，字平甫，南宋大將張俊之諸孫，居臨安。紹熙四年（1193）與白石結識，白石寓居杭州，主要依靠張鑑的接濟。嘉泰三年（1203）張鑑去世，白石就寫作這首七律表示了深沉的哀悼。

② 將軍家世：平甫乃南宋名將循王張俊之孫。臞儒：言平甫儒雅好文。《漢書·司馬相如傳》：「相如以爲列僊之儒，居山澤間，形容甚臞。」

③ 青雲：比喻高爵顯位。宋黄庭堅《次韻王定國》：「未生白髮猶堪酒，垂上青雲却佐州。」作計疏：失於謀劃，不善於爲個人營謀。宋袁説友《題胡待制平賊帖》：「誤國何人作計疏，滿朝元未識真儒。」此句是説本應青雲直上，可是平甫拙於自謀，未能身躋高位。

④ 「吴下」二句：是説平甫在吴下的新居剛剛落成，西湖邊選擇的吉地墓地就要啓用。吴下：指臨安，亦可指無錫一帶。張平甫在臨安、無錫都有宅第，此「吴下宅」當指其一。地吉：卜葬得吉地。唐張九齡《王府君墓誌銘》：「合如防墓，開此滕室。鶴吊人悲，龜言地吉。」

⑤ 「空嗟」二句：是説徒嘆光陰迅速，人生短暫，幸有幼兒能閲讀父輩的書籍。過隙：白駒過隙，

喻人生短暫。《史記・留侯世家》：「人生一世間，如白駒過隙。」提孩：即孩提，指幼兒，張平甫去世時子女尚年幼。《禮記・玉藻》：「父没而不能讀父之書，手澤存焉爾。」

⑥ 石羊：指墓邊設有之石馬、石羊等石獸。

⑦ 弟兄：指張平甫的兒子們。

【評　析】

按周密《齊東野語》載姜夔《自叙》云：「舊所依倚，惟有張兄平甫，其人甚賢，十年相處，情甚骨肉。而某亦竭誠盡力，憂樂關念。平甫念某困躓場屋，至欲輸資以拜爵，某辭謝不願。又欲割錫山之膏腴，以養其山林無用之身。惜乎平甫下世，今惘惘然若有所失。人生百年有幾，賓主如某與平甫者復有幾，撫事感慨，不能爲懷。平甫既歿，稚子甚幼，入其門則必爲之凄然，終日獨坐，逡巡而歸。思欲舍去，則念平甫垂絶之言，何忍言去，留而不去，則既無主人矣，其能久乎？」可見二人交誼甚篤。此詩發之以情，出語平實，垂涕道來，不作驚人之語，不作夸張之態，很細微得體地表達了對摯友的哀挽。

五言絶句

同潘德久作明妃詩〔一〕①

明妃未嫁時，滿宮妬蛾眉②。一朝辭玉陛③，人人淚雙垂。
年年心隨雁，日日穹廬中④。遥見沙上月，忽憶建章宫⑤。
身同漢使來⑥，不同漢使歸。雖爲胡中婦，只著漢家衣⑦。

【校　記】

〔一〕《名賢小集》本作「明妃詩」。

【箋　注】

① 潘德久：潘檉，字德久，號轉庵，白石故交。見前《和轉庵丹桂韻》。明妃：漢王昭君。《荆公詩集》李壁注：「《南匈奴傳》（《後漢書》）：『王昭君，南郡人。元帝以良家子選入掖庭。

時呼韓邪來朝，帝敕以宮女五人賜之。昭君入宮數歲，不得見御，積悲怨，乃請掖庭令求行。與匈奴生二子。」又，《文選》卷二十七晉石季倫《王明君詞序》：「王明君者，本是王昭君，以觸文帝諱改焉。匈奴盛，請婚於漢，元帝以後宮良家子昭君配焉。昔公主嫁烏孫，令琵琶馬上作樂，以慰其道路之思。其送明君，亦必爾也。其造新曲，多哀怨之聲，故叙之於紙云爾。」

②《離騷》：「衆女嫉余之蛾眉兮，謡諑謂余以善淫。」《文選》鄒陽《獄中上書自明》：「故女無美惡，入宮見妬。」

③玉陛：宮殿的臺階，此處指皇宮。

④穹廬：氈帳，遊牧民族住宿的帳篷。北朝《敕勒歌》：「天似穹廬，籠蓋四野。」

⑤建章宮：西漢宮殿名，在未央宮西、長安城外。

⑥漢使，這裏指護送明妃出嫁匈奴的使節。

⑦宋王安石《明妃曲》：「一去心知更不歸，可憐著盡漢宮衣。」

【評析】

此詩依夏氏《白石繫年》繫於紹熙元年，依陳氏《白石道人年譜》則繫於淳熙十五年。按，姜潘訂交，亦在是年。

此詩三章，寫漢明妃昭君遠嫁匈奴，身處異域，心懷幽怨，思念祖國的情景。第一首是寫明妃遠嫁後，宫中人的悔恨心情，實際是寫漢元帝悔恨，不該將明妃遠嫁。第二首是寫明妃思念祖國的憂傷心情。第三首是寫明妃身處異域的孤獨處境。這組絶句乃古體，平仄與近體五絶不同。孫玄常揭示其題外之旨曰：「前人咏明妃者多矣，歐陽修、王安石所作，惟以明妃遠嫁匈奴爲恨，深寓故國之思，殆爲陷虜臣妾而作，故拳拳君國乃爾。」

東堂聯句①

金風凉夜深，吹我蕭蕭髮②。趙雍和仲 起折丹桂枝，驚落花上月③。白石〔一〕

【校　記】

〔一〕名賢小集本爲「趙雍和仲白石」。

【箋　注】

①聯句：古代作詩的方式之一，即由兩人或多人共作一詩，聯結成篇。舊傳最早的聯句始於漢武帝

時的《柏梁臺詩》。《白石繫年》：「開禧二年丙寅（1206），五十二歲。南遊浙東，……秋至括蒼，作《登煙雨樓》《虞美人》詞。與處守趙雍《東堂聯句》。」陳思《白石道人年譜》亦繫於開禧二年，引《宋詩紀事》：「雍號竹潭，忠簡（趙鼎）後人。開禧間爲處州太守。」處州，今浙江省麗水市。東堂，似爲趙雍郡衙内廳堂。

②「金風」兩句，是趙雍所作，是説秋風在深夜吹動花白稀疏的頭髮。《文選》張景陽《雜詩》李善注：「西方爲秋而主金，故秋風曰金風也。」宋蘇軾《次韻狄大夫》詩：「華髮蕭蕭老遂良。」

③「起折」二句，是白石所作，是説起身折取一枝丹桂，花樹晃動，月色月影也零亂了。李時珍《本草綱目》：「其花有白者名銀桂，黄者名金桂，紅者名丹桂。」宋蘇軾《臨江仙·疾愈登望湖樓贈項長官》詞：「徘徊花上月，空度可憐宵。」

【評析】

這首聯句五絶描寫的是秋夜園林景況，玩其語意，東堂應在趙雍郡衙内。

與和甫、時甫分題畫卷，夔得《剡溪圖》①

枯槎啅乾鵲②，交臂失夫君③。奈此一尊酒，憑高空水雲④。

【箋　注】

①和甫、時甫都是千巖老人蕭德藻的子姪輩，是作者的内親。時甫時任池陽酒税。圖當寫王子猷訪戴安道事。《世説新語·任誕》：「王子猷居山陰，夜大雪，眠覺，開室，命酌酒。四望皎然，因起彷徨，咏左思《招隱詩》，忽憶戴安道。時戴在剡，即便夜乘小船就之。經宿方至，造門不前而返。人問其故，王曰：『吾本乘興而行，興盡而返，何必見戴？』」剡溪：水名，在浙江省曹娥江上游。

②「枯槎」句，是説戴安道聞鵲噪而知有人將至。枯槎，枯樹枝。啅，與「啄」通。唐杜甫《曲江陪鄭八丈南史飲》：「雀啅江頭黄柳花，鵁鶄鸂鶒滿晴沙。」乾鵲，即喜鵲。鵲不喜潮濕，故曰乾鵲。《本草綱目·鵲》：「性最惡濕，故謂之乾。」《西京雜記》卷三：「乾鵲噪而行人至，蜘蛛集而百事喜。」

③「交臂」句，是説（因喜鵲之噪鬧）把朋友鬧走了，使我失之交臂。《莊子·田子方》：「吾終

身與汝，交一臂而失之，可不哀與？」夫君，可訓爲此君，唐宋時常用稱朋友。唐孟浩然《遊精思觀回王白雲在後》詩：「衡門猶未掩，佇立望夫君。」此處「夫君」即指友人王白雲。

④「奈此」二句，是説一杯酒又能如何（銷愁）呢？登臨高處，只見流水白雲，一片空闊。《文選·蘇武〈贈李陵〉》詩：「我有一尊酒，欲以贈遠人。」宋王安石《桂枝香》詞：「千古憑高，對此漫嗟榮辱。」

【評　析】

此詩是爲題《剡溪圖》而寫的。白石見圖而聯想到晉代王子猷雪夜訪戴的故事，不由得懷念舊友，就此借題發揮，因而題詩。末兩句説安道欲持樽酒飧友，奈何子猷已返，惟憑高望水雲而已。這樣，題詩就緊扣畫面。

又，此首五絶，是平起式，首句不入韻。首句中第四字本應用仄聲，而用了平聲「乾」字，這種未合常格的句子，叫做拗句。如果不采取補救的辦法，就犯了「孤平」之大忌。於是深通音律的白石采取「拗救」，即把本應用平聲的第三字，改換用仄聲字「啅」，就立即得到了補救，讀來也順口了。

六言絶句

金神夜獵圖二首①

夜半金神羽獵②，奔走山川百靈③。雲氣旍旗來下④，颯然已入青冥⑤。
後宮嬋娟玉女⑥，自鞚八尺飛龍⑦。兩兩鳴鞭争導，緑雲斜墜春風⑧。

【箋　注】

①金神，即金天王，華岳之神。《太平御覽》引《龍魚河圖》：「西方華山君神，姓浩名鬱狩。」據《文物》1961年第6期肖七《李公麟的繪畫》謂《金神羽獵圖》即《西嶽降靈圖》李公麟畫本，摹本甚多。白石所見不知係真本還是摹本。

②羽獵，帝王出獵，士卒負箭相從。《文選·羽獵賦》吕向注：「羽，箭也，言使士卒負羽而獵也。」

③靈，即神。晉陸機《太山吟》：「幽塗延萬鬼，神房集百靈。」

④旍旗，即旌旗。宋黄庭堅《送范德孺知慶州》詩：「春風旍旗擁萬夫。」任注：「旍與旌同。唐李白《夢遊天姥吟留别》詩：『雲之君兮紛紛而來下。』」

⑤颯然，形容風聲。唐杜甫《秦州雜詩》詩：「溪風爲颯然。」青冥，青天。唐李白《夢遊天姥吟留别》詩：「青冥浩瀁不見底。」

⑥「後宫」句，是説金天王的宫殿内仙女體態妖嬈。《後漢書·張衡傳》注曰：「《詩含神霧》曰：『太華之山，上有明星玉女，主持玉漿，服之成仙。』」

⑦自鞚，控制馬。唐杜甫《麗人行》詩：「黄門飛鞚不動塵。」仇兆鰲注：「《通俗文》：『製馬口曰鞚。』」《周禮·夏官·廋人》：「馬八尺以上爲龍。」

⑧緑雲，形容仙女的頭髮。唐杜牧《阿房宫賦》：「緑雲擾擾，梳曉鬟也。」斜墜，言髮髻偏墜。應是古代婦女的一種髮式。

【評　析】

這兩首詩是白石的觀畫有感。其一是寫金神出行之威嚴，百靈奔走，雲旗紛紛，直入青冥。其二是寫金神後宫之華麗，玉女嬋娟，兩兩而出。這些描繪應視爲李公麟《金神羽獵圖》的再現。

次韻鴛鴦梅二首①

晴日小溪沙暖②，春夢憐渠頸交③。只怕笛聲驚散，費人月咏風嘲④。

漠漠江南烟雨⑤，于飛似報初春⑥。折過女郎山下⑦，料應愁殺佳人。

【箋注】

① 鴛鴦梅：《花木考》：「梅，一蒂雙實，名鴛鴦梅。」

② 唐杜甫《絶句》詩：「泥融飛燕子，沙暖睡鴛鴦。」

③ 頸交，即交頸，頸與頸相互依摩，雌雄動物之間的一種親昵表示。漢曹叡《猛虎行》：「上有雙棲鳥，交頸鳴相和。」

④ 月咏風嘲，原意吟風弄月，此種風月應指男女之情。唐白居易《將歸渭村先寄舍弟》：「咏月嘲風先要減，登山臨水亦宜稀。」

⑤ 漠漠，廣闊而沉寂。唐王維《積雨輞川莊作》詩：「漠漠水田飛白鷺，陰陰夏木囀黃鸝。」

⑥ 于飛，偕飛，喻（男女）同行或恩愛和合。于，語助詞。《詩經·周南·葛覃》：「黃鳥于飛，集于灌木，其鳴喈喈。」

⑦ 女郎山，白石有七絶《女郎山》一首，原注：「漢陽縣西二十里。」則此山在漢陽附近也。

【評　析】

鴛鴦梅，是一種并蒂梅，作者用作起興，這是一組情詩。其一是寫青春情事，「春夢憐渠頸交」，則二人已達到魚水和諧的境地。其二繼續描寫情事。末兩句是説她如果走過女郎山下，見到鴛鴦梅，應該會自憐生愁的。這樣就又照應了題目。又，白石有《女郎山》七絶，原注：「漢陽縣西二十里。」從而透露此詩或是描寫其早年情事，亦即三十二歲以前寓居江漢時之情事。

馬上值牧兒①

馬背何如牛背②，短衣落日空山。只麽身歸盤谷，未須名滿人間。

【箋　注】

① 值：遇到。

② 「馬背」句：是説牧兒騎馬風塵僕僕，不如騎牛者之悠閑自得。

③只麽，張相《詩詞曲語辭匯釋》釋爲「衹如此」，唐宋俗語也。宋黄庭堅《寄杜家父》：「閑情欲被春將去，鳥唤花驚只麽回。」盤谷，此處代指歸隱之地。按，唐韓愈有《盧郎中雲夫寄示送盤谷子詩二章歌以和之》，孫汝聽注云：「盤谷在孟州濟源縣，太行山之南。李愿居之，因號盤谷子。」

【評　析】

乍遇牧兒，見他短衣騎牛在空山，突出的印象就是忙碌。作者以此生發，由人及己，設想如果身歸盤谷，那就能真正地悠閑此生了。

七言絶句

過湘陰寄千巖①

渺渺臨風思美人②，荻花楓葉帶離聲③。夜深吹笛移船去，三十六灣秋月明④。

【箋　注】

① 湘陰：湖南縣名，現屬岳陽。千巖，蕭德藻，號千巖老人，見前《待千巖》注。

② 《楚辭·湘夫人》：「帝子降兮北渚，目眇眇兮愁予。」《少司命》：「望美人兮未來，臨風怳兮浩歌。」

③ 唐白居易《琵琶行》：「楓葉荻花秋瑟瑟。」

④ 三十六灣，三十六，言其多也。前《昔遊詩》有「滄灣三十六」之句。

【評　析】

夏師《白石繫年》云：「淳熙十三年丙午（1186），三十二歲。……七月既望，與楊聲伯，趙景魯、景望，蕭何父、裕父、時父、恭父，大舟浮湘，作《湘月》《待千巖》五古、《過湘陰寄千巖》七絶，皆秋景，當此時作。」

按，夏師有誤。此詩乃唐人許渾作，題爲《三十六灣》，見《全唐詩》卷五三一。湘陰亦無三十六灣地名。顯係刊刻白石詩集時誤入。

雁圖①

萬里晴沙夕照西，此心唯有斷雲知②。年年數盡秋風字，想見江南摇落時③。

【箋　注】

① 雁圖：畫有飛雁的圖畫。

② 白石詞《鷓鴣天・十六夜出》：「鼓聲漸遠遊人散，惆悵歸來有月知。」《驀山溪・題錢氏溪月》：「百年心事，惟有玉蘭知。」以上與此句同一機杼，即心事不便人知也，亦即夏師所謂「孤

往之懷，有不見諒於人而婉轉不能自已」。斷雲，片雲。唐杜甫《雨》詩：「微雨不滑道，斷雲疎復行。」

③ 搖落，草木凋零，殘破的樣子。《楚辭·九辯》：「悲哉秋之爲氣也，蕭瑟兮草木搖落而變衰。」

【評析】

此詩是白石借咏雁圖，以寄託傷國情懷。此詩首句明是寫景，但在景中寓情，暗寓自己對「夕照西」的南宋偏安局勢的無限傷感。實際自宋高宗建炎三年（1129）金人初犯揚州以後，連續在紹興三十一年（1161）、宋孝宗隆興二年（1164），淮南一帶皆受到金人騷擾侵犯，江南已是一片殘破的景象了。第三句一轉，寫秋空雁字，同時也是扣題，結尾寫江南殘破，揭示主題。全詩寫得婉轉含蓄，讀來韻味淒然。

除夜自石湖歸苕溪①

細草穿沙雪半銷②，吴宮烟冷水迢迢③。梅花竹裏無人見，一夜吹香過石橋④。

【箋注】

① 夏師《白石繫年》云：「紹熙二年辛亥（1191），自石湖歸湖州，成十絶句。」按，是年冬，白石載雪詣范石湖於蘇州，止月餘，白石爲作《暗香》《疏影》二詞，成大以青衣小紅贈之，除夕歸，成此十絶句。另有《過垂虹》一詩，亦自石湖歸途中所作也。范成大見前《雪中訪石湖》注。錢鍾書注曰：「石湖是蘇州和吴江之間的風景區，范成大的别墅所在；苕溪指湖州，姜夔住家所在。」又，這組詩曾録寄誠齋楊萬里，得報云：「所寄十詩，有裁雲縫霧之妙思，敲金戛玉之奇聲。」

② 細草穿沙：小草已穿過地面，露出頭來。沙，指有碎石子之沙地。

③「吴宫」句：是説船過冷烟瀰漫的吴宫遺址，只見河水遠遠地流去。蘇州是春秋時吴國王宫所在之地，此曰吴宫，遺址也。

④「梅花」二句，是説梅花開放在竹叢中，無人看見。這一夜船過垂虹橋，却不斷聞到幽香。范祖禹《范太史集》卷二：「黄魯直示千葉黄梅，余因憶蜀中冬月山行，江上聞香而不見花。此真梅也。」

【評析】

此首是組詩其一，寫旅途即景。前兩句寫遠景，首句巧妙地點出時令，次句寫歸。詩人乃落拓遊子，身世飄零之感隨處觸發，這是詩人的境遇和性格所形成的一種淡泊、幽冷的個性在詩中的自然流露。後兩句寫近景。「梅花竹裹」明狀梅而又不質實，「無人見」足見境界清幽。「一夜吹香」暗寫梅，極得風神縹渺之致。劉熙載《藝概》云：「姜白石詞幽韻冷香，令人挹之無盡，擬諸形容，在樂則琴，在花則梅也。」此詩也是如此。

美人臺上昔歡娛①，今日空臺望五湖②。殘雪未融青草死，苦無麋鹿過姑蘇③。

【箋注】

① 美人臺，指姑蘇臺。《太平廣記》卷二百三十六引《述異記》：「吴王夫差築姑蘇臺，三年乃成，周環詰屈，横亘五里，崇飾土木，殫耗人力，宫妓千人，别立春霄宫爲長夜飲，造千石酒鍾。又作大池，池中造青龍舟，陳妓樂，日與西施爲水戲。」

② 五湖，亦即太湖。《史記·河渠書》：「於吴，則通渠三江、五湖。」《集解》：「韋昭曰：『五湖，湖名耳，實一湖，今太湖是也，在吴西南。』」

③《史記·淮南衡山列傳》：「臣聞子胥諫吳王，吳王不用，乃曰：『臣今見麋鹿遊姑蘇之臺也。』」

【評析】

蘇州有不少古吳國的遺迹，吳王夫差當年曾在姑蘇臺恣意享樂，放鬆對敵國的警惕，終於導致亡國破家。白石此詩即景懷古，想起了伍子胥對夫差的諫告，藉弔遺迹感慨統治者的荒淫誤國。又，此詩與第一首詩是相關聯的。「殘雪未融」是「雪半銷」的繼續描狀。一寫未消，一寫消而未盡。亦即春雖回而猶寒，未能改變漂泊的身世和寒苦的生涯。

黃帽傳呼睡不成，①投篙細細激〔一〕流冰②。分明舊泊江南岸，舟尾春風颭客燈。

【校記】

〔一〕激，四庫本注曰一作「擊」。

【箋　注】

①黄帽，古代船夫都戴黄色帽子，此指船夫。《漢書·鄧通傳》：「通以濯船爲黄頭郎。」注：「濯船，能持濯行船也。土勝水，其色黄，故刺船之郎皆着黄帽，因號黄頭郎也。」傳呼，喊話打招呼。

②「投篙」句，是説船夫把船篙撑進河裏，仔細地打動了飄流的碎冰塊。

③颭，吹動。《説文》：「颭，風吹浪動也，從風占聲。」唐柳宗元《登柳州城樓》詩：「秋風亂颭芙蓉水。」

【評　析】

此詩乃白石記述此次旅途中的感受，並表述前所未有的歡樂心情。和以往行走這條水路不同，因身邊多了一個小紅作伴，使他已無寂寞之感。這同時也反映出，長期奔走江湖之人，是何等凄凉而辛酸！又末句「舟尾春風颭客燈」，略去了「客燈」之下之情景，亦即在船中與小紅的歡樂情景，轉移了目標，留給讀者去領會。詩意藴藉，筆調清空。

千門列炬散林鵶①，兒女相思未到家。應是不眠非守歲②，小窗春意〔一〕入燈花③。

【校記】

〔一〕春意，四庫本、名賢小集本均作「春色」。

【箋注】

①列炬，陳列蠟燭。唐杜甫《杜位宅守歲》詩：「盍簪喧櫪馬，列炬散林鴉。」

②守歲：我國傳統的習俗，除夕闔家歡樂，圍爐團坐，達旦不眠。宋孟元老《東京夢華録·除夕》：「是夜，禁中爆竹山呼，聲聞於外，士庶之家，圍爐團坐，達旦不寐，謂之守歲。」宋蘇軾《除夜野宿常州城外》詩：「病眼不眠非守歲，鄉音無伴苦思歸。」

③燈花，燈芯燒結成花穗。《西京雜記》：「陸賈言，燈火花，得錢財。」

【評析】

此詩蓋從徐陵《關山月》「思婦高樓上，當窗應未眠」及杜甫《月夜》翻出，不言己之思家，却在歸途中想象千家萬户燈火輝煌的除夕之夜，家中的親人大約正在爲思念自己而不能入眠。自遠處落筆，寫家人之念己，則思歸之切，已溢於言外矣。

三生定是陸天隨①，又向〔一〕吴松作客歸②。已拚新年舟上過，倩人和雪洗征衣。

【校　記】

〔一〕又向，名賢小集本作「只向」。

【箋　注】

①三生：舊説前生、今生、來生爲三生，這裏指前生。《樹萱録》：「有省郎遊華寺，夢至碧巖下。一老僧前有爐香，煙穗極微。僧曰：『此是檀越結願香，香煙存而檀越已三生矣。』」唐白居易《贈張處韋山人》：「世説三生如不謬，共疑巢許是前身。」陸天隨：唐陸龜蒙，字魯望，蘇州人，不喜與流俗交，常扁舟掛席，往來太湖間，自稱江湖散人，又號天隨子及甫里先生。嘗舉進士不第，以高士終。爲詩清麗，皮日休以爲「天地之氣」；楊萬里有《讀〈笠澤叢書〉》三絶句，頌賞不已。白石詩頗受其影響，於詩詞中頗提及。《三高祠》云：「沈思只羨天隨子，蓑笠寒江過一生。」《點絳唇》云：「第四橋邊，擬共天隨住。」楊萬里嘗以陸天隨比白石。白石《自叙》云：「待制楊公以爲於文無所不工，甚似陸天隨。」

②吴松：即吴淞江，爲太湖支流之最大者。在太湖下流，一名笠津。此爲白石歸徑。

③倩，請人代做的意思。征衣，出外遠行時所穿的衣服。宋戴復古《夜宿田家》：「笠相隨走路歧，一春不换舊征衣。」

【評　析】

此詩寫舟上小景，寓飄零身世於悠然超脱的意態之中，拓開了詩人另一種思想境界。首兩句寫「歸」。起句「定是」兩字，寄寓了天涯飄泊之感。而正是這一點，與陸龜蒙的浪迹江湖甚爲相似。後兩句寫實。「已拚」兩字一轉，既已爲天隨後身，浪迹江湖已成定局，則舟上過年倒也蕭閑。結句畫面生動，情趣盎然。請人和雪洗去僕僕征塵，一種自適之趣溢於言表，一絲淡淡的哀愁亦從中透露而出。

沙尾風迴一棹寒①，椒花今夕不登盤②。百年草草都如此③，自琢春詞剪燭看。

【箋　注】

①沙尾：河岸沙灘邊沿處。唐杜甫《春水》詩：「朝來没沙尾，碧色動柴門。」

②椒花，椒之花，可泡酒，古代爲新春所供之物。《荆楚歲時記》：「正月一日是三元之日也，長

幼悉正衣冠以次拜賀，進椒柏酒。」唐杜甫《杜位宅守歲》詩：「守歲阿戎家，椒盤已頌花。」宋蘇軾《元日過丹陽明日立春寄魯元翰》詩：「堆盤紅縷細茵陳，巧與椒花兩鬭新。」白石《鷓鴣天·丁巳元日》亦云：「柏緑椒紅事事新。」

③草草，簡陋、奔忙的意思。

【評析】

歡樂的除夕之夜，白石却一個人在船上漂流，不能與家人團聚一堂共進辭歲酒，十分岑寂無聊，伴隨着他的只是一支孤獨的詩筆。於是，他只好「自琢春詞」以自慰，以排遣愁悶。全詩寫得一氣呵成，珠聯玉貫，但意緒却是極爲凄婉的。

笠澤茫茫雁影微①，玉峰重疊護雲衣②。長橋寂寞春寒夜③，只有詩人一舸歸④。

【箋注】

①笠澤，即太湖。唐徐堅《初學記》卷七引《揚州記》：「太湖一名震澤，一名笠澤，一名洞庭。」

②玉峰，錢鍾書謂即崑山，誤。按西洞庭山又名玉山或夫椒山，在蘇州（吴興）太湖中。護雲衣，形容太湖諸峰爲雲霧繚繞。《楚辭·東君》：「青雲衣兮白霓裳。」

③長橋，指垂虹橋。夏師《白石詞箋》卷四《慶宫春》引《吴郡圖經續志》（中）：「吴江利往橋，慶曆八年縣尉王廷堅所建也。東西千餘尺，用木萬計，縈以修闌，甃以凈甓。前臨具區，横截松陵。河光海氣，蕩漾一色。乃三吴之絶景也。……橋有亭曰垂虹。蘇子美嘗有詩云：『長橋跨空古未有，大亭壓浪勢亦豪。』非虚語也。」

④唐杜牧《杜秋娘》詩：「西子下姑蘇，一舸逐鴟夷。」按白石《慶宫春》詞自序：「紹熙辛亥除夕，予别石湖歸吴興，雪後夜過垂虹，嘗賦詩云『笠澤茫茫』……」白石此行載小紅同歸，故化杜牧詩句，隱然以鴟夷載西子自比。

【評析】

這是一幅空濛澹遠、清曠寂寥的冬夜行舟圖。首兩句寫望中景。縱目太湖，極具縹緲孤凄之致，意在筆先，確是「以實爲虚，化景物爲情思」（范晞文《對床夜語》）。茫茫太湖之上一點雁影，與詩人孤舟而歸的漂泊之情正相契合。後兩句寫近景。末句不着聲色，以景結情，收到無聲勝有聲的藝術效果。前面所有水、雁、雲、山、橋等分散的物象，都以「歸舟」貫穿成章，意與象合，具見其慘淡匠心。

桑間篝火却宜蠶，風土相傳我未諳①。但得明年少行役②，只裁〔一〕白紵作春衫③。

【校　記】

〔一〕自裁，四庫本作「衹裁」。

【箋　注】

①「桑間」二句，是説在野外桑林中燃起篝火能促使桑樹發芽生長，有利於養蠶；對於流傳下來的這種習俗，我還不大熟悉。篝火：在野外燃起的一堆一堆的柴火。孫玄常《箋注》云：「除夕於桑間置篝火，今吳俗未聞，待考。聞河東舊俗每於除夕持燈籠行棗林間，念念有詞，祝棗獲豐收。疑『桑間篝火』近此風俗。」

②行役，指奔走外地。晉陶淵明《從都還阻風於規林》詩：「自古嘆行役，我今始知之。」

③白紵：用紵麻織成的白布。唐柳宗元《同劉二十八院長述舊言……》：「春衫裁白紵，朝帽掛烏紗。」

【評析】

白石看到江南蠶農遍地篝火，傾力於采桑養蠶的勤勞風習，不禁心生欣慕。從而感到衹求能夠生活安定，寧可終老布衣，做個普通平民，也不願再過無窮無盡的羈旅生涯了。

少小知名翰墨場①，十年心事只凄涼②。舊時曾作梅花賦③，研墨於今亦自香。

【箋注】

① 翰墨場：筆墨場所，指文壇。《文選》謝宣遠《張子房》詩：「濟濟屬車士，粲粲翰墨場。」宋黃庭堅《病起荊江亭即事》詩：「翰墨場中老伏波。」

② 十年心事：按白石從蕭德藻學詩在淳熙八年（1181），又見石湖，至紹熙二年（1191）恰已十年。此十年間，白石雖負文名於士林，但未得功名，且浪迹江湖，故有凄涼之感。

③ 白石詩詞中咏梅之作甚多，如《一萼梅》《小重山令》《夜行船》《暗香》《疏影》等，不必拘泥於是否有作品題爲「梅花賦」。

【評析】

此詩作者撫躬自傷，表述了自己懷才不遇的情懷。前兩句回顧自己十年來馳騁文壇的經歷，第三句並非拘泥於梅花之作，而是泛指自己是一個品格高尚、具有才華之人，時至今日，才華依舊，豪情也不減當年，從而反襯出凄凉心事的由來。

環玦隨波冷未銷①，古苔留雪臥墻腰②。誰家玉笛吹春怨，看見鵝黄上柳條。

【箋注】

① 環玦：古人身上帶的珮玉，圓形的叫環，環形而有缺口的叫玦。此處疑指河邊水上的零碎冰凌。

② 「古苔」句，是説積年的青苔沾滿冰雪蜷伏在墻的坑凹處。

③ 「誰家」兩句，是説誰家在吹玉笛，散出傷春怨恨之聲？這是因爲看見楊柳枝上已生出嬌美的黄色嫩芽的緣故吧！唐李白《春夜洛城聞笛》詩：「誰家玉笛暗飛聲，散入春風滿洛城。」宋王安石《南浦》詩：「含風鴨緑粼粼起，弄日鵝黄裊裊垂。」

【評析】

除夕之夜，天涯羈旅，雖然寒氣襲人、殘雪未銷，但楊柳已經萌出新芽，透露了春意，春光是宜人的。而恰好在這時候，遠遠地又傳來婉轉的笛聲，這也最易撩動人的春愁和幽怨。這首小詩就反映了敏感的詩人所觸發的春前的情思。此外，末兩句化用李白與王安石的詩意，了無痕迹，表現了白石駕馭語言的功力。

臨安旅邸答蘇虞叟①

垂楊風雨小樓寒，宋玉秋詞不忍看②。萬里青山無處隱，可憐投老客長安③。

【箋注】

① 旅邸：旅館。嘉泰四年（1204）春，臨安發生一場火災，燒燬兩千多家居民房屋，白石的寓所也被焚燬，此後白石只好移到旅館暫住。蘇虞叟，浙江紹興人，白石友人。

② 宋玉秋詞，指悲秋之詞。按宋玉《九辯》首章：「悲哉秋之爲氣也，蕭瑟兮草木摇落而變衰。」

③ 投老，垂老。晉王羲之《十七帖》：「實望投老，得盡田園骨肉之歡。」宋王安石《觀湖州圖》：

「投老心情非復昔，當時山水故依然。」客長安，指自己旅居臨安。宋蘇軾《沁園春・孤館燈青》：「當時共客長安，似二陸初來俱少年。」

【評　析】

這首七絕寫於臨安旅舍，可視爲當時社會生活的實録。末二句説，青山廣大得很，可是没有我隱居的處所；可憐我垂老之年還飄泊在京城。寫出了寓所被焚後，詩人無處安身的困窘處境和栖身旅邸的清苦况味。

姑蘇懷古①

夜暗歸雲繞柁牙②，江涵星影鷺眠沙③。行人悵望蘇臺柳，曾與吴王掃落花。

【箋　注】

① 淳熙十四年（1187）白石依蕭德藻客居湖州，當年初夏曾赴蘇州謁見范成大，這首七絕即爲遊蘇州時所作。

②柁，同舵。牙，牙檣。柁牙，亦即突出在船尾懸着的舵，因形狀似牙，故曰柁牙。

③江涵星影，滿天星光映如江流。涵，包容意。唐杜牧《九日齊山登高》：「江涵秋影雁初飛。」

④掃落花，是説柳條輕撫落花。

【評析】

這是白石一首著名的七絶。《樂府紀聞》云：「鄱陽姜堯章流寓吴興。嘗暇日遊金閶，徘徊吊古，賦《柳枝詞》，有『行人悵望蘇臺柳，曾與吴王掃落花』之句，楊誠齋極喜誦之。蕭東夫尤愛其詞，以其兄之子妻焉。」太凡懷古詩，往往起句破題，直抒古今盛衰之感，此詩却起筆以恬淡景語出之，别具一格。首句一個「繞」字，便覺歸雲之飛動。而此句寫動，次句寫静，動静相形，充滿畫意。第三句一轉，「悵望」兩字將全篇約束在「懷古」之思上，引入正題。詩人見「蘇臺柳」而觸景生情，身處南宋末世，國勢衰微之感油然而起。結句道盡了千餘年來「蘇臺」的滄桑，懷古傷今，饒有遠韻。

次韻德久①

籬落青青花倒垂，避人黄鳥雨中飛②。西郊寂寞無車馬③，時有溪童賣菜歸。

【箋　注】

①潘檉，字德久，永嘉人，仕閤門舍人，授福建兵馬鈐轄。詳見前《和轉庵丹桂韻》注。

②《詩經·小雅·緜蠻》：「緜蠻黃鳥，止于丘阿。」《方言》：「鸝黃，自關而東謂之鶬鶊，自關而西謂之鸝黃，或謂之黃鳥，或謂之楚雀。」

③孫玄常《箋注》曰：「按此詩所詠，似是吴興西郊，故寂寞冷落如此。若臨安城西，正是西湖，當是遊人甚盛，未必寂寞至此。疑此詩乃淳熙末寓吴興白石洞天時所作。」

【評　析】

夔隱居在吴興白石洞天，以致潘德久贈之以白石道人的稱號，可見其氣質與白石洞天的環境是相合的。此詩描寫了春夏時節的景致，充滿了野趣。籬落上花已倒垂，説明花成熟了亦無人采摘。郊野闃無車馬，偶有出現者，賣菜歸來的溪童而已。以動寫静，而尤静矣。

次石湖《書扇》韻①

橋西一曲水通村，岸閣浮萍緑有痕。家住石湖人不到②，藕花多處別開門③。

【箋注】

①石湖，范成大，見前注。按，白石淳熙十四年初識成大，紹熙四年成大卒，此詩當作於此五六年間。范成大的《書扇》詩，不見於今本《石湖集》，可能已經佚失。

②家，指范成大之石湖別墅。按，楊萬里《石湖集·序》：「公之別墅曰石湖。山水之勝，東南絶境也。壽皇嘗爲書兩大字以揭之，故號石湖居士云。」

③藕花，即蓮花。宋王安石《戲贈段約之》：「竹柏相望數十楹，藕花多處復開亭。」

【評析】

此詩不僅描繪了一幅精雅、清幽的石湖圖卷，而且傳達出畫筆難於表現的情韻。首句是説造訪石湖是乘船而來。次句「岸閣浮萍緑有痕」，是説憑緑萍辨認出別墅的方位。第三句一轉，帶出「藕花多處」的別墅，不僅是説別墅之遠絶煩囂，實亦是對主人范成大品格的稱頌。范成大以廊廟之才，落職而退隱江湖，操守清介，志在遂初，此詩寫景即寫人，不僅寫出了石湖的山水之勝，而且寫出了主人的雅人深致。

竹友，爲徐南卿作①

髮已星星帶已寬②，徐卿猶自客長安。家山竹好無由看③，漫種庭心一兩竿。
世路蒼黄總是愁④，暮年須得小優游⑤。如今漸覺知心少，賸種青青伴白頭。

【箋　注】

① 竹友，竹友軒，友人徐南卿的居室名。徐南卿，事迹不詳。查陳造有《次姜堯章贈詩卷中韻》，起句云：「徐郎巢已焚，庭竹亦無在。」陳造還有《次堯章餞南卿韻二首》。

② 星星，形容鬢髮花白。南朝宋謝靈運《遊南亭》詩：「戚戚感物嘆，星星白髮垂。」帶已寬，形容身體消瘦。宋蘇軾《蝶戀花·昨夜秋風來萬里》：「衣帶漸寬無别意，新書報我添憔悴。」

③《世説新語·簡傲》：「王子猷嘗行過吴中，見一士大夫家極有好竹，主已知子猷當往，乃灑掃施設，在聽事坐相待。王肩輿徑造竹下，諷嘯良久，主已失望，猶冀還當通，遂直欲出門。主人大不堪，便令左右閉門不聽出。王更以此賞主人，乃留坐，盡歡而去。」

④ 世路蒼黄：世途變幻無常。南北朝孔稚珪《北山移文》：「終始參差，蒼黄翻覆。淚翟子之悲，慟朱公之哭。」李善注：「蒼黄翻覆，素絲也。……墨子見練絲而泣之，爲其可以黄，可以黑。」

⑤優遊，閑暇自得。三國魏嵇康《贈秀才入軍》詩：「俛仰慷慨，優遊容與。」

【評析】

陳思《白石道人年譜》云：「淳熙十六年己酉，……遊行都，受知於樓攻媿、葉水心，爲徐南卿作『竹友』詩，又餞其南歸。」知這兩首絶句是白石在臨安爲題徐南卿的竹友軒而作。徐南卿湖海飄零，久客外鄉，年事漸高而生計窘迫，題詩反映了這位友人清苦潦倒的身世，字裏行間滲透了對這位不得志的知識分子的同情。

壽朴翁①

與師同月不同年，歸墨歸儒各自緣②。想得山中無壽酒，但携茶到菊花前。

【箋注】

①朴翁：葛天民，字朴翁，白石友人，詳見前五古《夏日寄朴翁》。按，白石與葛氏交情甚深，詩集有五律《同朴翁登卧龍山》、七律《乍涼寄朴翁》、五古《夏日寄朴翁》、七絶《武康丞宅同

朴翁咏牽牛》《同朴翁過浄林廣福院》等作。

② 朴翁曾爲僧，後又還俗，故有此句。《孟子·盡心下》：「逃墨必歸於楊，逃楊必歸於墨。」

湖上寓居雜咏①

荷葉披披一浦凉②，青蘆奕奕夜吟商③。平生最識江湖味，聽得秋聲憶故鄉。

【箋注】

① 夏師《白石繫年》：「慶元六年庚申（1200），四十六歲。寓西湖，作《湖上寓居雜咏》。詩無甲子，此依姜《譜》，不知何據。按第八首『囊封萬字總空言，露滴桐枝欲斷絃』句，知在論大樂考琴瑟之後。」竊以爲這組詩共十四首，要當不寫於一時，「湖上寓居」乃共同題材也。

② 披披，形容分散的樣子。《楚辭·九歌·大司命》：「靈衣兮被被。」被、批古字通用。

③ 青蘆，即青蘆葦。奕奕，形容憂愁的樣子。《詩經·小雅·頍弁》：「未見君子，憂心奕奕。」商，是古代五音之一，在四季中爲秋。《白虎通》卷上：「秋之爲言愁亡也。其位西方，其色白，其音商。」

【評　析】

六七月的西湖是一片荷花世界。然而詩人之意不在花上，却在葉邊，別具深致。「一浦凉」暗寫風，著一「凉」字，表明無限秋思。第三句一轉。「平生最識江湖味」，就是説一生漂泊江湖，嘗盡辛酸滋味，因此「聽得秋聲」，便頓生思鄉之情了。作者借「憶故鄉」表達出無限愁懷。由於懷才不遇，有志難酬，有家難歸，祇落個空「憶」而已！這完全是作者在政治上失意以後所發出的哀吟，讀來十分悲切。

湖上風恬月澹時①，卧看雲影入玻瓈②。輕舟忽向窗邊過，〔一〕摇動青蘆一兩枝。

【校　記】

〔一〕窗邊，《名賢小集》作「窗前」。

【箋　注】

① 恬，安静。唐宋之問《洞庭湖》詩：「風恬魚自躍，雲夕雁相呼。」

② 玻瓈，即玻璃，形容水面平滑。宋梅堯臣《和永叔見寄》：「何時與公去潁尾，湖水漫漫如玻

璆。」

【評　析】

此詩抒寫西湖的静態美，寄寓詩人向往自然、追求寧静的心境。首二句着意寫静。「卧看」二字則道出詩人的神態。後二句寓静於動，以「忽」「過」二字，舟行輕疾之狀畢現。動静相襯，各極其妙，白石才思可謂精細深美。

秋風低結亂山愁①，千頃銀波凝不流。堤畔畫船堤上馬②，緑楊風裏兩悠悠。

【箋　注】

①亂山，高低不齊之山。唐賈島《經蘇秦墓》：「亂山秋盡有寒雲。」宋王安石《江山》詩：「離情被横笛，吹過亂山東。」

②西湖多堤，孤山有蘇公堤、趙公堤、楊公堤，錢塘門外有白公堤。南渡後，堤橋成市，歌舞酒肆，走馬遊船，達旦不息。

【評　析】

此詩寫西湖盛况。末二句寫湖裏畫船如織，堤上走馬揚塵，逸興悠悠，然而與第一句「秋風低結亂山愁」却嫌格格不入。竊以爲，第一句乃寫作者心境，末二句乃描摹世態也。

處處虚堂望眼寬①，荷花荷葉過闌干。遊人去後無歌鼓，白水青山生晚寒②。

【箋　注】

① 虚堂：空堂。宋呂本中《紫薇詩話》引呂希哲詩：「竹床瓦枕虚堂上，卧看江南雨外山。」

② 白水清山：澄清的水、青翠的山。唐杜甫《寄常徵君》詩：「白水青山空復春，徵君晚節傍風塵。」

【評　析】

此詩寫西湖夜深的清寂景象：遊人散盡，歌管消散，闌干外荷花一望無際，湖山送來一派寒意，爽氣襲人。

輦路垂楊兩行栽①，苑門秋水欲平階。朝朝南望宮雲起，白鳥一雙山下來。②

【箋注】

①《廣韻》云：「輦，人步輓車也。」輦路，即宮中車道。

②白鳥，白色羽毛的類，如鳥類、鶴之類。宋陸游《湖上》：「莫恨幽情無與共，一雙白鷺導吾前。」

【評析】

臨安（杭州）在南宋時是國都，南宋朝廷搬遷到臨安後大肆營造宮苑。因此，寓居西湖縱目所及，也能感受到皇家氣息。詩中「輦路」「苑門」「宮雲」云云，都應視爲寓居湖上的實録。

微波銜得緑萍開，數點青青黏石階。緑葑自來還自去①，來時須載白鷗來。

【箋注】

①葑，即菰草，生於陂澤之中，根盤結，故名葑。菰結實如米，叫菰米，可以爲飯充飢。

【評　析】

此詩是白石感嘆自己漂泊的身世、厭倦羈旅生活而作。詩的前兩句，是自比無根的浮萍，漂泊無定。「黏石階」則透露出實在已無力再漂浮了。詩的後兩句，是希望能像菰草扎根水中，安定下來。最後，期望與白鷗結爲盟友，自由自在，不爲世事所牽累和煩惱。全詩的基調是淡淡的哀傷。

布衣何用揖王公①，歸向蘆根濯軟紅②。自覺此心無一事，小魚跳出綠萍中。

【箋　注】

① 布衣，指没有做過官的人，亦即老百姓。《荀子·大略》：「古之賢人，賤爲布衣，貧爲匹夫。」

② 軟紅：紅塵，指俗世的繁華熱鬧。宋蘇軾《次韻蔣穎叔錢穆父從駕景靈宫》詩：「半白不羞垂領髮，軟紅猶戀屬車塵。」自注云：「前輩戲語，有西湖風月不如東華軟紅香土。」

【評　析】

此詩首句，開門見山表達出不願奉承權貴，但又迫於生活，不得不與權貴接近的心情。反映出内心的矛盾，和沉重的難言之隱。這應該與其進《大樂議》、上《聖宋鐃歌》遭受冷遇有關。第二句「軟紅」二字意涉雙關，運用得很妙，與末句中的「緑萍」在色彩上交相輝映，光彩奪目，再加上小魚跳水，便形成了一幅生動優美的畫面，不僅抒發了作者的感情，而且還給予讀者高度的美的享受。

囊封〔一〕萬字總空言①，露滴桐枝欲斷弦②。時事悠悠吾亦懶，卧看秋水浸山烟。

【校　記】

〔一〕囊封，《名賢小集》本作「囊空」。

【箋　注】

① 囊，盛物的器具。《文心雕龍·奏啓》：「自漢置八儀，密奏陰陽，皂囊封板，故曰封事。」此「囊封萬字」指白石在慶元三年上書論雅樂事，因議不行，故曰「總空言」。

② 「露滴」句，是慨嘆缺少知音。《世説新語·賞譽》：「於時清露晨流，新桐初引。」白石則由桐枝而及琴，由琴而及弦絶。宋黄庭堅《放言》：「匣中緑綺琴，欲撫已絶弦。問弦何時絶，鍾期謝世年。」

【評　析】

此詩是組詩的第八首。首句寫上書論雅樂事，因議不行，他感到毫無價值了。緊承第二句，用「斷弦」來形容知音稀少，這顯然是詩人的心情已十分凄楚。最後兩句拓開寫景，是當他感到投身仕進已到了絶望之時，冀求脱離現實生活的心情，也就油然而生了。

苑墻曲曲柳冥冥①，人靜山空見一燈②。荷葉似雲香不斷，小船摇曳入西陵③。

【箋　注】

① 苑墻，湖濱園林的花墻。冥冥，幽深。唐韋應物《長安遇馮著》詩：「冥冥花正開，颺颺燕新乳。」

② 據陳思《白石道人年譜》引周密《癸辛雜識》：「西湖四聖觀前，每至昏後，有一燈浮水上，其色青紅。自施食亭南至西陵橋復回。風雨中光愈盛，月明則稍淡。雷電之時，則與雷電争光閃爍。金一之所居在積慶山巔，每夕觀之無少差。凡看三十餘年矣。」以上雖涉神怪，但是是「一燈」的掌故。

③ 西陵，西陵橋，又名西泠橋，在孤山附近。

【評　析】

此詩寫西湖夜景十分迷人，苑墻曲折，柳樹幽闇，山空人静，一燈閃爍。在無邊的荷花叢中傳來的陣陣幽香中，忽有一隻小船摇曳而過，頓時打破了湖面的沉寂。

處士風流不並時①，移家相近若依依②。夜涼一舸孤山下，林黑草深螢火飛。

【箋　注】

① 處士，謂林和靖。《宋詩紀事》：「林逋，字君復，錢塘人。隱西湖之孤山。真宗聞其名，賜粟帛，詔長吏歲時勞問。卒，賜謚和靖先生。」按林逋終身不仕不娶，惟喜植梅養鶴，自謂「以梅爲妻，以鶴爲子」，人稱「梅妻鶴子」。

② 細玩句意，知白石寓所當在西泠橋附近或在葛嶺下，離孤山甚近。

【評　析】

林逋終生不仕不娶，「梅妻鶴子」，是個真正的隱士，既然寓所住近孤山，與林逋當年的隱居點相鄰，當然「依依」之感油然而生。後兩句寫景，充滿了野趣，與林逋的人格、操守相合。

臥榻看山緑漲天①，角門長泊釣魚船②。而今漸欲拋塵事，未了菟裘一悵然③。

【箋注】

①緑漲天：葱蘢翠緑的山巒仿佛與遠天相接。宋趙令畤《浣溪沙·槐柳春餘緑漲天》：「槐柳春餘緑漲天，酒旗高插夕陽邊。」

②角門：正門左右側之門。宋王安石《省中沈文通廳事》：「竹上秋風吹網絲，角門長閉吏人稀。」

③未了，没有找到。菟裘，古地名，在今山東泰安南樓德鎮。《左傳·隱公十一年》記魯隱公語，有「使營菟裘，吾將老焉」的話。後以菟裘代指老年退休的處所。唐白居易《池上作》詩：「菟裘不聞有泉沼，西河亦恐無雲林。」

【評析】

白石徜徉於杭州的湖光山色中，景物宜人，岸邊的漁舟不禁引起了他引身遠遁的念頭，可是湖海茫茫，哪有他的安身立命之地！此詩就流露了詩人無地終老的悵惘之感。

鈎窗不忍見南山①，下有三雛骨未寒②。惆悵古今同此味，二陵風雨晉師還③。

【箋　注】

① 鈎窗，亦即鈎簾，窗自上開，以鈎鈎之。

② 「下有」句，是説白石三個年幼的兒女都埋骨南山。按，陳思《白石道人年譜》：「嘉泰四年甲子，……《湖上寓居雜咏》『鈎窗不忍見南山，下有三雛骨未寒』一首，骨曰『未寒』，三殤亦本年事。」關於白石兒女「三殤」事，當然是人間慘劇，惜無文獻記載。

③ 二陵風雨：《左傳·僖公三十二年》：「蹇叔之子與師，哭而送之曰：『晉人御師必於殽，殽有二陵焉：其南陵，夏后皋之墓地。其北陵，文王之所避風雨也，必死是間，余收爾骨焉。』秦師遂東。夏四月辛巳，晉敗秦師於殽。」蹇叔子死，白石子女亦死；蹇叔收其子之骨，白石亦自殯其殤子，故引「二陵風雨」以自哀。

【評　析】

前已叙及，這組詩雖不作於一時，但作於慶元六年（1200）以後，是年白石四十六歲。而蕭夫人歸來在淳熙十三年（1186），若白石婚後即得子，則殀折者最大不過十三四歲，曰「三雛」則三兒都夭折；曰「骨未寒」則距死時未久。臨安大火在嘉泰四年（1204），白石寓所被焚，或三兒同罹此難邪？何白石又别無文字記之邪？存疑於此，以俟高明之教。

柳下軒窗枕水開①，畫船忽載故人來。與君同過西城路，却指烟波獨自回。

【箋　注】

① 枕水，靠近水邊，臨水。唐白居易《百花亭》詩：「佛寺乘船入，人家枕水居。」

【評　析】

宋代時，杭州西湖湖濱的居民出行，大多是舟楫往來。此詩就描寫了自己臨水而居，有故人來訪，而乘船回送故人後，獨自而歸的這一過程，充滿了生活情趣。第一句正面描寫寓所，應是臨安大火前的生活記録。

指點移舟著柳堤，①美人相顧復相携。上橋更覺秋香重②，花在西陵小苑西。③

【箋　注】

① 唐杜甫《送孔巢父謝病歸遊江東兼呈李白》詩：「指點虛無是征路。」著，靠近。

② 唐李賀《金銅仙人辭漢歌》：「畫圖桂樹懸秋香。」

③西陵小苑：西陵橋旁的園林。按，南宋時西陵橋畔有集芳御園、四聖觀等園林。

【評析】

此詩從字面理解，寫詩人遊賞西湖時，舍舟登橋，到西陵園林探訪秋花的情景。風流蘊藉，引人入勝。然而細玩語意，「秋香」「花」者，亦似擬人，其中包含故事，則不可憑空杜撰了。

平甫見招不欲往①〔一〕

老去無心聽管弦，病來杯酒不相便②。人生難得秋前雨，乞我虛堂自在眠③。

樓閣萬重秋雨裏，峰巒四合暮湖邊④。鳳城今夕涼如水⑤，多少人家試管弦。

【校記】

〔一〕夏校記：「吟藁此題作《張平甫招飲不赴，以詩謝之》，兩詩只録第一首。」

【箋　注】

①平甫，張鑑子平甫，白石友人，詳見前《張平甫哀挽》注。

②相便，相安。唐齊己《喻吟》詩：「此生還可喜，餘事不相便。」

③虛堂，空虛的廳堂，見前《湖上寓居雜咏》「處處虛堂望眼寬」注。

④四合，四面圍攏。漢班固《西都賦》：「紅塵四合，煙雲相連。」

⑤鳳城，舊時稱京都爲鳳城，此處指杭州。唐杜甫《夜》詩：「步蟾倚杖看牛斗，銀漢遥應接鳳城。」《杜詩鏡銓》：「趙曰：秦穆公女吹簫，鳳降其城，因號丹鳳城。其後言京師曰鳳城。」

【評　析】

紹熙四年（1193），白石與平甫訂交，之後十年相處，情甚骨肉。嘉泰二年（1202），平甫卒。此二首詩寫於其間，白石依平甫寓居西湖。平甫招飲，而白石没有赴會的興致，故寫了這兩首詩答謝。詩中表現了白石蕭索倦怠、落寞無聊的心情。前一首直抒胸臆，説應邀赴會，聽樂飲酒，何如在空堂中孤眠安静閑適，後一首寫秋雨、暮色、凉夜，烘染了一個寂寞清冷的環境氛圍，末句用别家管弦的喧鬧從反面襯托了自身的寂寞。這兩首詩寫得平易懇切，面對老友娓娓而談，有一絲淡淡的悲凉情調，透紙而出。

三高祠①

越國霸來頭已白②，洛京歸後夢猶驚③。沉思只羨天隨子④，蓑笠寒江過一生。

【箋　注】

①三高，指的是春秋時期越國范蠡、晉朝的張翰、唐朝的陸龜蒙。三高祠就是奉祀這三位高士的廟。祠爲宋代建造，在今江蘇吴縣東。龔明之《中吴紀聞》卷三：「越上將軍范蠡、江東步兵張翰、贈右補闕陸龜蒙，各有畫像在吴江鱸鄉亭。東坡嘗有《吴江三賢畫像》詩。後易其名爲三高且更爲塑像。臞庵主人王文孺獻其地雪灘，因遷之。今在長橋之北，與垂虹亭相望，石湖居士爲之記。」

②「越國」句：是説范蠡爲完成越國的霸業費盡了畢生的心力，及至成功，又受到勾踐的猜忌，不得已棄官而去，徒然衹剩下一頭白髮。范蠡事見前《雪中訪石湖》「先生霸越手」注。

③洛京，指洛陽。此句寫西晉張翰的事，見《晉書·張翰傳》。當時齊王司馬冏執政，張翰被任爲大司馬東曹椽，居洛陽。因知司馬冏將敗，又見秋風起，「乃思吴中菰菜蓴羹鱸魚膾，曰：『人生貴得適志，何能羈宦數千里以要名爵乎？』遂棄官歸吴。不久，八王之亂起，司馬冏果然被

殺。這句話是説，張翰雖幸免於難，但心有餘驚。

④天隨子，晚唐詩人陸龜蒙的別號，見前《除夜自石湖歸苕溪》其五注。陸生於亂世，長期隱居吴縣的甫里，布衣終身，自號江湖散人，常乘舟載書籍、茶竈、釣具，放浪江湖間，著有《甫里集》。白石很羨慕其人，常以陸龜蒙自比。

【評　析】

夏師《白石繫年》定此詩是淳熙十四年（1187）白石遊蘇州三高祠時所作。詩祇有四句，順序叙述了三個古代高人，同時表達了自己高尚的意願。前兩句寫范蠡和張翰，采用暗寫的筆法。把這二人扼要地表現出來。對第三位高人陸龜蒙，則采用明寫的筆法，直接點名，交待清楚。這種突出重點表現人物的藝術技巧，十分簡潔而嫻熟，并且還將陸龜蒙推向高中更高的境界，真是生花之筆，妙到毫顛。

過桐廬①

橫看山色仰看雲，十幅風帆不藉人②。記取合江江畔樹③，他年此處好垂綸④。

【箋　注】

①桐廬，今浙江省杭州市轄縣。《讀史方輿紀要》卷九十：「（桐廬縣），漢爲富春縣之桐溪鄉。吴黄武四年，分置今縣，屬吴郡，晉宋之後因之。」

②不藉人，言風帆不借助人力。

③合江，桐廬在富春江與分水江（上游即天目溪）相合處，故曰合江。

④孫玄常曰：桐廬在富春江上，地近漢嚴光釣臺，故興此感。

【評　析】

陳思《白石道人年譜》以此詩作於開禧二年（1206），時白石正南遊浙東。白石年已五十二歲，前幾年連遭兒女之殤與住舍焚燬的打擊，故末兩句感嘆此地正宜歸隱。

登烏石寺，觀張魏公、劉安成、岳武穆留題。劉云侍兒意真奉命題記①

諸老凋零極可哀②，尚留名字〔一〕壓崔嵬③。劉郎可是疎文墨，幾點胭脂汙緑苔④。

【校記】

〔一〕字，夏師云：「曹元忠校：『《鶴林玉露》十二嚴州烏石寺題名條引作姓。』」

【箋注】

①烏石寺，在龍游縣。《嚴州府志》：「靈石寺在縣東守禄村，舊名靈石院，一名烏石寺。五代梁時，長守禪師開山。」羅大經《鶴林玉露》卷六：「嚴州烏石寺，在高山之上。有岳武穆飛、張循王俊、劉太尉光世題名。劉不能書，令侍兒意真代書。姜堯章題詩云……。」張魏公：張浚，綿竹人，字德遠。徽宗朝進士，高宗朝知樞密院事，出爲川陝京西諸路宣撫處置使，力主抗金。秦檜爲相主和，浚被貶斥二十餘年。孝宗立，重起，督師江淮間，封魏國公。符離之戰，爲金所敗，又去職。《宋史》有傳。劉安成：劉光世，字平叔，史謂其律身不嚴，馭軍無法，不肯爲國任事，而迎合秦檜，言不顧行，與世浮沉，年五十四卒。贈太師，追封安城郡王。岳武穆：岳飛，字鵬舉，南宋杰出統帥，力主抗金，屢敗金兵，後被誣陷入獄遇害。宋孝宗時平反昭雪，葬於西湖栖霞嶺，追謚武穆，後又追謚忠武，封鄂王。

②諸老凋零：自紹興罷兵以後，岳飛冤死，而韓、劉、張等亦相繼而逝。至淳熙、紹熙間，名將皆盡。

③崔嵬：山巖。《詩經·周南·卷耳》：「陟彼崔嵬，我馬虺隤。」毛傳：「崔嵬，土山之戴石者。」

④「劉郎」兩句，指太尉劉光世命侍兒代爲題字。《宋人軼事匯編》引《清波雜誌》：「劉武僖自柯山赴召，記歲月於仰高亭上，末云：『侍兒意真代書。』後有人題曰：『一入侯門海樣深，漫留名字惱行人。夜來仿佛高唐夢，猶恐行人意未真。』」意真當爲劉之寵姬，善書，故屢代書。

【評　析】

夏師《白石繫年》云：「開禧二年丙寅（1206），五十二歲。南遊浙東，過桐廬，作『登烏石寺』詩。」當時距紹興罷兵已三十餘年，在烏石寺題字的幾位將領都已作古，白石撫時感事，哀思中來。第三句一轉，語涉調侃，但基調仍是哀傷。

過垂虹①

自作新詞韻最嬌，小紅低唱我吹簫②。曲終過盡松陵路③，回首烟波十四橋。

【箋注】

①垂虹：垂虹橋，北宋時建，在今江蘇蘇州。橋東西長千餘尺，前臨太湖，橫截松陵（吴江的別稱）。河光海氣，蕩漾一色，乃三吴之絶景。宋范成大《吴郡志·橋梁》：「利往橋，即吴江長橋也。慶曆八年，縣尉王廷堅所建。有亭曰垂虹。而世並以名橋。」

②「自作」兩句，是説明此詩的寫作經過。元陸友仁《硯北雜志》云：「小紅，順陽公（范成大）青衣也，有色藝。順陽公元清老，姜堯章詣之。一日，授簡征新聲，堯章製《暗香》《疏影》二曲，公使二妓肄習之，音節清婉。姜堯章歸吴興，公尋以小紅贈之。其夕，大雪過垂虹，賦詩曰。」新詞，指的是白石的咏梅詞《暗香》《疏影》。自作，指自製曲。

③松陵，吴江縣的別稱。陳沂《南畿志》：「吴江本吴縣之松陵鎮，後析置吴江縣。」

【評析】

此詩是紹熙二年（1191）除夕，白石携范成大所贈侍女小紅，離開蘇州石湖范成大家，回湖州船過垂虹橋時寫的。此詩與《除夜自石湖歸苕溪》詩，是同時寫作的。歸途中因有小紅作伴，而小紅又是一個善唱的歌女，所唱又是自己的新作，故白石心情是很舒暢的。詩的前二句樸實無華，却將船中的歡樂情景，概括無遺了。第三句轉寫行進，末句「回首烟波十四橋」，是寫回頭眺望，但還具有一種言外之意，亦即在「低唱」「吹簫」之餘，並未忘却石湖范成大，仍寄託着深切的顧念之情。

訪費山人①

稻叢茁茁欲齊肩，楊柳僛僛不蔽蟬②。忽憶石頭城下路③，槿花斜壓釣魚船④。

【箋　注】

①費山人，不詳，應是白石友人。細玩第三句語意，疑似金陵人氏。

②僛僛：醉舞的樣子。《詩經·小雅·賓之初筵》：「亂我籩豆，屢舞僛僛。」《廣韻》：「僛，醉舞貌。」

③石頭城，即楚之金陵城，吴改爲石頭城，在江蘇江寧縣西（今江蘇南京）。天生石壁，有如城然。諸葛亮曾謂「鍾山龍蟠，石頭虎踞，此乃帝王之宅也」。

④槿花，即木槿，樹高七八尺，花有紅紫白等色，朝開午萎。

【評 析】

在一個稻長齊肩、蟬聲高遠的初秋佳日訪友，心情當然很愉悦。第三句一轉，憶及兩人的交遊，末句極富情趣，情景如畫。

牛渚①

牛渚磯邊渺渺秋②，笛聲吹月下中流③。西風不識張京兆，畫得蛾眉如許愁④。

【箋 注】

① 牛渚：山名，在今安徽省當塗縣西北。山下有突入江中的地方，叫采石磯，是爲軍事重地，三國時周瑜曾屯兵於此。

② 渺渺，細微深遠的樣子。《九歌·湘夫人》：「帝子降兮北渚，目渺渺兮愁予。嫋嫋兮秋風，洞庭波兮木葉下。」

③ 下中流：（乘舟）由中流而下。中流，江河之中。唐柳宗元《漁翁》詩：「迴看天際下中流。」

④ 「西風」二句，是説西風不認識張京兆，要是請他來畫眉，决不會畫出這一副愁眉苦臉的樣子。

張京兆：宣帝時京兆尹張敞。《漢書·張敞傳》：「敞無威儀，又爲婦畫眉。長安中傳張京兆眉憮，有司以奏敞，上問之，對曰：『臣聞閨房之内，夫婦之私，有過於畫眉者。』上愛其能，弗責備也。」蛾眉，此處指遠山。按古代婦女用黛畫眉，故詩詞中皆説眉黛遠山。此處反其意而用之。

【評　析】

夏師《白石繫年》：「紹熙二年辛亥（1191），三十七歲。……至金陵，謁楊萬里。……秋，泝江返合肥，過牛渚作詩。詩有『西風不識張京兆』句。」知此詩是白石由金陵返合肥中游牛渚所作。牛渚原是軍事重鎮，應當是一片生氣勃勃的景象。而作者當時眼中的牛渚，却是西風瑟瑟，山河慘淡，怎不令人感慨繫之呢！白石借景抒情，把「西風」二字采用擬人法，説它不認識善於畫眉的張敞。隱然以張敞自比，雖有才能，但被朝臣所妒，不能爲國家效力。「如許愁」，抒發的正是不勝身世之感。

武康丞宅同朴翁咏牽牛①

青花緑葉上疏籬，别有長條竹尾垂②。老覺淡妝差有味③，滿身秋露立多時。

【箋　注】

①武康，縣名，宋屬浙江錢唐道。朴翁，即葛天民，見前《夏日寄朴翁朴翁時在靈隱》。牽牛，蔓生植物，野生，七月開花作青藍色。

②長條，指牽牛條蔓。宋周邦彦《六醜·薔薇謝後作》詞：「長條故惹行客，似牽衣待話，別情無極。」

③淡妝，形容牽牛質朴的風貌。宋蘇軾《飲湖上初晴後雨》詩：「若把西湖比西子，淡妝濃抹總相宜。」

【評　析】

牽牛乃一野生植物，秋季開花，楚楚可憐。白石傷心人別有懷抱，深情吟咏。末二句可謂爲牽牛存照，「滿身秋露」四字得體物之妙。

朴公悼牽牛甚奇，余亦作①

不見青青繞竹生，西風籬落抱枯藤。道人一任空花過②，愁殺山陰覓句僧③。

【箋注】

①此詩當與上詩同年作。《白石繫年》繫於慶元二年（1196）秋，時寓武康。

②「道人」句，是説自己一任花開花落，未有吟咏。道人，白石自謂。

③此句調侃朴翁。因朴翁山陰人，一度爲僧，故以此戲之。宋黄庭堅《荆江亭即事》：「閉門覓句陳無己，對客揮毫秦少游。」

【評析】

此詩乃調侃文字。首二句描摹牽牛枯萎之狀，隱含朴翁「甚奇」的悼詩。第三、四句一氣貫注，簡寫己、朴雙方，語言非常瀟灑。

過德清①

木末誰家縹緲亭②，畫堂臨水更虚明③。經過此處無相識，塔下秋雲爲我生。
溪上佳人看客舟，舟中行客思悠悠。烟波漸遠橋東去，猶見闌干一點愁。

【箋注】

①德清縣位於杭州、湖州之間，武康之東。孫玄常以爲「當是往武康時過此，則此詩或作於慶元二年，故次於《武康丞宅同朴翁咏牽牛》之後。」

②木末，樹梢。見前《昔遊詩》「木末見冠服」句注。縹緲，隱隱約約、若有若無的樣子。唐白居易《長恨歌》：「忽聞海上有仙山，山在虛無縹緲間。」

③虛明：空明，清澈明亮。晉陶潛《辛丑歲七月赴假還江陵夜行塗口》詩：「涼風起將夕，夜景湛虛明。」

【評析】

這兩首詩是白石乘船過德清的行旅之作，其中亦表現出一種失意的落寞之情。第一首寫船行所見之景。前兩句白描，因「誰家」這一詞，產生了友情慰藉的需要。第三句是問答，「無相識」與「誰家」相印證，更見詩人之孤單。這時，第四句油然而生。塔下秋雲，没有絢麗色調，只有清冷的氣息，再加上「爲我生」三字，更見四顧無人，心境落寞。

第二首詩人從自身宕開，以所見的「溪上佳人」爲主人公，自己的「客舟」成爲佳人的目中之物。佳人爲什麽「看客舟」？從温庭筠「望盡千帆」（《憶江南》）與柳永「天際識歸舟」（《八聲甘州》）可知，佳人是在盼望愛人乘舟歸來。白石由佳人之望歸舟自然聯想到妻子之望自己，所以接下來「舟中行客思悠悠」，「思」的内容如何，已不寫自明了。第三句寫漸行漸遠，而「猶見」佳人。這種「猶見」，不同於首句的直寫，而是反過來從行客眼中落筆。這樣就使得全詩虛實相生，頗有「清空」的意味。

項里〔一〕苔梅①

項里，項王之里也②，在山陰西南二十餘里③。地多楊梅、苔梅，皆妙天下。王性之賦項里楊梅云：④「只今枝頭萬顆紅，猶似咸陽三月火。」⑤予近得苔梅一株，古怪特甚，爲作七言。

舊國婆娑幾樹梅，將軍逐鹿未歸來⑥。江東父老空相憶，枝上年年長緑苔⑦。

【校記】

〔一〕四庫本題作「項里」。

【箋注】

①苔梅：梅之一種，根干有苔蘚，故稱苔梅。宋范成大《梅譜》：「古梅，會稽最多，四明、吴興亦間有之。其枝樛曲萬狀，蒼蘚鱗皴，封滿花身。又有苔鬚，垂於枝間，或長數寸。風至，緑絲飄飄可玩。初謂古木久歷風日致然，詳考會稽所産，雖小株亦有苔痕，蓋别是一種，非必古木。」

②項王：項籍，名羽，泗水郡下相縣（今江蘇宿遷市）人。秦朝末年起義軍領袖。勇猛好武，發動起義，反抗秦朝。滅秦後，自稱西楚霸王，定都於彭城。此後，與漢王劉邦争奪天下，前202年，兵敗於垓下，自刎於烏江。

③山陰，今浙江省紹興市。

④王性之：王銍，字性之，南宋汝陰人，做過樞密院編修官，著有《雪溪集》《默記》。

⑤這句形容苔梅緋紅似火。公元前206年，項羽攻入咸陽，放火燒秦國宫殿，大火三月不熄。

⑥逐鹿：喻争奪天下。《漢書·蒯通傳》：「且秦失其鹿，天下共逐之。」注：「張晏曰：『以鹿喻帝位。』」

⑦「江東」兩句，是説江東父老徒然懷念項王，苔梅年復一年地生出緑苔，可是項王却一去不復返了。《史記·項羽本紀》：「烏江亭長檥船待，謂項王曰：『江東雖小，地方千里，衆數十萬人，亦足王也。願大王急渡。今獨臣有船，漢軍至，無以渡。』項王笑曰：『天之亡我，我何渡

爲！且籍與江東子弟八千人渡江而西，今無一人還。縱江東父兄憐而王我，我何面目見之？縱彼不言，籍獨不愧於心乎？』」

【評析】

此詩是紹熙四年（1193）白石客居紹興時作。這首七絶以即物興感的手法寫懷古之情，用苔梅的年年生長，反襯項王的一去不回，字裏行間激蕩着英雄意氣，滲透着世變滄桑之感。

雪中六解①

塞草汀雲護玉鞍，連天花落路漫漫②。如今却憶當時健，下馬題詩不怕寒。

【箋注】

①六解，即六章，古代稱樂曲或詩歌的一個章節爲一解。《古今樂録》：「傖歌以一句爲一解，中國以一章爲一解。」陳思《白石道人年譜》繫此六首於開禧元年乙丑，云：「《雪中六解》首述淳熙丙申北遊濠梁之雪，終以嘉泰癸亥入越，與稼軒秋風亭觀雪。其中間則沔鄂黄鶴之雪，行都

吴山之雪，除夕垂虹之雪，雪雖五地，而三十年之遊踪，皆以雪顯。與《昔遊詩》同一章法。結云『煎茶驕色，蓋漁隱新成，菟裘之願稍償耳。』」孫玄常《箋注》以爲陳説「近是」，然有二誤：其一，「萬壑千巖」一首，乃紹熙四年歲暮留越觀雪事，《玲瓏四犯》題「越中歲暮，聞簫鼓感懷」可證。故夏氏《白石繫年》亦將此首歸於紹熙四年，若嘉泰三年則《次稼軒韻·漢宮春》乃和稼軒秋風亭觀雨，非觀雪也。其二，末章「煎茶驕色」乃晚年定居臨安事。所云「漁隱新成」乃誤以石帚爲白石，夏氏《白石行實考》之《石帚考》已辯之。

② 花，雪花也。唐岑參《逢入京使》：「故園東望路漫漫，雙袖龍鍾泪不乾。」

【評析】

據陳思《白石道人年譜》和夏師《白石繫年》，此詩作於開禧元年，五十一歲時，憶及淳熙三年（1176）之雪，時白石二十二歲。《昔遊詩》「濠梁四無山」一首記雪中馳馬，當爲一事。南宋時，濠梁已淪爲邊塞，故云「塞草」。後兩句即衰年憶健年之語也。

黄鶴磯邊晚渡時①，柳花風急片帆飛②。一聲長笛魚龍舞③，白浪如山不肯歸④。

【箋　注】

①黄鶴磯：在湖北武昌黄鶴山西北，世傳仙人子安乘黄鶴過此。磯上有黄鶴樓。

②柳花，喻指飛揚的雪花。按，《世説新語・言語》：「俄而雪驟，公（謝安）欣然曰：『白雪紛紛何所似？』兄子胡兒曰：『撒鹽空中差可擬。』兄女曰：『未若柳絮因風起。』公大笑樂。」片帆，孤舟。宋黄庭堅《次韻王定國揚州見寄》：「清洛思君晝夜流，北歸何日片帆收。」

③魚龍：泛稱水中的生物，一般指異於常輩之物。《文選・馬季長〈長笛賦〉》：「魚鱉禽獸聞之者，莫不張耳鹿駭，熊經鳥申，鴟眎狼顧，拊譟踴躍。」此句用其意。唐杜甫《秋興》：「魚龍寂寞秋江冷，故國平居有所思。」

④唐李白《横江詞》：「白浪如山那可渡，狂風愁殺峭帆人。」

【評　析】

夏師《白石繫年》云：「淳熙十三年丙午（1186）三十二歲。……過武昌，值安遠樓成，作《翠樓吟》（詞序）」。姜《譜》：「《雪中六解》『黄鶴磯邊晚渡時』指此。」此詩以狀春景之詞藻描摹冬景，玉清冰潔，龍騰魚躍，一派生機，既寫出了雪景的壯麗，也體現了作者浄瑩雅潔的審美情趣。

萬馬行空轉屋簷①，高寒屢索酒杯添②。故人家住吳山上，借得西湖自捲簾③。

【箋注】

① 萬馬行空，形容飛雪之狀。

② 宋蘇軾《水調歌頭》詞：「惟恐瓊樓玉宇，高處不勝寒。」索，索取。

③ 唐王勃《滕王閣》詩：「珠簾暮卷西山雨。」

【評析】

此詩寫西湖之雪，首兩句平平而起，第三句一轉，不直寫西湖之雪，而是設想在吳山上寓居的友人（不必有其人）卷簾觀賞西湖雪景，因臨樓得見西湖全景，因而風趣地比喻西湖已借歸私有了。這是實景虛寫，亦是白石詩詞的「清空」特色。

曾泛扁舟訪石湖①，恍然坐我范寬圖②。天寒遠挂一行雁，三十六峰生玉壺。③

【箋　注】

①《白石繫年》：「紹熙二年辛亥（1191），三十七歲。……載雪詣范成大於蘇州。」此詩即記當時事。

②范寬，名中立，北宋山水畫家，尤長於畫雪山，所畫雪景，使人見了凜凜有寒意。《宣和畫譜》載有范寬雪景寒林圖。唐杜甫《奉先劉少府新畫山水障歌》：「悄然坐我天姥下，耳邊已似聞清猿。」坐我，使我坐。

③「三十」句，是寫太湖雪中奇景。三十六峰，概指湖中諸山。按，太湖中有山七十二，此言三十六峰，是爲虛寫。玉壺，形容天地瑩潔。南朝宋鮑照《代白頭吟》：「直如朱絲繩，清如玉壺冰。」

【評　析】

此詩寫太湖雪景。首句敘事平平，次句奇喻，説自己如置身范寬雪景圖中，而雪景究竟如何奇妙呢？末兩句作出了回答。在一片冰雪的寰宇中，天邊有一行飛雁，許多山峰矗立在冰天雪地之中。景物有静有動，上下澄澈。

萬壑千巖一樣寒①，城中別有玉龍蟠②。舊人乘興扁舟處③，今日詩仙戴笠看④。

【箋注】

① 萬壑千巖，指山陰，即今紹興。見前《送陳敬甫》「相逢千巖萬壑裏」注。

② 玉龍：指紹興的卧龍山。蟠，蟠曲，刑容山勢。宋張敦頤《六朝事迹編類》卷二：「諸葛亮論金陵地形云：鍾阜龍蟠，石頭虎踞，真帝王之宅。」

③ 扁舟，用王子猷訪戴事，《世説新語·任誕》：「王子猷居山陰，夜大雪，眠覺，開室，命酌酒。四望皎然，因起仿偟，詠左思《招隱詩》。忽憶戴安道。時戴在剡，即便夜乘小船就之。經宿方至，造門不前而返。人問其故，王曰：『吾本乘興而行，興盡而返，何必見戴？』」

④ 詩仙，戲稱賞雪的朋友。《世説新語·言語》：「謝靈運好戴曲柄笠。」

【評析】

《白石繫年》云：「紹熙四年癸丑（1193），三十九歲。……歲暮留越，作《玲瓏四犯》。《雪中六解》『萬壑千巖一樣寒，城中別有玉龍蟠』，玉龍指越中卧龍山也。」須要指出的是黃兆顯、劉乃昌諸先生將「詩仙」釋爲白石自指，竊以爲這是不符合中國詩詞語言自謙的傳統的，古代詩人找不到以

「詩仙」自稱者。白石《翠樓吟》有「此地，宜有詞仙，擁素雲黄鶴，與君遊戲」，「詞仙」亦美稱詞友。因此，此詩末句「詩仙」亦應解釋爲賞雪的詩友爲宜。事實上，當時白石在紹興常同遊者有張鑑、葛天民等詩友。

沉香火裏笙簫合①，煖玉鞍邊雉兔空②。辨得煎茶有驕色③，先生只合作詩窮④。

【箋　注】

① 「沉香」句，言豪貴之家賞雪。《太平御覽》卷九八二引《異物志》：「沉木香出日南。欲取，當先斫壞樹，着地積久，外皮朽爛，其心堅者，置水則沉，名曰沉香。」

② 「煖玉」句，言豪貴不顧冬日無雉而圍獵。《談薈》：「唐岐王煖玉鞍，雖天氣嚴寒，温温有火氣。」

③ 「辨得」句，言冬日煎茶昂贵，非寒家能辨。按，宋時名茶較貴，煎茶亦講究，《茶經》及歐陽修《歸田録》中均不乏記載。

④ 作詩窮：白石自我調侃語。宋歐陽修《梅聖俞詩集序》：「詩蓋愈窮而後工，然則非詩之能窮人，殆窮而後工也。」

【評　析】

此詩寫臨安之雪。結構較奇特，前三句寫豪貴之家賞雪，極盡驕奢淫逸，末句冷冷一句「先生只合作詩窮」，激憤不平，溢於言表。

越中士女春遊

秦山越樹雨依依①，閑倚闌干看落暉。楊柳梢頭春又暗②，玉簫聲裏夜遊歸。

【箋　注】

① 秦山，即秦望山，是會稽山脉的名山。

② 「楊柳」句，是説天色已暮，樹陰更濃。

【評　析】

《白石繫年》云：「紹熙四年癸丑（1193）三十九歲。春客紹興，與張鑑、葛天民同遊。……《越中士女春游》《項里苔梅》《蕭山》諸詩，當皆此時作。」此詩寫士女春遊，寫「落暉」「春又暗」，再到「夜游歸」，層次很清楚。思想性却平平，無甚新意。

送范仲訥往合肥三首①

壯志只便鞍馬上②，客夢長在江淮間③。誰能辛苦運河裏④，夜與商人爭往還。
我家曾住赤闌橋⑤，鄰里相過〔一〕不寂寥。君若到時秋已半，西風門巷柳蕭蕭。
小簾燈火屢題詩，回首青山失後期⑥。未老劉郎定重到，煩君說與故人知。

【校　記】

〔一〕《名賢小集》本作「鄰里相顧」。

【箋　注】

① 范仲訥，其人未詳。合肥縣在安徽，淮水與肥水合於此，故曰合肥。孝宗淳熙三年丙申（1176）以後，白石曾流寓合肥，家住合肥南城赤闌橋之西，與仲訥爲鄰，合肥還有白石的朋友和戀人。（據夏師《白石行實考》）

②《後漢書·馬援傳》：「（援曰）男兒要當死於邊野，以馬革裹屍還葬耳。何能卧牀上，在兒女子手中邪！」此句用其意。

③江淮：白石戀人在合肥，故屢夢江淮。夏師《白石行實考》：「淳熙三年嘗過揚州，作《揚州慢》，疑來往江淮間，即在其時，時白石二三十歲，《霓裳中序第一》所云『年少浪迹』或即指此。《昔遊詩》『濠梁四無山』一首云『自矜意氣豪，敢騎雪中馬』，正寫少年江淮間事。」

④運河，指建於隋朝的京杭運河。自臨安至江淮，必經運河。

⑤赤闌橋，在合肥城南。白石《淡黄柳》詞題序云：「客居合肥南城赤闌橋之西，巷陌凄凉，與江左異，唯柳色夾道，依依可憐。」

⑥「小簾」二句，是説當年在窗前燈下多次題詩贈給情人；而今回首往事，已經爽誤了舊約。失後期，失約。紹熙二年（1191）白石離開合肥時，作《解連環》詞，有「問後約空指薔薇，算如此溪山，甚時重至」，可作參證。

⑦劉郎：傳説故事中的劉晨，作者自謂。南朝宋劉義慶《幽明録》載東漢時劉晨、阮肇入天台山采藥，遇仙女，留居半年，歸來世上已過七世。後因用作咏艷遇的典故。

【評析】

這三首詩，白石雖是爲送范仲訥往合肥而作，但主要意思是懷念合肥的情人。關於白石的合肥情事，夏師《姜白石詞編年箋校》有「合肥詞事」一節，對此考釋詳該。大意爲淳熙初年白石二十餘歲時往來江淮間，曾至合肥，結識歌妓姊妹二人，善彈箏與琵琶，情好甚篤，别後時常思念。如淳熙十四年（1187），白石離湘鄂往湖州，沿江東下，道出金陵，曾夢見合肥情侣，作《踏莎行》。紹熙元年（1190），白石時三十七歲，往合肥，次年正月别去，作《浣溪沙》。同年秋，又返合肥，作《淒涼犯》及《摸魚兒》。此後踪迹雖未至合肥，仍時時有懷想之作。慶元三年（1197），白石四十三歲，作《鷓鴣天》二首，有「肥水東流無盡期，當初不合種相思」「夢中未比丹青見，暗裏忽驚山鳥啼」之句，此二詞乃懷念合肥情侣最後之作。以上爲理解《送范仲訥往合肥三首》之背景。其一寫送范，因范將去江淮，自然喚起了白石的青春之憶。其二寫合肥記憶中的西風門巷，從對往日生活的深切緬懷和向往，可以看出詩人對合肥故居和故人的眷眷之情。其三化用劉阮遇仙典，暗寫合肥情事並綣繾寄意後約。末句「煩君説與故人知」，又歸結到「送范仲訥往合肥」。這三首詩没有華麗辭采，純用白描，平易如話，但讀起來，覺得韻味醇厚，情致沉綿，具有獨特的藝術魅力。

下菰城①

人家多在竹籬中，楊柳疏疏尚帶風。記得下菰城下路，白雲依舊兩三峰。

【箋　注】

①下菰城：在今浙江省吴興縣南，即烏程鎮。《吴興記》云：「春申君黄歇於吴墟西南立菰城縣，青樓連延十里。」

【評　析】

慶元二年（1196）初冬，白石由浙江武康赴無錫，經下菰城，很喜愛這一帶竹籬掩映、楊柳婀娜、青峰繞雲的優美環境，於是寫下這首曉暢任性的七絶。

平甫放三十六〔一〕鷗於吴松，余不及與盟

橋下松陵緑浪橫①，來遲不與白鷗盟②。知君久對青山立，飛盡梨花好句成③。

【校　記】

〔一〕三十六，《名賢小集》本爲「三十二」。

【箋　注】

①松陵：吴淞江的古稱，由吴江縣東流與黄埔江匯合，出吴淞口入海。唐皮日休《松江早春》詩：「松陵清净雪消初，見底新安恐未如。」

②鷗盟：與鷗鳥爲友，比喻隱退。宋黄庭堅《登快閣》詩：「萬里歸船弄長笛，此心吾與白鷗盟。」

③此句以梨花狀白鷗。

【評　析】

陳思《白石道人年譜》繫此作於慶元五年己未。此詩筆調非常瀟灑。前兩句交代「余不及與盟」，首句寫己之行程，次句寫「來遲」。第三句筆鋒一轉調侃張鑑。君指張鑑「久對」，寫張鑑等候自己。末句是警句。按，唐李賀《河南府試十二月樂詞·三月》有「梨花落盡成秋苑」，此句則以「飛盡梨花」狀白鷗，神似之筆，十分精彩！

蕭山①

歸心已逐晚雲輕，又見越中長短亭②。十里水邊山下路，桃花無數麥青青。

【箋　注】

①蕭山，浙江縣名，在紹興西北。白石由臨安至紹興，路經蕭山。

②越中，指紹興一帶。長短亭：長亭短亭，古代行人休息的地方。南北朝庾信《哀江南賦》：「十四五里，長亭短亭。」唐李白《菩薩蠻》：「何處是歸程，長亭更短亭。」

【評　析】

夏師《白石繫年》云：「紹熙四年癸丑（1193）三十九歲。春客紹興，與張鑑、葛天民同遊。……《蕭山》諸詩，當皆此時作。」此詩寫法上很特別，詩意是「倒裝」的：憩客的長亭，水邊的山路，乃至盛開的桃花，青葱的麥田，眼前的所有景物，無不觸發詩人的詩情。於是「歸心已逐晚雲輕」，他的歸心簡直要同還山的晚雲一起飛向歸途。

戊午春帖子①

晴窗日日擬雕蟲②，惆悵明時不易逢。二十五弦人不識③，淡黄楊柳舞春風。

【箋注】

①戊午爲慶元四年（1198），時白石四十四歲。春帖子，作於春日的開筆之作。《武林舊事》卷二：「立春，學士院撰春帖子。」

②雕蟲，指文章之事。漢揚雄《法言·吾子篇》：「或問：『吾子少而好賦？』曰：『童子雕蟲篆刻。』俄而曰：『壯夫不爲也。』」南朝裴子野《雕蟲論》云：「於是天下向風，人自藻飾，雕蟲之藝盛於時矣。」

③《三禮圖》：「頌瑟長七尺二寸，廣一尺八寸，二十五弦。」

【評析】

此詩作於慶元四年，就在上一年即慶元三年丁巳白石上書論雅樂，進《大樂議》《琴瑟考古圖》，時嫉其能，未獲重用，見《慶元會要》及《吴興掌故》。此詩云「惆悵明時不易逢」「二十五弦人不識」，皆指其事，故感慨生焉。

偶題①

阿八宫中酒未醒②，天風吹髮夜泠泠③。歸來只怕扶桑暖〔一〕④，赤脚横騎太乙鯨。⑤

【校　記】

〔一〕扶桑暖，四庫本作「扶桑晚」。

【箋　注】

①此詩寫作時間不詳。玩其語意，似爲題神仙圖或遊仙圖。

②阿八，應爲神仙。按李石《續博物志》卷三：「顔真卿遇道人陶八，八授以碧霞丹餌之。」宋劉斧《青瑣高議》亦載此事。不知是否即阿八。

③泠泠，清凉貌。戰國宋玉《風賦》：「清清泠泠，愈病析酲。」李善注：「清清泠泠，清凉之貌。」

④扶桑：古代稱東方極遠處或太陽出來的地方。《離騷》：「總余轡乎扶桑。」王逸注：「扶桑，日所拂木也。」扶桑暖，猶言日出。

⑤太乙，即太一，有東皇太一、天神貴者諸種解釋，竊以爲此詩應寫太乙真人。按，《苕溪漁隱叢話·韓子蒼》：「李伯時畫太一真人，臥一大蓮葉中，手執書卷仰讀，蕭然有物外思。」韓子蒼、楊萬里並有《咏太乙蓮舟》詩。此句之「太乙鯨」，亦或畫中太一騎鯨也。唐李賀《神仙曲》：「清明笑語聞空虛，鬥乘巨浪騎鯨魚。」

【評　析】

玩此詩語意，應爲題畫。若如此，則可知神仙騎鯨爲宋代繪畫之内容。

陳日華侍兒讀書①

繹句尋章久未休②，花房日晏不梳頭③。誰教郎主能多事④，乞與冥冥千古愁⑤。

【箋　注】

①陳日華，宋孝宗時人。《白石行實考》：「《四庫提要・談諧》：『宋陳日華撰。日華不知何許人。……張端義《貴耳集》稱淳熙間有二婦人足繼李易安之後，曰清庵鮑氏、秀齋方氏，秀齋即陳日華之室。則孝宗時人也。』」侍兒，侍女也。此指姬妾。

②繹句尋章，指整理、閱讀文章，泛指文事。《文選・謝惠連〈雪賦〉》：「王乃尋繹吟玩，撫覽扼腕。」李善注：「《方言》曰：繹，理也。」

③花房，原指培育花木之室，白石此處指閨房。

④郎主，亦即郎君，宋時俗語。此處指陳日華。能多事，多才多藝。《論語・子罕》：「子貢曰：固天縱之將聖，又多能也。」

⑤冥冥：形容專默精誠的神態。《荀子・勸學》：「是故無冥冥之志者，無昭昭之明。」楊倞注：「冥冥，專默精誠之謂也。」乞與：給予。

【評　析】

陳日華的姬妾愛好讀書，白石寫詩以記之。前兩句寫此姬異於一般年輕女子，不愛打扮而愛好文事。第三句一轉，追本溯源，是郎君的多才多藝，才造就了此姬專默精誠的氣質。此詩時間、背景皆不詳，應該是一首應酬之作。

女郎山 漢陽縣西二十里①

不見郢中能賦客②，可憐負此女郎山。冰魂寂寞無歸處③，獨宿鴛鴦沙水寒。

【箋注】

①漢陽在湖北，爲白石少時久居之地。此詩應作於此一時期。

②「不見」句，是説屈宋久逝，郢中已無能賦者。郢爲古之楚都，在湖北江陵北。屈原、宋玉、景差、唐勒之徒，皆以辭賦名。

③冰魂，高潔之魂，此指女郎之魂。宋蘇軾《再用前韻（十一月二十六日松風亭下梅花盛開）》詩：「羅浮山下梅花村，玉雪爲骨冰爲魂。」

【評析】

女郎山是個美好的名字，讓人想到美麗的女子，白石正是由此而立意、構思的。前二句慨嘆如此好山，又位於楚地，郢中才子竟無辭賦道及。第三句點出此山之神「冰魂寂寞」，是擬人化寫法。第四句拓開一筆，寫獨宿鴛鴦，使「冰魂寂寞」具現。

釣雪亭①

闌干風冷雪漫漫，惆悵無人把釣竿。時有官船橋畔過②，白鷗飛去落前灘③。

【箋　注】

① 嘉靖《吳江縣志》：「釣雪亭在雪灘，宋嘉泰二年，縣尉彭法建，華亭林至記。」按，嘉泰二年白石四十八歲，此詩當年在此以後作。

② 橋即垂虹橋，見前《三高祠》注。

③ 灘即雪灘。

【評　析】

據宋人林至的《釣雪亭記》，釣雪亭「面水波之衝，湖光江影」，「江湖一色，群鳥不度，四無人聲」。白石此詩又爲釣雪亭增添了一層凄冷的氣氛。此詩開頭兩句就把人們帶進了風雪寒江的釣雪亭上，獨倚闌干，四顧無人，「惆悵」二字則使人感到詩人已把自己融入這漫天風雪之中。三、四句分寫官船與白鷗。詩人運用白描手法，船浮鷗落，雖在運動但却冷寂無聲，爲此亭更增凄寒之色，以景寄情，抒發詩人自己滿懷冷寂索寞之情。

緑萼梅①

黄雲承襪知何處②，招得冰魂付北枝③。金谷樓高愁欲墮④，斷腸誰把玉龍吹⑤。

【箋　注】

① 緑萼：梅花品種。《群芳譜》：「凡梅花跗蒂皆絳紫色，惟此純緑，枝梗亦青，特爲清高。吴下又有一種，萼亦微緑，四邊猶淺絳，亦自難得。」

② 「黄雲」句，是説祥雲托着其步履，來自何方呢？黄雲，祥瑞之氣。宋黄庭堅《效王仲至少監咏姚花》詩：「九嶷山中萼緑華，黄雲承襪到羊家。」任淵注：「《真誥》曰：『萼緑華降羊權家，云是九嶷山得道女羅郁也。』」

③ 冰魂：高潔的靈魂，比喻梅花。宋陸游《梅花》詩：「廣寒宮裏長生藥，醫得冰魂雪魄歸。」

④ 「金谷」句，是説在金谷園的高樓上，緑珠殉情，悲痛欲絶。此處用緑珠比擬緑萼梅。《晉書·石崇傳》：「崇有妓緑珠，美而艷，善吹笛。孫秀使人求之。……崇竟不許。秀怒，乃勸（趙王）倫誅崇。……介士到門，崇謂緑珠曰：『我今爲爾得罪。』緑珠泣曰：『當效死於官前。』因自投於樓下而死。」金谷，石崇之別業也，在今河南省洛陽市。唐杜牧《題桃花夫人廟》詩：「可憐金谷墮樓人。」

⑤ 玉龍，即笛子。白石《疏影》詞：「還教一片隨波去，又却怨、玉龍哀曲。」笛曲有《落梅花》，故咏梅而及笛。

【評析】

此詩咏緑萼梅。白石把晉朝石崇的愛妾緑珠，用來比擬緑萼梅。全詩從「緑」字着眼，既寫緑萼梅，又兼寫緑珠，情景交融，神情並茂，可謂匠心獨運。詩的前二句，寫緑萼梅就是緑珠還魂的産物。第三句明寫緑珠因殉情而墜樓，暗寫緑萼梅終竟是要飄落的。末句用「玉龍吹」來點明梅花落，暗指緑珠墜樓而亡，使人讀來有「花落人亡兩不知」之感。

次韻武伯①

楊柳風微約暮寒②，野禽容與只波間③。道人心性如天馬④，可愛青絲十二閑。〔一〕

【校記】

〔一〕十二閑，《名賢小集》本作「十二闌」。

【箋注】

①武伯：白石友人蔡迨之子，客沔鄂時交。見前《奉别沔鄂親友》詩「有子殊可人」句注。

②約，束也。約暮寒，言約束住暮寒。

③容與，悠閑自得的樣子。《九歌·湘君》：「聊逍遥兮容與。」野禽，水鳥、江鷗之類，蓋白石自比。

④天馬，駿馬之美稱。《史記·大宛列傳》：「（初）得烏孫馬好，名曰天馬。及得大宛汗血馬，益壯，更名烏孫馬曰西極，名大宛馬曰天馬云。」三國魏阮籍《詠懷》之五：「天馬出西北，由來從東道。」

⑤青絲：青絲繩，用作馬絡頭。唐杜甫《高都護驄馬行》詩：「青絲絡頭爲君老，何由却出横門道。」十二閑：天子的馬厩。閑，馬厩。宋黄庭堅《次韻郭明叔長歌》：「龍章鳳姿委秋草，天馬長辭十二閑。」史容注：「《周禮·校人》曰：『天子十有二閑，馬六種。』」可愛，豈愛。

【評析】

按，陳思《白石道人年譜》繫此詩於慶元六年。云：「此詩詞約旨婉。『楊柳風微』，謂寧宗不慧，君權微也。『人小波間』，謂朝無骨鯁也。『性如天馬』二句，素位而行，不受羈勒也。必免解不第，武伯勸其出山，不必由於科目。猶平甫念其困躓，欲爲輸粟拜爵，故作此寓意。」應該説，陳思的解釋雖缺乏根據，有臆斷之嫌，但還是符合情理的。

觀燈口號十首①

世間形象盡成燈，烘火旋紗巧思生②。列肆又多看不遍③，遊人一一把燈行④。

【箋注】

① 《白石繫年》繫此詩於慶元三年（1197）作，時白石四十三歲。農曆正月十五日爲元宵節，從唐代以來就有元宵節觀燈的風俗。南宋都城杭州燈火最盛。周密《武林舊事》卷二云：「禁中自去歲九月賞菊燈之後，迤邐試燈，謂之『預賞』。一入新正，燈火日盛。皆修内司諸檔分主之，競出新意，年異而歲不同。」白石寫有多首觀燈詩詞，當非一年所作。口號，隨口吟出之詩。唐王維《凝碧池》詩題云：「私成口號，誦示裴迪。」

② 烘火旋紗，是描寫走馬燈。燈籠中間置一輪軸，上面裝上用紗或紙剪成的人馬等像，輪下點燃燭火，使輪子轉動，帶動人馬形象旋轉。《武林舊事》卷二：「有五花臘紙，菩提葉，若紗戲影燈，馬騎人物，旋轉如飛。又有深閨巧娃，剪紙而成，尤爲精妙。又有以絹燈剪寫詩詞，時寓譏笑，及畫人物，藏頭隱語，及舊京諢語，戲弄行人。」巧思生，想出了各種巧妙辦法。

③ 列肆：街道上的店鋪。

④ 把燈：提燈籠。

【評析】

這是第一首，寫燈品繁多，使人應接不暇。「遊人一一把燈行」，則再現了古人觀燈的生活情趣。

市樓歌吹〔一〕太喧嘩①，燈若連珠照萬家。太守令嚴君莫舞，遊人空帶〔二〕玉梅花②。

【校　記】

〔一〕歌吹，《名賢小集》本作「歌鼓」。

〔二〕空帶，《名賢小集》本作「空戴」。

【箋　注】

①歌吹：歌唱與鼓吹。吹讀去聲。

②玉梅花：頭上飾物。宋陳元靚《歲時廣記》卷十一引《歲時雜記》：「（都城仕女）又賣玉梅、雪梅、雪柳、菩提葉及蛾蜂兒等，皆繒楮爲之。」

【評　析】

此詩反映南宋小朝廷的官僚飛揚跋扈、氣焰囂張的行爲。首兩句極寫燈市之盛況，第三句一轉，太守爲了個人的安逸，竟嚴令在燈節期間停止民間娛樂，不準人民賞燈歌舞。第四句一個「空」字十分冷峻，讓觀燈的歡樂氣氛和愉快心情一掃而光。

遊人總戴〔一〕孟家蟬①，争托星毬萬眼圓②。鬧裹傳呼大官過〔二〕，後車多少盡嬋娟。

【校　記】

〔一〕總戴，《名賢小集》本作「俱戴」。

〔二〕過，《名賢小集》本「作去」。

【箋　注】

①孟家蟬，南宋名妓。此處應指仿孟家蟬式的頭飾。《武林舊事》卷六：「平康諸坊，皆群花所聚之地。……前輩如賽觀音，孟家蟬吴憐兒等甚多，皆以色藝冠一時。」

②萬眼圓：燈的一種樣式。宋西湖老人《繁勝録》：「羅帛萬眼燈，沙河塘裹最勝。」又《武林舊事》卷二：「羅帛燈之類尤多，或爲百花，或細眼，間以紅白，號『萬眼羅』者，此種最奇。」

【評　析】

前兩句寫遊女頭飾，寫奇燈異彩，交相輝映，烘托出熱鬧非凡的燈市。第三句轉寫「大官過」，帶出末句「後車多少盡嬋娟」，有力地揭露了小朝廷權貴驕奢淫逸的生活。

花帽籠頭幾歲兒①，女兒學著内人衣②。燈前月下無歸路，不到天明亦不歸。

【箋　注】

① 花帽籠頭：頭上戴着嵌金鋪翠的花冠。

② 内人：在皇帝宫禁中承應的教坊歌舞伎。崔令欽《教坊記》：「妓女入宜春苑謂之内人。」

【評　析】

此首寫仕女遊燈。燈市通宵燈火輝煌，遊人擁塞，找不到歸路。直到天明人漸散去，才能回家。

好燈須買不論錢，别有琉璃價百千①。都下貴人多預賞②，買時長在一陽前③。

【箋　注】

① 琉璃：指燈的品種之一「無骨燈」。《武林舊事》卷二云：「燈之品極多，每以『蘇燈』爲最。……新安所進益奇，雖圈骨悉皆琉璆所爲，號『無骨燈』。」又云：「所謂無骨燈者，其法用絹囊貯粟爲胎，因之燒綴，及成去粟，則混然玻璃球也。景物奇巧，前無其比。」

②預賞：《武林舊事》卷二：「禁中自去歲九月賞菊燈之後，迤邐試燈，謂之預賞。」

③一陽前，亦即冬至前。宋邵雍《冬至》詩：「一陽初動處，萬物未生時。」

【評　析】

此首描述了貴人買燈。他們買燈下手很早，一般多在預賞時，冬至以前。他們選燈，務求奇巧，至於價錢則不計較了。此詩從側面可反映南宋時的世態。

珠絡琉璃到地垂，鳳頭銜帶玉交枝。①君王不賞無人進，天竺堂深夜雨時。②

【箋　注】

①「珠絡」二句，是描寫花燈之奇麗。《武林舊事》卷二云：「西湖諸寺，惟三竺張燈最盛，往往有宮禁所賜、貴璫所遺者。都人好奇，亦往觀焉。白石詩云：『珠絡琉璃到地垂』……。」

②天竺，宋時有下天竺靈山寺、中天竺天寧萬壽永祚禪寺、上天竺靈感觀音院。《武林舊事》卷二云：「惟三竺張燈最盛。」

【評　析】

此詩借燈事而抒懷才不遇之嘆。第一、二句極力描繪燈之奇麗。第三句「君王不賞無人進」，寫如此美燈，而無緣使君王得賞。第四句則營造出「堂深夜雨」的淒涼之境，爲美燈嘆亦爲自己嘆。

紛紛鐵馬小回旋，幻出曹公大戰年①。若使英雄知此事〔一〕，不教兒女戲燈前。

【校　記】

〔一〕知此事，四庫本闕「此」字，《名賢小集》作「知此事」，夏本據此采。

【箋　注】

①「紛紛」二句，是説旋轉不停的走馬燈上顯現出戰將騎馬厮殺，這是當年曹操與蜀、吳争雄的故事。《武林舊事》卷二：「若沙戲影燈，馬騎人物，旋轉如飛。」

【評　析】

此詩寫三國故事，可見南宋時已很流行。末兩句説，若使那些當年的英雄有靈，得知後世兒女們把他們的殊死戰鬥變成燈戲取樂，那是會加以反對的，顯示了白石深刻脱俗的見識。

貴客鈎簾看御街①，市中珍品一時來。簾前花架無行路②，不得金錢不肯回。

【箋　注】

① 鈎簾，卷簾。唐杜甫《舟月對驛近寺》詩：「鈎簾獨未眠。」此處指貴客掛起車簾，乘車遊覽。

② 花架：賣節貨之盤架。

【評　析】

此詩生動地描寫了臨安燈日期間商業繁榮的景象，各色貨攤塞滿大街小巷，商販們大有不賺到錢不肯回家之勢。因此詩如實再現了臨安燈市之盛，故亦爲周密《武林舊事》所徵引。

修内司人編〔一〕戲鼓①，輦宮營裏獨燒燈②。春風到處皆君賜，金柳絲絲滿鳳城③。

【校記】

〔一〕編，《名賢小集》本作「偏」。

【箋注】

① 修內司：《宋史·職官志五》：「修內司掌宮城太廟繕修之事。」修內司隸將作監，掌宮內修繕，以朝官及內侍並充監官，其職負責宮庭營造。臨安城內的瓦子、勾欄都屬修內司管轄。

② 輦宮：皇帝出巡之鑾駕。燒燈：燃燈、點燈。

③ 金柳：新柳顏色如金。唐白居易《楊柳枝》詞：「一樹春風萬萬枝，嫩於金色軟於絲。」鳳城，亦即京城。見前《平甫見招不欲往》注。

【評析】

封建社會的燈市，朝廷往往標榜「與民同樂」，其實觀賞環境，內容是「與民有別」的。此詩就記敘了南宋小朝廷臨安燈市期間「輦宮營裏」的景象。

正好嬉遊天作魔①，翠裙無奈雨沾何②。御街暗裏無燈火，處處但聞樓上歌。

【箋　注】

①天作魔，猶言「天作怪」。

②翠裙，女子。唐戴叔倫《江干》詩：「楊柳牽愁思，和春上翠裙。」

【評　析】

聞説燈市盛況，女子想去遊玩，無奈老天降雨，只得作罷。三、四句「御街暗裏無燈火，處處但聞樓上歌」，純白描手法，具體真切，以景寓情作結。

陪張平甫遊禹廟①

鏡裏山林緑到天①，春風只在禹祠前。一聲何處提壺鳥，猛省紅塵二十年。

【箋　注】

①張平甫：張鑑。見前《張平甫哀挽》詩題注。禹：即夏禹，夏朝的君主，治水有功。東巡時，死於會稽，遂葬於此。禹廟，即禹王廟，在今浙江紹興會稽山上，爲宋乾德年間建立。

②鏡，指會稽之鏡湖，又名鑒湖。此言湖影山林，水天一片。唐李白《入青溪山》：「人行明鏡中，鳥度屏風裏。」

③提壺鳥：宋黄庭堅《演雅》詩：「提壺猶能勸沽酒。」任淵注：「提壺，鳥名。梅聖俞《四禽言》云：『提壺盧，沽美酒。風爲賓，樹爲友。山花撩亂目前開，勸爾今朝千萬壽。』」宋晁補之《譙國嘲提壺》詩：「何處提壺鳥，荒園自叫春。」

【評析】

《白石繫年》云：「紹熙四年癸丑（1193），三十九歲。春客紹興，與張鑑、葛天民同遊，《陪張平甫遊禹廟》諸詩，當皆此時作。」詩的前二句，是通過描繪禹廟前一派鬱鬱葱葱的大好風光，來暗中諷刺南宋小朝廷的「承平」景象。第三句突然一轉，鳥啼聲好似把人從醉夢中驚醒，末句「猛省」既是作者的自責，也是自怨，讀來十分沉痛，真是發人「猛省」了。

寄俞子二首①

此郎都無子弟氣②，夜對黄妳籠青燈③。君今落脚墮鳶外④，欲往從之嘆未能⑤。

郎罷才名今白髮⑥，佐州亦復坐窮邊⑦。甚欲出手相料理，東南風高難寄箋。

【箋　注】

①俞子，《白石行實考》：「俞子，未詳。」或謂俞子即俞灝。俞灝，字商卿，世代居杭州，號青松居士，有《青松居士集》。白石客居湖州、杭州時與之交遊。按白石《角招》詞序云：「甲寅春，予與俞商卿燕遊西湖，觀梅於孤山之西村，玉雪照映，吹香薄人。已而商卿歸吴興，予獨來，則山横春煙，新柳被水，遊人容與飛花中，悵然有懷，作此寄之。商卿善歌聲，稍以儒雅緣飾；予每自度曲，吟洞簫，商卿輒歌而和之，極有山林縹緲之思。今予離憂，商卿一行作吏，殆無復以樂矣。」似可參證。

②子弟，指貴遊子弟，亦即没有官職的王公貴族。晉葛洪《抱朴子·崇教》：「貴遊子弟生平深宫之中，長乎婦人之手，憂懼之勞，未嘗經心。」子弟氣，指貴遊子弟的作派。

③黄妳：妳音奶。黄妳即黄卷，因古書多用黄紙也。宋林景熙詩《次翁秀峰》「黄嬭秋燈餘舊癖」注：「《金樓子》載有人把卷即睡，因呼黄卷爲黄嬭。」嬭即妳。

④「君今」句，是説俞子所宦之地在武陵，亦即馬援征五溪之地。《後漢書·馬援傳》：「當吾在浪泊、西里間，虜未滅之時，下潦上霧，毒氣重蒸，仰視飛鳶跕跕墮水中。」

⑤漢張衡《四愁詩》：「我所思兮在泰山，欲往從之梁父艱。」

⑥郎罷：方言，閩人用以稱父。唐顧況《囝》詩：「郎罷別囝，吾悔生汝。」此處郎罷，猶云此一老者。

⑦「佐州」句，是説俞子僅僅擔任了邊州的通判。宋黄庭堅《次韻王定國揚州見寄》詩：「未生白髪猶堪酒，垂上青雲却佐州。」

⑧料理，逗引。見前《春日書懷》「啼鴃見料理」注。

【評析】

俞子是白石曾經同遊的好友，如今作吏邊州，天各一方，當然十分懷念。第一首稱贊俞子毫無紈袴習氣，發憤力學，可惜「落脚」邊州，自己「欲往從之」，談何容易呢？第二首嘆息俞子的才華和遭遇。末兩句調侃説，我很想寫詩逗引他來和答，但東南風高，彩箋難寄啊。這兩首詩語言質朴，娓娓道來，如晤老友，一往情深。

姜白石詩集集外詩

燈詞見《武林舊事》①

南陌東城盡舞兒，畫金刺繡滿羅衣②。也知愛惜春遊夜，舞落銀蟾不肯歸。

【箋　注】

①按《武林舊事·元夕》云：「都城自舊歲冬孟駕回，則已有乘肩小女、鼓吹舞綰者數十隊，以供貴邸豪家幕次之玩。而天街茶肆，漸已羅列燈球等求售，謂之燈市。自此以後，每夕皆然。三橋等處客邸最盛，舞者往來最多。每夕樓燈初上，則簫鼓已紛然自獻於下。酒邊一笑，所費殊不多。往往至四鼓乃還。自此日盛一日。姜白石有詩云：『燈已闌珊月色寒……。』又云：『南陌東城盡舞兒……。』深得其意態也。」

②畫金刺繡，指舞衣上鑲繡的圖案花紋。

【評　析】

此詩描寫了南宋都城臨安元宵節民間歌舞隊盡興表演賣藝的熱鬧情景。

燈已闌珊月氣寒①〔一〕，舞兒往往夜深還。只因不盡婆娑意，更向階心〔二〕弄影看②。

【校　記】

〔一〕月氣，《武林舊事》所引作「月色」。

〔二〕階心，《武林舊事》所引作「街心」。

【箋　注】

①「只因」二句，是説因爲表演尚未能盡興，還要在街道中心翩翩起舞。婆娑，舞蹈的姿態。弄影，指在月下起舞。

【評　析】

《武林舊事》卷二云：「都城自舊歲孟冬駕回，則已有乘肩小女、鼓吹舞綰者數十隊，以供貴邸豪家幕次之玩。」此詩就描寫了其中舞女的辛苦。

沙河雲合無行處①，惆悵來遊路已迷。却入静坊燈火空②，門門相似列蛾眉③。

【箋注】

①沙河：杭州街名。王文誥注蘇軾《湖口夜歸》詩：「沙河塘乃杭州街名，在餘杭門内，以其門外爲裏沙河堰，而因以沙河塘名街也。」宋西湖老人《繁勝録》：「預賞元宵。諸色舞者多是女童。先舞於街市，中瓦南北茶坊内掛諸般瑠璃珊子燈，諸般巧作燈、福州燈、平江玉珊燈、珠子燈、羅帛萬眼燈，沙河塘裏最勝。」

②空，讀去聲，穴也。

【評析】

據典籍記載，宋時臨安燈市，以沙河塘最盛，白石《鷓鴣天》亦有「沙河塘上春寒淺，看了遊人緩緩歸」之句，此詩亦記叙了沙河塘燈事。

遊人歸後天街静①，坊陌人家未閉門②。簾裏垂燈照尊俎③，坐中嬉笑覺春温。

【箋　注】

① 天街：帝都的街市。唐韓愈《早春》：「天街小雨潤如酥，草色遥看近却無。」

② 未閉門：《武林舊事》卷二：「或戲於小樓，以人爲大影戲，兒童喧呼，終夕不絶。」

③ 尊，酒器。俎，薦肉之几。此處尊俎代指宴席。

【評　析】

此詩寫燈市散後。寫法上條理井然，紋絲不亂。第一句寫街静人歸，次句承「歸後」，却「未閉門」，第三句轉寫門内情景，家家垂燈設席，第四句寫把酒言笑，熙熙春温。

春詞見《武林舊事》①

六軍文武浩如雲②，花簇頭冠様様新。惟有至尊渾不載〔一〕③，盡將〔二〕春色賜群臣。

【校　記】

〔一〕戴，夏校記：「曹元忠校：《隨隱漫録》卷三引作『帶』。」

〔二〕將，夏校記：「同上引作『分』。」

【箋　注】

①《武林舊事·恭謝》：「大禮後，擇日行恭謝禮，第一日詣景靈宮。……第二日……禮畢，宣宰臣以下合赴坐官並簪花，對御賜宴。上服幞頭，紅上蓋，玉束帶，不簪花。……御筵畢，百官侍衛吏卒等並賜簪花從駕，縷翠滴金，各競華麗，望之如錦綉。……姜白石有詩云：『六軍文武浩如雲……』」《白石繫年》云：「嘉定四年辛未（1211），五十七歲。作《春詩》二首。」

②六軍：拱衛天子之軍，亦即禁軍。

③至尊：天子也。陳思《白石道人年譜》引《會要》：「嘉定四年十月十九日，降旨：遇大朝會，聖節大宴，乃恭謝回鑾，主上不簪花。又遇聖節朝會宴，賜群臣通草花，遇恭謝親享，賜羅帛花。又條具：惟獨至尊不簪花，止平等輩後四黄羅扇影花而已。」

萬數簪花滿御街，聖人先自景靈回。①不知後面花多少，但見紅雲冉冉來。②

【箋　注】

①景靈，景靈宮。《夢粱録》：「景靈宮在新莊橋，……前爲聖祖廟，宣祖至徽宗殿居中，東西廊俱圖配享功臣像於壁。元天聖後與昭憲太后而下諸後殿，居於後。」

②紅雲，形容花朵團簇。白石《阮郎歸》詞：「紅雲低壓碧玻瓈，惺憁花上啼。」《離騷》：「老冉冉其將至兮，恐修名之不立。」王逸注：「冉冉，行貌。」

【評　析】

《夢粱録》云：「十六夜收燈畢，十七早五更二點，駕出龢寧門，詣景靈宮，行孟春朝饗禮。」這兩首詩就具體描寫了這一皇家典禮。結合《武林舊事》《夢粱録》等典籍的有關記叙，可知白石的描寫是頗爲真實的，足可爲文獻之參證。

同朴翁過净林廣福院[①]見《咸淳臨安志》

四人松下共盤桓，筆硯花壺石上安。今日〔一〕興懷同此味，老仙留字在孱顔[②]。

【校　記】

〔一〕今日，《武林舊事》引作「今昔」。

【箋　注】

①朴翁，即白石好友葛天民。净林廣福院見於《武林舊事》卷五：「開府楊慶祖墳庵，土人呼爲上楊庵。有松關、南泉、芳桂亭。姜白石與銛朴翁等三人來遊，詩云：『四人松下共盤桓……』後爲演福寺，遂廢。」

②孱顔，參差不齊之山巖。唐李商隱《荆山》詩：「壓河連華勢孱顔。」宋蘇軾《峽山寺》詩：「我行無遲速，攝衣步孱顔。」

【評　析】

《白石繫年》云：「嘉泰二年壬戌（1202），四十八歲。上元，與葛天民過净林，作《同朴翁過净林廣福院》及《嘉泰壬戌上元日，訪全老於净林廣福院，觀沈傅師碑，隆茂宗畫，贈詩》《齋後與全老銛朴翁聰自聞酌龍井而歸》三詩。」因此，三詩共評析之，見後。

嘉泰壬戌上元日，訪全老於净林廣福院，觀沈傅師碑，隆茂宗畫，贈詩①見《咸淳臨安志》

深衣跨贏驂②，杳杳春山路③。入寺君未知，閑看移桂樹。

沈碑含秀潤，隆畫出神奇。道人那得此④，老子乃耽之⑤。

【箋注】

①全老：廣福院主僧。《咸淳臨安志》稱全於净林創松關南泉爲留憩之地。沈傅師：唐代書法家。計有功《唐詩紀事》：「沈傅師字子言，即濟之子，材行有餘。權德輿門生七十人，推爲顔子，終吏侍。」米芾《海岳名言》：「沈傅師變格，自有超世真趣，徐（浩）不及也。」葉昌熾《語石》：「沈傅師碑，宋賢著録者多矣。羅池廟、黄陵廟兩碑，尤膾炙人口，然皆不傳。」隆茂宗：夏文彦《圖繪寶鑒》：「僧梵隆，字茂宗，號無住，吴興人。善白描人物、山水，師李伯時，高宗極喜其畫，每見輒品題之。然氣韻筆法，皆不逮龍眠。」

②深衣：上衣和下裳相連在一起的袍服。《禮記·深衣》鄭玄注：「深衣，連衣裳而純之以采者。」孔穎達正義：「所以稱深衣者，以餘服則上衣下裳不相連，此深衣衣裳相連，被體深邃，故謂之

深衣。」羸驂，瘦馬。

③杳杳：深冥貌。《楚辭·九章·懷沙》：「眴兮杳杳，孔静幽默。」王逸注：「杳杳，深冥貌。」

④道人：謂僧全。魏晉稱僧曰道人。《世説新語·言語》：「竺法深在簡文坐，劉尹問：『道人何以遊朱門？』」

⑤老子：自稱。見前《賦千巖曲水》注。眈之：樂之。

【評析】

在一個美好的上元之日，與朋友一起訪問名刹，這本身就是一件愉快之事。更何況有幸觀賞了沈傅師書寫的碑碣，白石嘆爲「秀潤」，觀賞了隆茂宗的畫作，白石嘆爲「神奇」。白石進而發出感慨，這樣的書畫極品如何讓道人得到，我也沉浸在藝術欣賞的快樂中了。

龍井見《咸淳臨安志》①

年時六月海揚塵②，遥見青山起白雲。聞有高僧來誦咒③，巖前抛珓問龍君④。

【箋　注】

①龍井：在浙江杭州鳳凰嶺，本名龍泓，又名龍湫，亦名龍泉。相傳晉葛洪曾煉丹於此。泉出石罅，甃爲方池，池上鑿石爲龍首，故名龍井。泉自龍口瀉出。此地産茶最佳，呼爲龍井泉。

②《神仙傳》：「麻姑自説：『接待以來，已見東海三爲桑田。向到蓬萊，水又淺於往昔，會時略半也，豈將復爲陵陸乎？』方平笑曰：『聖人皆言海中行復揚塵也。』」按之《宋史·五行志》此句應指上年夏季大旱。

③咒：同呪。《秘藏記》：「佛法未來漢地前，漢地有世間呪禁法。能發神驗，除災患。今持陀羅尼人，能發神通除災患，與呪禁法相似，是故曰呪。」陀羅尼，佛教密宗之秘密真言。

④珓：音轎。古代以玉爲之，以占吉凶。

【評　析】

此詩與前三首寫作同時，均爲嘉泰二年，《宋史·五行志》載嘉泰元年、二年浙東西皆旱。此詩是紀行詩，寫作平平，但反映了當時祈雨的情況。

自題畫像〔一〕見《硯北雜志》

鶴氅如烟羽扇風①，寄情芳草緑陰中。黑頭辦了人間事②，來看凌霜數點紅。

【校　記】

〔一〕夏校：「此題范成大像，非自題畫像。」夏師《行實考・雜考》：「冒廣生先生告予：《硯北雜志》所載白石絶句，其第三句『黑頭辦了人間事』，非宰相不能當，殆白石爲石湖題像；《雜志》云自題畫像，誤矣。夏敬觀先生曰：『石湖園中有凌霄峰，其凌霄花甚著名，見石湖詩集。白石題云「來看凌霄數點紅」，當是爲石湖像。其第一句「鶴氅羽扇」句亦用宰相事。』」

【箋　注】

① 鶴氅：鶴羽毛。《晉書・王恭傳》：「嘗披鶴氅裘涉雪而行，孟昶窺見之，嘆曰：『此真神仙中人也。』」宋蘇軾《念奴嬌》詞：「羽扇綸巾，談笑間，强虜灰飛煙滅。」鶴氅羽扇爲魏晉名士所服，周瑜、諸葛亮、王恭等，皆爲時人仰慕，而位至將相，故以石湖擬之。

② 黑頭：《晉書・諸葛恢傳》：「恢弱冠知名，……王道嘗謂曰：『明府當爲黑頭公。』」又《南

史・袁昂傳》：「武帝謂曰：齊明帝用卿爲黑頭尚書，我用卿爲白頭尚書，良以多媿。』」黑頭公者，謂黑頭三公也。

【評析】

誠如夏師所言，此詩應是題范成大像。淳熙十四年，白石在湖州定居期間，輾轉到蘇州石湖謁見了從知州職務告病退居的范成大。范成大早就通過蕭德藻讀過白石的詩文，一見之下，惺惺相惜，結爲忘年之交。此詩第一、二句概述了石湖近況，第四句轉折，寫其退養，第三句拓開一筆，寫其賞花細節，見出趣味不凡。

句

小山不能雲，大山半爲天①。見《歸田詩話》

屋角紅梅樹，花前白石生②。見《愛日齋叢鈔》

【箋注】

①夏校記：「二句見《詩説·自序》。」按《白石詩説·自序》：「淳熙丙午立夏，余遊南嶽，至雲密峰。……若士坐大石上，眉宇闓爽，年可四五十。心知其異人，即前揖之。相接甚温，便邀入舍内，煎苦茶共食。從容問從何來，適吟何語。余以實告，且舉似昨日《望嶽》『小山不能雲，大山半爲天』之句。若士喜，謂余可人。遂探囊出書一卷，云是《詩説》。……問其年，則慶曆間生。始大驚。意必得長生不老之道，再三求教，笑而不言，亦不道姓名。」陳《譜》謂異人並無其人，乃指黄庭堅。夏師《白石行實考》亦同意陳説。

②宋葉寘《愛日齋叢抄》卷二：「（姜堯章）居苕溪上，與白石洞天爲鄰，潘德久字之曰『白石道人』，詩云：『屋角紅梅樹，花前白石生。』或評：樂天『黄醅酒』對『白侍郎』，陳去非『簡齋老』對『月桂花』，此祖其格者。然『白石生』見《神仙傳》中，黄丈人弟子也。至彭祖時已年二千餘歲，煮白石爲糧，因就白石山居，時號曰白石生。堯章稱此三字，蓋有據而後用。」

集外詩補遺

諸本並無《集外詩補遺》，夏校本從各種舊籍補輯詩七首，斷句二。

桂花

空山尋桂樹，折香思故人。故人隔秋水①，一望一回顰。南山北山路②，載花如行雲。闌干望雙槳，穠枝儲待君。西陵蔭歌舞③，夜夜月明嗔。棄捐頳玉佩④，香盡作秋塵。楚調秋更苦，寂寞無復聞⑤。來吟緑叢下，涼風吹練裙⑥。

【箋注】

① 唐杜甫《寄韓諫議》詩：「美人娟娟隔秋水，濯足洞庭望八荒。」

② 南山北山：指西湖南北諸山。

③ 西陵：亦指西泠。夏師《白石詞箋》引《武林舊事》卷五：「西陵橋。又名西林橋，又名西泠橋，又名西村。」即白石與德久諸人看木樨處。

④《楚辭·九歌·湘君》：「捐余玦兮江中，遺余佩兮澧浦。」《爾雅·釋器》：「再染謂之赬。」郭注：「淺赤。」赬玉，形容桂花。桂花亦有丹桂品種。

⑤「楚調」兩句，是慨嘆知音難得。晉陶淵明《怨詩楚調和龐主簿鄧治中》：「慷慨獨悲歌，鍾期信爲賢。」

⑥古人冬裘夏葛，故練裙乃夏秋所服。

【評析】

按夏師云：「此首見《江湖後集》卷十八，敖陶孫詩中。」

題楊冠卿客亭吟稿①

楊侯筆力天下奇②，早歲豪彥相追隨。一斑略見客亭稿，文采炳蔚驚群兒③。長安城中擇幽棲，静退不願時人知。大書前榮號霧隱④，意與風虎雲龍期⑤。人皆炫耀身陸離⑥，見草而悅忘皋比⑦。南山十日不下食，君子一變誰能窺⑧。正論不作世道微，通都大邑多狐狸⑨。惜君爪牙不得施，公超五里亦奚爲⑩。

【箋注】

①夏注：「此首見宋本《客亭類稿》附録《諸老先生惠答客亭書啓編》。今四庫本《客亭類稿》不載。」《白石行實考》云：「《四庫全書·客亭類稿》提要：『楊冠卿，字夢錫，江陵人。季洪子。生紹興八年。嘗舉進士，出知慶州，以事罷職。』白石《贈冠卿詩》云：『長安城中擇幽棲，静退不願時人知。』在杭交遊也。」陳思《白石道人年譜》繫此詩於慶元四年戊午。

②宋黄庭堅《戲贈米元章》：「虎兒筆力能扛鼎，教字元暉繼阿章。」按，此稱「楊侯」，當是冠卿出知廉州而罷，退居臨安時也。

③《周易·革》卦：「大人虎變，其文炳也。」又：「君子豹變，其文蔚也。」

④前榮：亦簷前。《説文》段注：「檐之兩頭軒起爲榮。」霧隱：《列女傳·賢明》：「南山有玄豹，霧雨七日而不下食者。何也？欲以澤其毛而成文章也，故藏而遠害。」

⑤《易·乾·文言》：「雲從龍，風從虎；聖人作而萬物覩。」

⑥《楚辭·離騷》：「高余冠之岌岌兮，長余佩之陸離。」洪興祖補注：「陸離，美好貌。」

⑦皋比，虎皮也。《左傳·莊公十年》：「蒙皋比而先犯之。」按之上下文，此當言豹皮。

⑧見注③。

⑨《後漢書·張綱傳》：「豺狼當道，安問狐狸。」所謂狐狸，陳思《白石道人年譜》謂指沈繼祖

等，承韓侂胄之旨，排斥朱熹等儒者。

⑩ 宋黄庭堅《和范信中寓居崇寧遇雨》：「它時無屋可藏身，且作五里公超霧。」任淵注引《後漢書》：「張楷字公超，性好道術，能作五里霧。」

【評　析】

詩的宗旨是贊美朋友楊冠卿的詩集以及爲人。全詩分三層。開首四句直接讚嘆詩集之「文采炳蔚」。「長安城中」以下八句爲第二層，叙述楊冠卿之不同流俗，在京城幽棲，「静退不願時人知」，愛護羽毛，自我修煉，期待龍虎風雲際會。後面四句因冠卿之「正論」，拓開筆墨，攻擊宵小，在凛然正氣中結束全篇。

三高祠①見王鏊《姑蘇志》

不貪名爵伐功勞，勇退深虞禍患遭。甫里閒閑居耕釣樂②，范張高處陸尤高。

【箋　注】

①三高祠：見前《三高祠》注。

②甫里：陸龜蒙。陸龜蒙隱於松江甫里，其《自遣》詩有「甫里先生未白頭」句。

【評　析】

此詩係夏師從王鏊《姑蘇志》搜輯。首句寫范蠡，次句咏張翰，三、四句言陸比范、張境界更高。孫玄常認爲：「白石已有《三高祠》『越國霸來』一首，見本集。此詩命意與彼同，並皆推崇陸天隨在范、張之上，兩首詞意重復，而此首句法殊拙。疑此首乃時人或後人擬作，恐非白石之筆。」

於越亭①見廣陵書局刊本

松尾颸颸碧浪寒，胡啼番曲轉聲酸。人間無此春風苦，應是江妃月夜彈②。

【箋　注】

①於越亭：夏承燾先生以爲應作千越亭，千誤爲干，又誤爲于，于又誤爲於。千越亭在江西餘干

縣，林麓森鬱，千峰競秀。

②江妃，即江娥，又作湘娥，堯之二女。從舜南巡，死於湘水中。宋黄庭堅《次韻子瞻武昌西山》詩：「鸚鵡洲前弄明月，江妃起舞襪生塵。」

【評　析】

此詩描寫在風景如畫的於越亭，忽然傳來悲切的琵琶聲，令人聯想是「江妃月夜彈」。

和王秘書遊水樂洞①見《咸淳臨安志》

自是瀛洲客，還因野趣來②。解衣吟寂寞③，携酒上崔嵬。石洞山山秀，梔花處處英宗廟諱開④。只應巖下水，相送上船回。

【箋　注】

①秘書，禁中藏書之署。宋置秘書省，有秘書監、秘書郎等職。王秘書，未詳。水樂洞，未詳。

②《史記·秦始皇本紀》：「海中有三神山，名曰蓬萊、方丈、瀛洲，仙人居之。」唐太宗開文學

館，收聘賢才，被收者天下慕尚，謂之登瀛洲，此處亦以瀛洲喻秘書省。

③「解衣」句，是説吟咏者已解衣而坐，神閑氣定也。

④原注：「英宗廟諱。」按英宗諱「曙」，「處處」如改「曙曙」，則不詞，未詳原注之意。

【評　析】

這是一首記遊詩。首聯點明此遊「因野趣」，兼説明王的身份。中間兩聯具體記叙遊玩的内容，有美酒，有美景，還有朋友之間的詩詞唱和。末聯寫依依不舍的分别，化用李白「仍憐故鄉水，萬里送行舟」（《渡荆門送别》）的寫法。

有送見《宋詩存》〔一〕

憐君歸槖路迢迢①，到得茆齋轉寂寥。應嘆藥欄經雨潤〔二〕②，土肥抽盡縮砂苗。③

【校　記】

〔一〕夏注：「《香祖筆記》卷三引此，第三句『潤』作『爛』」。

【箋　注】

①歸橐，亦即歸囊。囊橐，盛物之具。

②唐杜甫《將赴成都草堂》詩：「常苦沙崩損藥欄，也從江檻落風湍。」藥欄：泛指花欄。

③縮砂：草本植物，其仁簡稱砂仁。

【評　析】

這是一首送別詩，背景已不可考。首句揭送行之旨。以下三句設想行者到家景況。寫藥欄雨潤猶陶淵明「三徑就荒，松菊猶存」之意。

菖蒲①見《全芳備祖·後集》卷十

嶽麓溪毛秀②，湘濱玉水香③。靈苗憐勁直④，達節著芬芳。豈謂盤盂小⑤，而忘臭味長。拳山并勺水，所至未能量。

【箋　注】

① 菖蒲：此詩所咏，似是石菖蒲。

② 嶽麓：長沙嶽麓山。夏師《姜白石詞編年箋校》卷一《一萼紅》：「麓山，一名嶽麓山，在長沙縣西南，隔湘江六里，蓋衡山之足，故以麓爲名。」溪毛：溪邊野菜。《左傳·隱公三年》：「澗溪沼沚之毛。」

③ 玉水：水之美稱。陶弘景《葛公碑》：「碧壇自肅，玉水不窮。」

④ 靈苗，亦即仙苗。菖蒲可入藥，故云。

⑤ 盤盂：菖蒲植於盤盂中。

思陵發引詩 斷句

中興無限艱難意，日暮湖疑是潮誤平力士歸。

附録

姜白石年譜簡編

姜夔，字堯章，江西鄱陽人。中年卜居於吴興之白石洞下，潘檉字之曰白石道人。先世本出天水，七世祖泮，宋初爲饒州（鄱陽）教授，因家焉。父噩，字肅父，紹興三十年進士，知漢陽縣。

宋高宗紹興二十五年乙亥（1155）

白石生。范成大三十歲，楊萬里、尤袤二十九歲，俞灝十歲，張鎡三歲。是歲，秦檜卒。

紹興三十年庚辰（1160）

白石六歲。父噩與蕭德藻同登進士第。

宋孝宗隆興元年癸未（1163）

白石九歲。侍父宦漢陽。朱熹爲武學博士。時父爲漢陽令。

乾道四年戊子（1168）

白石十四歲。姊嫁漢川（屬漢陽）。約在此年，父卒於漢陽任。

乾道六年庚寅（1170）

白石十六歲。蘇洞生。范成大使金。

乾道九年癸巳（1173）

白石十九歲。初學書。

淳熙元年甲午（1174）

白石二十歲。依姊居住於漢川，間歸饒州。

淳熙二年乙未（1175）

白石二十一岁。居漢陽。與鄭仁舉、辛泌、楊大昌、姚剛中交遊。項安世進士第。

淳熙三年丙甲（1176）

白石二十二歲。冬，下大江，歷楚州，西遊濠梁。過揚州，作《揚州慢》（淮左名都）。此後十年，至淳熙丙午，行迹不詳，曾來往於江淮間。合肥情遇當在此後數年間。次年（四年丁酉），蕭德藻爲龍川丞。

淳熙八年辛丑（1181）

白石二十七歲。初習《蘭亭》，當在此時。

淳熙十二年乙巳（1185）

白石三十一歲。蕭德藻任湖北參議。

淳熙十三年丙午（1186）

白石三十二歲。識蕭德藻，得其賞識，娶其侄女。時依蕭德藻。遊南嶽，登祝融峰，發現神曲《黄帝鹽》《蘇合香》樂譜。繼而又從樂師舊籍中，發現商調《霓裳羽衣曲》樂譜。七月，與楊聲伯、趙景魯、蕭和父等，大舟浮湘。冬，蕭德藻約往湖州，自此不復返沔鄂。過武昌，適安遠樓成。遊湘詞作有《一萼紅》（古城陰）、《霓裳中序第一》（亭皋正望極）、《清波引》（冷雲迷浦）、《八歸》（芳蓮墜粉）、《小重山令》（人繞湘皋月墜時）、《眉嫵》（看垂楊連苑）、《翠樓吟》（月冷龍沙）、《湘月》（五湖舊約）、《浣溪沙》（著酒行行滿袂風）、《探春慢》（衰草愁煙）。詩作有《待千巖》、《過湘陰寄千巖》，《昔遊詩》之《洞庭八百里》《放舟龍陽縣》《九山如馬首》《蕭蕭湘陰縣》《昔遊桃源山》《昔遊衡山下》《昔遊衡山上》《衡山爲真宫》諸首，又作《奉别沔鄂親友》十詩。

淳熙十四年丁未（1187）

白石三十三歲。元日，過金陵江上；二日，道金陵，北望淮楚。三月後，遊杭州，以蕭德藻介，謁楊萬里。楊萬里許其文無不工，似陸龜蒙，並以詩送往見范成大。白石夏依蕭德藻居湖州。冬過吴淞。有詞作《踏莎行》（燕燕輕盈）、《惜紅衣》（簟枕邀凉）、《點絳唇》（燕雁無心）、《石湖仙》（松江烟浦）。有詩作《姑蘇懷古》《三高祠》《次韻誠齋送僕往見石湖長句》《次石湖書扇韻》等。是年劉克莊生。

淳熙十五年戊申（1188）

白石三十四歲。客臨安，還寓湖州。

淳熙十六年己酉（1189）

白石三十五歲。寓湖州。早春與田幾道尋梅北山沈氏圃。暮春與蕭時父載酒南郭。有詞作《夜行船》、《浣溪沙》（春點疏梅雨後枝）、《念奴嬌》（鬧紅一舸）、《琵琶仙》、《鷓鴣天》（京洛風流絶代人）等。

宋光宗紹熙元年庚戌（1190）

白石三十六歲。卜居吴興白石洞下，潘檉字之曰白石道人。客合肥，居赤闌橋西，與范仲訥爲鄰。六月，送王孟玉歸山陰。十月，楊萬里除江東轉運副使。元好問生。詞作有《淡黄柳》等。

紹熙二年辛亥（1191）

白石三十七歲。正月二十四日，離開合肥。晦日，泛舟巢湖。初夏，至金陵，謁楊萬里。在京口，遇張思順。六月，復過巢湖。七夕，在合肥與趙君猷賞月，時情侣似已離肥他往。冬，載雪詣范成大於蘇州。有雪中訪石湖詩。留月餘，爲成大作《暗香》《疏影》。成大以青衣小紅爲贈。除夕，自石湖歸湖州，大雪過垂虹，成七絶句。有詩作《京口留別張思順》《送朝天續集歸誠齋》《除夜自石湖歸苕溪十首》《過垂虹》；詞作《解連環》（玉鞭重倚）、《玉梅令》（疏疏雪片）、《摸魚兒》（向秋來）、《滿江紅》（仙姥來時）、《凄凉犯》（緑楊巷陌秋風起）、《點絳唇》（金谷人歸）、《秋宵吟》（古簾空）《醉吟商小品》（又正是春歸）、《長亭怨慢》（漸吹盡）、《淡黄柳》（空城曉角）、《浣溪沙》（釵燕籠雲晚不忺）、《暗香》（舊時月色）、《疏影》（苔枝綴玉）等。

紹熙三年壬子（1192）

白石三十八歲。居湖州。

紹熙四年癸丑（1193）

白石三十九歲。春，客紹興，與張鑑、葛天民同遊。有《陪張甫遊禹廟》《同樸翁登卧龍山》《次韻翁遊蘭亭》《越中仕女遊春》、《項里苔梅》《蕭山》諸詩。有詞作《水龍吟》（夜深客子移舟處）、《玲瓏四犯》（疊鼓夜寒）《鶯聲繞紅樓》（十畝梅花作雪飛）、《角招》（爲春瘦）諸作。九月，范成大卒。十二月，白石赴蘇州吊之，有詩《悼范石湖》。是年陸九淵卒。

紹熙五年甲寅（1194）

白石四十歲。春，與張鑑到杭州，觀梅於孤山之西村。與俞灝燕遊西湖。受知朱熹。八月，朱熹爲焕章閣待制，兼侍講。閏十月，以忤韓侂胄，罷。

宋寧宗慶元元年乙卯（1195）

白石四十一歲。春，與張鑑同遊南昌。有詩《送項平甫倅池陽》。

慶元二年丙辰（1196）

白石四十二歲。春，與張鑑往武康。秋，依葛天民寓武康。冬，與俞灝、張鑑、葛天民自武康往無錫，居月餘。謁尤袤論詩。與俞灝、葛天民同寓新安溪莊舍，録所得詩爲一卷，名之曰《載雪録》。歲暮，移家杭州，依張鑑。有詞作《鬲梅溪令》（好花不與殢香人）、《鷓鴣天》（曾共君侯歷聘來）、《阮郎歸》（紅雲低壓碧玻璃）、《阮郎歸》（旌陽宫殿昔徘徊）、《齊天樂》（庾郎先自吟愁賦）、《慶宫春》（雙槳蓴波）、《江梅引》（人間離别易多時）、《浣溪沙》（花裹春風未覺時）、《浣溪沙》（翦翦寒花小更垂）、《浣溪沙》（雁去重雲不肯啼）。有詩作《咏蠟梅》、《武康丞宅同朴翁咏牽牛》等。

慶元三年丁巳（1197）

白石四十三歲。居杭州。四月，上書論雅樂，進《大樂議》一卷、《琴瑟考古圖》一卷，不獲重用。冬，送李萬頃之池陽。有詞作《鷓鴣天》（巷陌風光縱賞時）、《鷓鴣天》（肥水東流無盡期）、《鷓鴣天》（憶昨天街預賞時）、《鷓鴣天》（輦路珠簾兩行垂）、《月下笛》（與客携壺）。有詩作《丁巳七月望湖上書事》《和轉庵丹桂韻》。

慶元四年戊午（1198）

白石四十四歲。有詩作《戊午春帖子》。

慶元五年己未（1199）

白石四十五歲。上《聖宋鐃歌鼓吹》十二章，詔免解與試禮部，不第。孫逢吉卒，六十五歲。

慶元六年庚申（1200）

白石四十六歲。寓西湖。有詞作《喜遷鶯慢》（玉珂朱組）。有詩作《湖上寓居雜咏》。十月，韓侂冑加太傅。朱熹卒，七十一歲。京鏜卒，六十三歲。吴文英生。

宋寧宗嘉泰元年辛酉（1201）

白石四十七歲。秋，入越。有詞作《徵招》（潮回却過西陵浦）。有詩作《送陳敬甫》《昔遊詩》等。

嘉泰二年壬戌（1202）

白石四十八歲。上元，與葛天民過净林。秋，客松江。十月，於僧了洪處見保母帖。十二月，從童道人處得定武舊刻褉帖並跋。有詞作《驀山溪》（題錢氏溪月）、詩作《同朴翁過净林廣福院》《華亭錢參政園池》等。洪邁卒，八十歲。張鑑約卒於是年。

嘉泰三年癸亥（1203）

白石四十九歲。春三月，白石跋所得褉帖，自謂廿餘年習《蘭亭》，皆無入處，今夕燈下觀之，頗有所悟。九月，作《保母帖跋》。有詞作《漢宫春》（雲日歸歟）、《漢宫春》（次韻稼軒蓬萊閣）。陳造卒，七十一歲。

嘉泰四年甲子（1204）

白石五十歲。臨安大火，白石舍燬。此後數年移居東青門，去張鑑宅不遠。十月，詩集結集。作有詞作《念奴嬌》（昔遊未遠）、《洞僊歌》（花中慣識）。五月，追封岳飛爲鄂王。辛棄疾建議伐金。尤袤卒。

開禧元年乙丑（1205）

白石五十一歲，子瓊約生於是年。有詩作《次韻胡仲方因楊伯子見寄》。韓侂冑爲平章軍國事。

開禧二年丙寅（1206）

白石五十二歲，南遊浙東，秋至括蒼，抵永嘉。有詞作《虞美人》（登煙雨樓）、《水調歌頭》（日落愛山紫），詩作《登烏石寺》。五月，韓侂胄伐金，敗績。楊萬里卒，八十歲。劉過卒。

開禧三年丁卯（1207）

白石五十三歲。居於馬塍。有詞作《卜算子》（江左咏梅人）。九月，辛棄疾卒，六十八歲。十一月，韓侂胄爲史彌遠所殺。

嘉定元年戊辰（1208）

白石五十四歲。謝采伯刻《續書譜》成。

嘉定五年壬申（1212）

白石五十八歲。遊金陵。晤蘇泂。

嘉定十二年乙卯（1219）

白石六十五歲。客揚州。初識吴潛。先此嘉定十年，吴潛登進士第。九月，蒙古軍西征。十二月，蒙古軍攻降高麗。

嘉定十四年辛巳（1221）

白石六十七歲。卒於西湖，葬之馬塍之西。白石有詩二卷、歌曲六卷、《續書譜》一卷、《蘭亭考》一卷、《絳帖評》二十卷行於世。其他雜文多散佚。子二：瓌，太廟齋郎；瑛，禾郡僉判。

姜堯章自叙

某早孤不振，幸不墜先人之緒業，少日奔走，凡世之所謂名公鉅儒，皆嘗受其知矣。内翰梁公於某爲鄉曲①，愛其詩似唐人，謂長短句妙天下。樞使鄭公愛其文②，使坐上爲之，因擊節稱賞。參政范公以爲翰墨人品③，皆似晉、宋之雅士。待制楊公以爲於文無所不工④，甚似陸天隨，於是爲忘年友。復州蕭公⑤，世所謂千岩先生者也，以爲四十年作詩，始得此友。待制朱公既愛其文⑥，又愛其深於禮樂。丞相京公不特稱其禮樂之書⑦，又愛其駢儷之文，丞相謝公愛其樂書⑧，使次子來謁焉。稼軒辛公⑨，深服其長短句。如二卿孫公從之⑩，胡氏應期調⑪。江陵楊公⑫、南州張公⑬，金陵吴公⑭，及吴德夫⑮、項平甫⑯、徐淵子⑰、曾幼度⑱、商翬仲⑲、王晦叔⑳、易彦章之徒㉑，皆當世俊士，不可悉數。或愛其人，或愛其詩，或愛其文，或愛其字，或折節交之。若東州之士則樓公大防㉒、葉公正則㉓，則尤所賞激者。嗟呼！四海之内，知己者不爲少矣，而未有能振之於窶困無聊之地者，舊所依倚，惟有張兄平甫㉔，其人甚賢。十年相處，情甚骨肉。而某亦竭誠盡力，憂樂同念。平甫念其困躓場屋，至欲輸資以拜爵，某辭謝不願，又欲割錫山之膏腴以養其山林無用之身。惜乎平甫下世，今惘惘然若有所失。人生百年有幾，賓主如某與平甫者復有幾？撫事感慨，不能爲懷。平甫既殁，稚子甚幼，入其門則必爲之淒然，終日獨坐，逡巡而歸。思欲舍去，則念平甫垂絶之言，何忍言去！留而不去，則既無主人矣，其能久乎？

（引自周密《齊東野語》卷十二「姜堯章自叙」。中華書局1983年11月出版）

【注　釋】

① 梁公：不詳。

② 鄭公：鄭僑，寧宗時知樞密院事。

③ 范公：范成大。

④ 楊公：楊萬里。

⑤ 蕭公：蕭德藻。

⑥ 朱公：朱熹。

⑦ 京公：京鏜，慶元中爲左丞相。

⑧ 謝公：謝深甫，慶元中參知政事，拜右丞相。

⑨ 辛公：辛棄疾。

⑩ 孫公從之：孫逢吉，字從之，曾官吏部侍郎。

⑪胡氏應期：胡紘，字應期，官至吏部侍郎。

⑫江陵楊公：楊冠卿。

⑬南州張公：未詳其人。

⑭金陵吴公：吴柔勝，字勝之，淳熙間進士，爲太學博士。

⑮吴德夫：吴獵，字德夫，曾以秘閣撰知江陵府。

⑯項平甫：項安世，字平甫，曾任户部員外郎。

⑰徐淵子：徐似道，字淵子，少有才名，受知於范成大。

⑱曾幼度：曾豐，字幼度，乾道時進士，官至德慶知府。

⑲商翬仲：商飛卿，字翬仲，淳熙進士，累官工部郎中。

⑳王晦叔：王炎，字晦叔，乾道進士，曾官湖州知州。

㉑易彦章：易祓，字彦章，淳熙進士，官禮部尚書。

㉒樓公大防：樓鑰，字大防，隆興進士，光宗時擢起居郎，兼中書舍人，官至參知政事。

㉓葉公正則：葉適，字正則，淳熙進士，寧宗時官寶文閣待制。晚年杜門著述，自成一家，人稱水心先生。

㉔張兄平甫：張鑑，字平甫，白石摯友。

夏承燾《白石輯傳》

姜夔字堯章，鄱陽人①。九真姜氏，本出天水②。夔之七世祖泮，宋初教授饒州，乃遷江西③。父噩，紹興三十年進士，以新喻丞知漢陽縣④。卒於官⑤。夔孩幼隨宦，往來沔、鄂幾二十年⑥。淳熙間客湖南，識閩清蕭德藻⑦。德藻工詩，與楊萬里、范成大、陸游、尤袤齊名⑧。既遇夔，自謂四十年作詩，始得此友⑨。以其兄之子妻之⑩。攜之同寓湖州。永嘉潘檉字之曰白石道人，以所居鄰苕溪之白石洞天也⑪。

夔少以詞名，能自制曲，初率意爲長短句，然後協以律⑫。嘗以楊萬里介，謁范成大於蘇州⑬。成大以爲翰墨人品皆似晉、宋之雅士⑭。授簡徵新聲，爲作《暗香》《疏影》二曲，音節清婉⑮。成大贈以家妓小紅，大雪載歸過垂虹橋，賦詩有「小紅低唱我吹簫」句⑯。萬里嘗稱其文無不工，甚似陸龜蒙。夔來往蘇、杭間，亦頗以龜蒙自擬⑰。並時名流若樓鑰、葉適、京鏜、謝深甫，皆折節與交；朱熹愛其深於禮樂，辛棄疾深服其長短句⑱。

時南渡已六七十載，樂典久墜，士大夫多欲講古制以補遺軼。夔於寧宗慶元三年進《大樂議》及《琴瑟考古圖》於朝，論當時樂器、樂曲、歌詩之失。略謂：紹興大樂，多用大晟所造樂器，金石絲竹匏土未必相應；四金之音未必應黃鐘。樂曲知以七律爲一調，而未知度曲之義，知以一律配一字，而未知永言之旨，以平、人配重濁，以上、去配輕清，奏之多不諧協，琴瑟鮮知改絃退柱上下相生之妙，又往往考擊失宜。歌詞則一句而鐘四擊，一字而竽四吹，未協古人槁木貫珠之意，樂工同奏則動手不均，迭奏則發聲不屬。其所倡議者五事：一謂雅俗樂高下不一，宜正權衡度量，以爲作樂器之準；二謂古樂止用十二宫，古人於十二宫又特重黄鍾一宫而已（若鄭譯之八十四調，出於蘇祇婆之琵琶，惟瀛府、獻仙音謂之法曲，即唐之法曲也。凡有催、衮者，皆胡曲耳，法曲無是也），大樂當用十二宫，勿雜胡部。其他三事，則議登歌當與奏樂相合也，議夕牲饗神諸詩歌可删繁也，議作鼓吹曲以歌祖宗功德也。書奏，詔付太常⑲。時嫉其能，不獲盡所議⑳。五年，又上《聖宋鐃歌》十二章㉑。詔免解與試禮部，不第㉒，以布衣終。

夔氣貌若不勝衣，家無立錐，而一飯未嘗無食客。圖書翰墨之藏，汗牛充棟㉓。張炎比其詞爲「野雲孤飛，去留無跡㉔」。黄昇謂其高處，周邦彦所不能及㉕。其精通樂紀亦如邦彦，今存有旁譜之詞十七首。爲詩初學黄庭堅，而不從江西派出，並不求與楊、范、蕭、尤諸家合㉖；一以精思獨造，自拔於宋人之外㉗。所爲《詩説》，多精至之論，嚴羽之前，無與比也㉘。亦精賞鑒，工翰墨，辨别法帖，察入苗髮，較黄伯思、王厚之爲優㉙，趙孟堅稱爲書家申韓㉚。習《蘭亭》廿餘年㉛，晚得筆法於單煒㉜。其遺蹟猶有存者。

著書可考者十二種。今存詩集、詩説、歌曲、續書譜、絳帖平等㉝。京鏜嘗稱其駢儷之文㉞，則無一篇傳矣。

張俊之孫曾有名鑑字平甫者居杭州，夔中歲以後，依之十年。鑑卒，旅食浙東、嘉興、金陵間㊱。卒於西湖㊲，年約六十餘㊳。貧不能殯，吴潛諸人助之葬於錢唐門外西馬塍㊴。子二：瓊，太廟齋郎㊵；瑛，嘉禾郡簽判㊶。

【注釋】

① 本集。

② 清姜虬緑編《姜忠肅祠堂本白石集》附《九真姜氏世系表》。

③ 世系表。

④ 世系表。清嚴傑擬南宋姜夔傳。

⑤ 姜虬緑《白石道人詩詞年譜》。

⑥ 本集。

⑦ 本集。拙作《姜白石繫年》。

⑧ 楊萬里《誠齋集》。《烏程縣志》。

⑨ 宋周密《齊東野語》載《白石自述》。
⑩ 宋陳振孫《直齋書録解題》。宋張鎡《南湖集》。
⑪ 本集。參拙作《白石行實考》之行蹟考。
⑫ 本集。
⑬ 《誠齋集》。
⑭ 《齊東野語·白石自述》。
⑮ 本集。
⑯ 元陸友《硯北雜志》。
⑰ 本集。《行實考》。
⑱ 《齊東野語·白石自述》。
⑲ 《宋史·樂志》。
⑳ 明徐獻忠《吴興掌故》。
㉑ 本集。
㉒ 《書録解題》。
㉓ 宋陳鬱《藏一話腴》。

㉔《詞源》。
㉕《絶妙詞選》。
㉖詩集自序。
㉗清人《四庫全書提要》。
㉘清王士禎《漁洋詩話》。
㉙清朱彝尊《曝書亭集》。
㉚《硯北雜志》。
㉛白石《蘭亭序跋》。
㉜白石《保母志跋》。
㉝參拙作《白石行實考》之著述考。
㉞《齊東野語·白石自述》。
㉟同上。
㊱本集，宋吴潛《履齋詩餘》，宋蘇泂《泠然齋集》。
㊲《履齋詩餘》。
㊳參拙作《白石行實考》之生卒考。

⑩ 世系表。

⑪ 嚴傑擬傳。

說明：全文及注釋，均録自夏承燾《姜白石詞編年箋校》。